二月河 大河歷史小說
帝王三部曲

절대군주 건륭황제

【일러두기】
· 번역 원본은 1999년 4월 중국 하남문예출판사가 펴낸 제2판 1쇄본을 사용하였습니다.
· 본문에 나오는 인명과 지명 중 만주어를 제외한 모든 한자는 한글발음대로 표기하였으며, 독특한 관직명은 이해하기 쉽도록 의역한 부분도 있습니다. 그리고 소설 진행상 불필요한 부분은 축역하였습니다.

(절대군주)건륭황제. 4 / 이월하 저 ; 한미화 옮김. -- 서울 : 산수야, 2005
304p. ;22.4cm.

관권기관칭 : 二月河 大河歷史小說
원서명 : 乾隆皇帝
ISBN 89-8097-128-1 04820 ₩ 8,000
ISBN 89-8097-124-9(세트)

823.7-KDC4
895.1352-DDC21   CIP2005001233

小說[乾隆皇帝]根據與作家二月河的契約屬於山水野. 嚴禁無斷轉載複製.

[건륭황제]의 한국어판 저작권은 작가 이월하와의 독점계약으로 산수야에 있습니다.
신저작권법에 의해 국내에서 보호받는 저작물이므로 출판사의 사전 허락 없는 무단전재와 복제를 금합니다.

二月河 大河歷史小說
帝王三部曲

絕代君主
건륭황제 乾隆皇帝

④

산수야

二月河 大河歷史小說
절대군주 건륭황제 ④

초판 1쇄 발행 2005년 11월 20일
초판 2쇄 발행 2010년 10월 20일

지은이 이월하
옮긴이 한미화
발행인 권윤삼
발행처 도서출판 산수야

등록번호 제1-1515호
등록일자 1993년 4월 30일
주소 서울시 마포구 망원동 472-19호
우편번호 121-826
전화 02-332-9655
팩스 02-335-0674

값 8,000원

ISBN 89-8097-128-1 04820
ISBN 89-8097-124-9(세트)

이 책의 모든 법적 권리는 도서출판 산수야에 있습니다.
저작권법에 의해 보호받는 저작물이므로
본사의 허락 없이 무단 전재, 복제, 전자출판 등을 금합니다.

산수야의 책은 독자가 만듭니다.
독자 여러분들의 소중한 의견을 기다립니다.

4 乾隆皇帝

제2부 석조공산(夕照空山) | 1권

메뚜기떼 · 7
흑풍채(黑風寨)의 비적(匪賊) · 28
일지화(一枝花) · 48
천하제일신신(天下第一信臣) · 72
노마불사(老馬不死) · 95
대장군(大將軍)의 회한 · 115
부창부수(不唱婦隨) · 129
입공(入功)의 기회 · 140
황궁의 여인들 · 160
복강안(福康安) · 183
풍류남아(風流男兒) · 206
전운(戰雲) · 223
봉채루(鳳彩樓) · 243
그물에 걸려들다! · 256
군향(軍餉) 65만 냥을 빼앗기다! · 280

1. 메뚜기떼

　새까맣게 하늘을 뒤덮은 황충(蝗蟲, 메뚜기)이 여기저기에 떼로 몰려들어 마치 먹구름이 낮게 드리운 것 같은 숨막히는 나날이 이어지고 있었다. 사방에서 한창 익어가는 농작물들을 갉아먹는 사각사각거리는 소리가 마치 한여름의 취우(翠雨) 같기도 하고 추풍(秋風)에 파도치는 솔잎 같기도 하여 농민들을 진저리치게 했다.
　그 공격은 너무나 급작스럽고 무차별적이어서 피해는 이루 말할 수도 없었다. 봄여름 내내 피땀 흘려 가꾼 전답은 물론이고 앞뒤 뜰의 유실수를 비롯한 각종 수목들도 때아닌 민머리가 되어 숨막히는 잿빛 하늘 밑에서 신음하고 있었다. 7월 말부터 땅에서 솟은 듯 하늘에서 털어낸 듯 천지가 개벽하는 공포를 안겨주며 대거 몰려든 메뚜기떼는 그렇게 건륭 6년의 산동(山東) 대지에 한바탕 신열을 앓게 만들었다!

때아닌 된서리에 요절하고만 명줄 같은 농작물들을 어루만지며 농민들이 천지신(天地神)을 우러러 눈물로 하소연하고 있을 무렵, 녹색 덮개를 씌운 대교(大轎) 한 대가 요란한 징소리를 앞세우고 제남성(濟南城, 산동성 성부)으로 들어서고 있었다. 의장대의 맨 앞에는 남색 바탕에 노란 글을 새긴 팻말이 한눈에 안겨왔다. 그 중 하나엔 이같이 적혀 있었다.

進士及第・欽命山東宣撫使　劉

이어 다른 팻말을 보니 거기엔 이런 글자가 적혀 있었다.

문무백관, 군민들은 일제히 물렀거라!

커다란 수레는 제남성 서남쪽에 위치한 청하(淸河) 강변의 역관 앞에서 천천히 멈춰 섰다. 잠시 후 그 속에서 체구가 작고 다부지게 보이는 얼굴이 검은 중년의 관원이 허리를 굽혀 나오고 있었다. 구망오조(九蟒五爪)의 관포(官袍)를 입고 금계보복(金鷄補服)을 껴입은 사내의 각진 얼굴엔 골이 깊게 패인 주름이 물결처럼 일렁이고 있었다. 짙고 숱이 많은 데다 끝이 약간 치켜 올라간 눈썹과 반짝거리는 세모진 두 눈만이 사내가 아직은 장년임을 대변해주고 있었다.

청하 역관은 대단히 한산해 보였다. 길 맞은편의 생약(生藥)가게 한 군데와 허름한 밥집 두어 군데를 빼고는 점포며 가게들이 거의 없었다. 생약가게에서 약을 사들고 나오던 몇 사람이 때마침 수레에서 내려선 2품 대원을 보며 자기들끼리 목소리 낮춰 수군거렸다.

"누구지?"

"류통훈이라고. 조정에서 요즘 잘 나가는 어른이야! 우리 이곳이 재앙을 입었다고 하니 식량을 지원해 주려고 온 게 틀림없어. 저기 좀 봐! 가랑이에 땀나게 달려가 인사하는 사람들 죄다 산동에선 방귀 깨나 뀐다는 인물들이잖아……."

"아, 저 사람이 바로 류강 번대(藩臺)와 양사경 흠차의 목을 쳤다는 그 류통훈이란 말이오?"

"그렇고 말고. 그렇게 할 수 있는 사람이 우리 대청(大淸)에 몇이나 되겠어? 하로형(賀露瀅)의 시신이 담긴 관을 대리사(大理寺) 앞에 가져다 그 많은 구경꾼들이 보는 앞에서 해부를 하는데, 내가 그 장면을 보고 기절하는 줄 알았지 뭐야. 저 어른만 아니었더라면 하로형 사건도 하마터면 미궁에 빠지고 억울하게 죽은 원혼이 구천을 떠돌 뻔했지!"

"쯧쯧…… 그러게 사람은 겉만 보고 모른다고 했네. 저리 험악하게 생긴 사람이 그리 대단한 인물일 줄이야 누가 꿈에나 생각했겠소……."

"에개개! 똥 묻은 개가 겨 묻은 개를 비웃어도 유분수지. 오줌물에 자네 꼴이나 비춰보시게. 누구 못 생겼다고 웃을 입장이나 되나……."

이쪽에서 몇 사람이 까르르 웃음을 터트리는 가운데 길 건너의 류통훈(劉統勛)은 오랜 시간 수레를 타고 온 피로를 떨쳐내려는 듯 조금 안으로 휜 다리를 무겁게 내디디며 가볍게 몸푸는 동작을 해 보였다. 그리고는 영접 나온 산동성 포정사 고항(高恒)에게 물었다.

"악준(岳濬) 중승은 안보이네? 아문엔 없나 보지?"
"그럴 일이 있소."
고항이 미소를 머금으며 말했다.
"제녕(濟寧) 쪽에서 이재민들끼리 구타사건이 벌어졌었는데, 더 큰 사단이 일어날까봐 악 중승은 어젯밤 보고를 받는 즉시 법사아문의 엽 어른을 대동하고 현장으로 갔소. 난 여기 온 지 얼마 안되어 이곳 사정에 어두우니 들어앉아 집이나 지키는 수밖에 없었지만……."
류통훈을 역관으로 안내하며 고항이 말을 이었다.
"연청(延淸, 류통훈의 호) 공(公)도 알다시피 이곳 산동성은 민풍(民風)이 여느 지역과는 확연히 다르게 억센 편이잖소. 예로부터 마적이 판을 치는 소굴인데다 이번에 큰 피해까지 입어 낟알 한톨 못 건지게 생겼으니 자칫 사소한 다툼이 크게 비화될 소지가 크단 말이오……."
고항이 이같이 말하며 류통훈을 윗방으로 안내했다. 그리고는 인사를 올리고 차를 내어오게 한 다음 비로소 자리에 앉았다.
류통훈이 본 고항은 강풍이 부담스러울 만큼 몸이 가늘었다. 아직 서른 미만인 그는 쌍꺼풀 없이 선이 고운 눈매며 가느다란 눈썹과 갸름한 얼굴형이 어딘가 여인네 같아 보이는 사람이었다. 명문가의 아들로서 그 아버지 고빈(高斌)은 한때 대학사, 군기대신 겸 직예총독을 지낸 고관이었다. 이미 세상을 뜨고 없지만 그 사촌형 고진(高晉)은 아직 예부상서로 직예총독을 서리하고 있었다. 더욱이 고항의 친누이가 당금 건륭황제의 총애를 받는 황귀비 고가씨이고 보면 고항은 관가에서 득의하여 출세가도를 달릴 수 있는 기반이 잡힌 사람이었다.

무엇 하나 무심코 쳐다보는 법이 없는 류통훈의 깊은 눈빛이 다소 부담스러운 듯 고항이 고개를 외로 꺾어 메뚜기들에게 시달려 쭈글쭈글한 몸뚱아리만 드러내 놓고 있는 회자나무를 바라보았다. 그리고는 담담하게 웃으며 말했다.
 "청렴하고 강직한 관리로 널리 회자되고 있는 연청 공을 만날 기회가 없어 늘 아쉬웠었는데, 이렇게 타향에서 만나니 무척 반갑소. 아직 여러모로 부족한 이 사람에게 많은 가르침을 주셨으면 하오. 국척(國戚)이라는 신분이 관가에서는 어지간히 부담스러운 사실임을 실감하오. 잘 되면 모르지만 여차했을 경우 책임이 나 한 사람으로 끝나는 게 아니라 폐하에게까지 불똥이 튈 수 있기에 얼마나 조심스러운지 모르오."
 류통훈이 고항을 바라보며 했던 생각을 고항이 정확히 꿰뚫어 보고 선수를 친 것이다. 속으로 잠시 놀란 류통훈이 곧 웃으며 답했다.
 "그렇진 않다고 보오. 푸헝은 그 누이가 황후마마임에도 승승장구하며 잘만 나가지 않소! 처음엔 황후마마의 후광을 업었니 어쩌니 하며 말들이 많았지만 흑사산의 비적들을 평정하면서부턴 사람들이 주목하고 있잖소. 요즘은 '국척'이라는 꼬리표를 뚝 떼어버리면서 굳건히 자리매김을 하는 데 성공하여 당당히 군기대신의 자리에 올랐지. 모든 건 자기 하기 나름이오. 사람들의 안목이 얼마나 무서운데!"
 류통훈이 천천히 일어나 발걸음을 옮겼다. 몇 발짝 걸어서 창가로 다가가 넓은 창문 너머로 고요한 가을하늘을 바라보며 물었다.
 "그래 악 중승이랑 재해대책 방안에 대해선 논의해 보았소? 악 중승이 폐하께 올린 상주문이 그리 상세하지가 않아 폐하께오서 궁금하신 점이 한두 가지가 아닌 것 같았소. 내가 북경을 떠나올 때 폐하께오선 재삼 당부하셨소. 피해상황을 제대로 파악하고 백성들이 어떤 어려움을 겪고 있는지 잘 살펴보라고 말이오."

"아무래도 식량문제가 제일 시급하죠."

고항의 가느다란 두 눈이 반짝거렸다. 잠시 침묵하던 그가 천천히 입을 열었다.

"메뚜기 때문에 추수는 망쳤다고 해도 여름보리는 작황이 괜찮은 편이오. 일찍 파종한 옥수수와 벼도 그나마 먹을 만하고……. 양고(糧庫)에 120만 석 정도 남아 있고, 산동성 각 지역의 의창(義倉)에 아직 50만 석이 있으니 두루 합치면 그리 큰 어려움은 없을 것이오. 1인당 하루에 쌀을 반 근씩만 내어준다고 해도 햅쌀이 나올 때까지는 1백만에서 130만 석 정도만 더 있으면 어느 정도 될 것 같소."

이같이 말하며 어느새 자리에서 일어난 고항은 미간을 좁히며 잠시 생각에 잠겼다. 그는 발걸음을 천천히 이리저리 떼어놓으며 자문자답했다.

"그렇다면 모자라는 130만 석은 어디서 얻어오지? 당연히 폐하께오서 은조(恩詔)를 내리시겠지만 폐하의 부담을 미리 헤아려 덜어주고자 노력하는 것이 신하된 도리가 아니겠소? 안일하게 앉아서 은전(恩典)만을 기다릴 게 아니라 양강총독 윤계선에게 서찰을 보내 함께 고민해 보는 게 어떨까 싶소. 우리가 강남(江南)으로부터 잡곡 70만 석을 지원받는 대신 내년에 조운(漕運)을 준설하는 데 필요한 인력을 우리 산동에서 제공하는 식으로 맞바꿔 볼까 하오. 그리고 산동성 북쪽에 수산물이 풍부하고 다행히 동부지역엔 재해가 그리 심하지 않으니 빡빡 긁어모으면 조정의 출혈

없이도 우리 산동에서 스스로 이 위기를 넘길 수 있을 것 같소. 물론 우리가 자구책을 마련한다고 해도 혹여 민재(民財)를 갈취하여 민분(民憤)을 불러일으키지나 않을까 염려하시어 폐하께오서는 따로 식량을 보내주실 거요. 내 생각엔 조정에서 70만에서 1백만 석 정도만 지원해주면 내년의 종자(種子)까지 충분할 것 같소."

순무인 악준과 만나 상의하기도 전에 겉보기에 별로 힘을 쓸 것 같지도 않던 '국구(國舅)'에게서 기대 이상의 성죽지언(成竹之言)을 들은 류통훈이 자세를 바로 하여 상체를 조금 숙여 감사의 예를 표했다.

"고 어른이 이리 마음을 쓰시니 산동성에 굶주리는 백성들이 있을 리가 있겠소! 다만 아무리 식량을 싸게 공급한다고 하여도 그마저도 돈주고 사먹을 입장이 못 되는 사람들도 많을 것이니 이는 어찌하면 좋겠소?"

이에 고항이 웃으며 답했다.

"그거야 또 실정에 맞는 조치를 해야겠지요. 고을마다 죽 끓이는 장소를 따로 두어 끼니를 전액 무료로 제공하는 수밖에. 쌀로 내어주라고 하면 벼룩의 간을 빼어먹는 자들이 있어서 안되오!"

그러자 류통훈이 씁쓸한 미소를 지었다.

"그러게 말이오! 나도 전에 몇 번 경험했었는데, 조정에서 내주는 구제양곡의 겨우 반 정도라도 백성들에게 조달되면 다행이라 생각해야겠더군요."

"해도해도 끝이 없는 게 탐관들을 숙청하는 일인 것 같소."

차츰 따가워지는 햇살에 그림자가 드리워지기 시작하는 뜰 안을 내다보며 고항이 웃는 듯 마는 듯한 표정을 지었다.

"내려온 김에 내가 몇 놈 잡아 족치는 걸 보고 가시오. 구제양곡에 검은 손을 뻗치는 자들과 다들 굶어죽기 일보직전인데 사리사욕에 불타 식량을 사재기하는 자들에 대해선 가차없이 목을 쳐버릴 것이니!"

류통훈은 들을수록 내심 놀라웠다. 비록 옹정 8년에서 건륭 5년까지 호부(戶部)의 차사(差使)를 맡고 있으면서 이부(吏部) 고공사(考功司)의 뒷조사에도 담당할 정도로 청렴한 관리로서의 형상을 굳힌 것이 사실이나 류통훈으로서는 그것이 어디까지나 '국구'로서의 자애에 불과하다고 고항을 생각해왔던 것이다. 무릎을 맞대고 대화를 나눠보긴 처음인 류통훈은 그 마음속의 경위가 결코 왕년의 이위, 윤계선에 뒤지지 않는다고 생각했다! 자신이 준비해둔 말이 한낱 덧칠에 불과할 것이라 생각한 류통훈이 안도하며 말했다.

"물샐틈없이 주도면밀한 사려에 내가 할 말이 없소. 단지 늘 그러하듯 큰 재해가 휩쓸고 지나가면 전염병과 도적떼들이 들끓기 마련인데 비오기 전에 우산을 준비하는 자세까지 겸비되어 있으면 금상첨화일 것 같소."

이에 고항이 껄껄 웃음을 터트렸다.

"안 그래도 폐하의 밀유(密諭)를 미리 받고 내가 이미 강남, 광동, 운귀 지역으로 대황(大黃), 황련(黃連)을 구해오게끔 사람을 보냈소. 전염병을 미연에 방지해야겠다는 생각에서 말이오. 그런데 난 도적을 잡는 것에는 자신이 없소. 하지만 장군 가문의 자제인 악 중승이 있고, 정세웅(丁世雄) 또한 푸헝 흠차 밑에서 잔뼈가 굵어온 '꾼'이겠다, 천하 비적들이 그 이름만 들어도 혼비백산할 연청 어른이 오셨겠다. 그깟 놈들 갈아엎는 것쯤은 손바닥 뒤집기 아니겠소?"

이에 류통훈이 웃으며 말했다.

"사실 재해복구만 제대로 이루어진다면 일반 생계형 도둑들은 벌떼처럼 일어날 이유가 없을 것이오. 문제는 표고(飄高)나 '일지화(一枝花)'처럼 생계와는 무관하게 다른 꿍꿍이속이 있어 조정과 대적하는 무리들이 메주 밟듯 전국을 휘젓고 다닌다는 것이오. 이것들이 맘 둘 데를 모르고 붕 떠 있는 백성들에게 전도(傳道)라는 미명으로 바람을 넣는 날엔 사단이 일어나기 십상이지. 내가 이리로 내려오기 직전 폐하께오선 재해복구와 민변대비에 대해 역설하셨소. 지금이 벌써 가을도 끝나가는 시점인지라 내년 3월까지 전염병이 확산될 걱정은 그리 없으니 악준 중승이 오는 대로 중대사부터 상의하도록 하십시다. 현재는 백성들에게 고하는 글부터 발표하여 민심을 안정시키는 것이 중요한 시점이오."

고항의 말이 이어지고 있을 때 중문을 지키는 역정(驛丁)이 급한 걸음으로 들어와 아뢰었다.

"류 어른, 법사아문에서 사람이 찾아왔습니다!"

법사아문에서 나왔다면 그곳 1인자인 정세웅이 왔을 거라는 생각에 고항이 일어나 밖으로 나갔다. 과연 정세웅의 모습이 보였다. 소탈하게 웃으며 빠른 걸음으로 다가가 정세웅의 손을 잡으며 고항이 말했다.

"빨라야 내일쯤 도착할 것이라 생각했는데 생각보다 일찍 왔군! 그래, 악 중승은 같이 안 왔고? 이 분은 처음 보는 사람인데, 누구지?"

고항이 정세웅의 등뒤에 서 있는 젊은 무관을 보더니 지나가는 말처럼 물었다.

"아, 이 사람은 연청 어른을 수행하여 산동으로 온 형부 순검사(巡檢司)의 황천패(黃天覇)라는 사람이오. 류 어른께서는 안에 계시지? 뵙고 긴히 상의드릴 말씀이 있는데!"

정세웅이 이같이 말하며 계단을 올랐다. 류통훈을 보자마자 그는 곧 무릎을 꿇어 성안(聖安)을 물었다.

"성궁안(聖躬安)!"

류통훈이 국화같이 흐드러진 웃음을 지어 보이며 다가와 정세웅을 부축하여 일으켜 세우는 손시늉을 했다. 자리에 앉히고 차를 내어오게 하고 난 류통훈이 웃으며 입을 열었다.

"저쪽에 사단이 생겨 처리하러 갔다더니 이렇게까지 눈썹 휘날리며 달려올 건 뭔가? 너나없이 같은 주인을 섬기는 마당에 괜한 격식을 차릴 게 뭐 있나."

이에 류통훈을 비스듬히 마주하여 앉은 정세웅이 조용히 웃으며 말했다.

"그쪽 일은 이미 요리하고 오는 길입니다. 죽가마를 까부수고 아문을 아수라장으로 만든 두목들을 붙잡아 처넣었고 일이 이 지경에 이르도록 방치한 관원들의 책임을 묻기로 했습니다. 이 사건의 주동자들과 몇몇 한 콧구멍으로 숨쉰 관원들의 목을 치기로 했으니 악 중승께서는 직접 감참(監斬)을 하시고 내일쯤 돌아오실 겁니다. 어젯밤 입수한 밀보(密報)에 의하면 흑풍채(黑風寨)의 비적들이 하산하여 식량을 약탈하러 온다고 하기에 하관은 부랴부랴 먼저 돌아오게 되었습니다. 안 그래도 민심이 불온한 이때 비적들의 움직임을 예의 주시하지 않을 수 없습니다……."

형형한 눈빛으로 정세웅의 말에 귀기울이던 류통훈이 의자를 뒤로 밀치며 일어났다. 그리고는 다그치듯 물었다.

"흑풍채라고 했나? 비적들의 수는 얼마나 된다던가?"

"그곳은 지대가 편벽하고 황량한 곳이라 자고로 도적떼들이 둥지를 틀고 시도 때도 없이 출몰하던 곳입니다. 진종일 산에 진을 치고 있는 비적들은 약 1, 2백 명 정도 되고 나머지는 관군들이 왔을 땐 착한 '백성' 행세를 하다가도 상인들만 지나가면 우르르 몰려들어 수탈을 감행하는 백성들이라고 들었습니다."

"흑풍채의 비적들은 재작년에 벌써 깡그리 소탕했다고 하지 않았나? 그땐 누가 그런 보고를 올렸었지?"

"하관이 알기론 전임 총병(總兵)이었고, 지금은 흑룡강 도통(都統)으로 있는 무장아입니다."

"아니 그럼 이곳 법사아문의 인장(印章)을 관리하는 자네는 흑풍채의 비적들이 그대로 있다는 걸 알면서도 여태 형부에 보고 올리지 않고 뭘 했나?"

류통훈의 강경해진 어투에 더럭 겁을 먹은 정세웅이 벌떡 일어나 자세를 똑바로 취했다. 그리고는 감히 류통훈의 매서운 눈빛을 직시하지 못하고 고개를 떨군 채 우물쭈물했다.

"중당, 사실 자기의 관할권 내에 비적이 있다는 사실을 드러내고 싶지 않아 하는 건 지방관들의 생리인 것 같습니다."

그의 말이 끝나기도 전에 고항이 차갑게 한마디 끼어들었다.

"그게 전부는 아니겠지. 그대는 무장아의 천거를 받아 이 자리에 올랐으니 입술이 없으면 이가 시리다는 사실 때문에 전전긍긍한 게 아니겠소!"

고항의 정문일침에 정세웅은 가타부타 말이 없었다.

"이 일은 잠시 접어두지."

치미는 분노를 눅자치며 류통훈이 말했다.

메뚜기떼 17

"비적들이 움직이고 있다 하니 먼저 그것들을 처치하고 봐야 할 것이니 어찌할 것인지 방책이나 말해보게나."

흑풍채는 내무현(萊蕪縣)에서 서북쪽으로 60리 정도 떨어진 태평진(太平鎭)에 위치해 있었다. 산세가 험하고 수림이 우거진 데다 호랑이와 이리떼가 도사리고 있을 것만 같은 우중충한 바위들이 도처에 을씨년스레 박혀 있어 유격전을 벌이기엔 그만인 곳이었다. 강희 연간에 산동성 일대를 공포에 떨게 했던 몇몇 비적 두목들이 둥지를 틀고 겨울을 나던 산채가 여기저기에 널려 있었다. 악준이 순무로 부임하여 비적들과의 전쟁을 선언하면서 포두고(抱寶峀), 맹량고(孟良峀), 구몽정(龜蒙頂) 일대에 똬리를 튼 비적 거물들은 일망타진했으나 함부로 강탈하는 법이 없고 고은(庫銀)에 손대는 경우 없이 '적당히' 오가는 상인들의 '도로세'를 받아내고 여기저기서 조금씩 쌀을 '꾸어' 먹는 데 만족하는 류대머리 같은 좀도둑들은 부현(府縣)들에서도 한 쪽 눈을 감아주는 편이었다.

그러나 올해는 워낙 메뚜기 피해가 심각하여 산동성 전체가 '대머리'로 전락하고 말았으니 류대머리는 내년 생계를 걱정하지 않을 수 없었다. 고래들이 다 '꾸어' 가기 전에 어떻게든 식량을 더 비축해 두어야겠다는 생각에 류대머리는 태평진의 대부호인 마본선(馬本善)에게 첩지를 보내어 식량 7백 석을 꿔줄 것을 요청했던 것이다.

"여기 마본선이 사람을 파견하여 보내온 첩지가 있습니다."

정세웅이 자초지종을 대충 설명하고는 장화 속에서 쪽지처럼 네모나게 접은 마분지를 꺼내어 류통훈에게 건네주었다.

"아무래도 류대머리는 마본선이 며느리를 맞는 길일을 틈타 식량을 강탈하는 음모를 꾸미는 것 같습니다…….”
 고항이 급히 고개를 가까이하여 들여다보니 진흙바닥에 어지러이 찍힌 오리발 같은 글씨가 눈을 피곤하게 했다.

 마본선! 8월 22일에 며느리를 맞는다니 축하하오! 나같이 대갈통에 든 거 없고 피묻은 칼을 장화에 쓱싹 문지르는 게 업인 사람은 마땅히 선물할 것도 없어. 벼룩의 간처럼 여길지 모르지만 산복숭아 한 상자 보내오. 많이 먹고 손자새끼나 쑥쑥 낳아 달라고 하오.
 고맙다고 희주(喜酒) 따로 챙기느라 하지 말고 산 속에서 배곯는 우리 형제들에게 쌀이나 7백 석 보내 줘. 무슨 수를 쓰든 필히 후벼내야 할 것이야……. 내 얼굴에 구정물 뒤집어쓰게 만들었다가는 되는 일이 없을 것임을 분명히 밝혀둔다!

 고항이 흠칫 하는 사이 류통훈이 피식 웃으며 말했다.
 "무서워서 간이 다 오그라드는데, 그래 이를 어찌 처리할 셈인가?"
 정세웅이 고개를 들어 한 쪽에 서 있는 황천패를 바라보더니 입을 열었다.
 "하관이 류 어른을 뵙고자 하는 이유는 이 친구를 며칠만 빌렸으면 해서입니다."
 언제나 그렇듯이 비굴하지도 오만하지도 않은 웃음을 지어 보이며 황천패가 류통훈의 등뒤에서 불쑥 나와 류통훈과 고항을 향해 두 손 맞잡고 깍듯하게 읍을 했다. 그리고는 침착하게 입을 열었다.
 "흑풍채의 비적들이 그 숫자는 적어도 관군들이 몇 번씩이고 소탕작전에 패한 건 그자들의 이목이 너무 영리하기 때문으로 보여집니다. 우리 목에 방울이 달린 것도 아닌데 여기서 조금만 부스럭거려도 곧 눈치채고 종적을 감춰버리죠. 그래서 이번엔 마본선의 집에서 잔치가 벌어지는 틈을 타 흑풍채의 비적 소굴을 소탕해버리기로 정세웅과 의견을 같이했습니다. 벌써 정 어른이 2백여 명의 관병들을 쌀장수로 변장시켜 태평진에 배수진을 친 것으로 알고 있습니다. 때가 되면 저희 두 사람이 밤을 타 마가네 집으로 달려가 혼례식장에서 류대머리와 한판 붙을 것입니다!"

"음, 좋은 생각이야!"

듣던 고항이 흥분하여 눈빛을 반짝였다. 숟가락만 들고 있으면 기회를 타 냉큼 한 숟가락 얻어먹을 수 있을지도 모른다는 계산이 앞섰던 것이다. 주먹으로 손바닥을 힘껏 쥐어박으며 고항은 필요 이상으로 흥분했다.

"북경에서 태어나서 기라성 같은 인물들 속에서 장성한 나로선 제법 눈요기가 될 것 같군. 벌써 기대가 되는데? 때가 되면 나도 북경에서 데려온 서른 명의 시종들을 데리고 구경가야지."

류통훈도 이 전술이 새롭긴 했지만 자신의 성부를 드러내진 않았다. 천천히 일어나 몇 걸음 거닐며 고개를 들어 천장을 응시하던 그는 느릿느릿 입을 열었다.

"결코 연극 구경하듯 가볍게 대할 일이 아니오. 생사를 가르는 총칼이 난무하는 엄연한 피의 현장이오. 난 자네 법사아문 내부에 적과 내통하는 자가 있을 거라는 의심이 가오. 방면 대원(方面大員)이 둘씩에, 형부 당관(刑部當官)까지 내려와 있는 마당에 몇몇 좀도둑 나부랭이들에게 놀아난다면 조정의 체통은 어찌되겠소. 자네들의 의견에 제동을 거는 건 아니고 그저 좀더 치밀하게 계획을 짜줬으면 하는 바람이오."

류통훈의 말에 정세웅이 급히 아뢰었다.

"내부에 적이 있을 거라는 생각은 저희들도 했습니다. 그래서 병사들은 법사아문이 아닌 악 중승이 사천에서 데려온 친병들을 투입시키기로 했습니다. 우리가 조금만 조심하여 접근하면 충분히 승산이 있는 싸움입니다."

"자네들이 아뢰지 않았다면 몰라도 사전에 내가 이렇게 알고 있는 한 그 결과에서 나도 자유로울 순 없을 것 같아서 하는 말이오."

생각할수록 만에 하나 패했을 경우 자신이 감당해야 할 무게가 부담스러워지는 류통훈이었다. 담담하게 웃으며 그가 다시 입을 열었다.

"나의 영패(令牌)를 이용하여 흑풍채 근처에 주둔하고 있는 녹영병 한 개 소대를 동원시켜 8월 22일 해시(亥時) 정각까지 태풍진으로 잠입시키게. 그리하면 만에 하나의 사태를 대비할 것이네. 그대들 생각은 어떠한가?"

"신기묘산(神機妙算)이 따로 없습니다!"

"무슨 신기묘산씩이나! 그저 만일을 미연에 대비하자는 것뿐이네! 내가 '공로'를 탐내서 그러는 건 아니니 그 걱정은 붙들어매도 괜찮겠네."

류통훈이 소탈하게 웃으며 말을 이었다.

"나랑 악 중승은 성부(城府)를 지키고 있을 테니 첩보나 전해주시구려!"

"예! 필히 낭보를 전해 드리겠습니다!"

세 사람이 이구동성으로 외쳤다.

세 사람이 역관을 나서는 뒷모습을 눈으로 배웅하며 류통훈은 속으로 잠시 건륭에게 올릴 주장내용에 대해 생각해 보았다. 산동성의 재해복구 현황을 소상히 상주하려면 고향에 대해서도 언급을 해야만 했다. 그러나 어떻게 아뢰어야 할지 쉽게 감이 잡히지 않았다.

한편 태평진의 으뜸가는 부자인 마본선의 집은 이 시각 한바탕 혼란을 겪고 있었다. 가끔씩 비적들이 식량을 '꾸러' 오는 경우는 있었지만 비적과 관군 어느 쪽의 눈 밖에도 날 수는 없었는지라 그런 대로 조금씩 '출혈'을 해가면서 비교적 원만한 관계를 유지해 오던 마본선이었다. 그러나 채워도, 채워도 끝이 없는 비적들의 탐욕에 마본선은 그만 신물이 나고 말았다. 몇십 석도 아니고 한꺼번에 7백 석을 내놓으라니! 쌀값이 껑충 올라 1석에 은자 30냥인데, 7백 석이면 앉은자리에서 고스란히 은자 2만 냥을 날리는 셈이었으니 마본선은 아니라 그 누구라도 가슴 아플 일이었다. 류대머리의 협박성 편지를 받고 이리 뒤척이고 저리 뒤척이며 고민하던 마본선은 궁여지책 끝에 급기야 성부(省府)에 도움을 청했던 것이다.

그러나 마본선은 곧 후회했다. 법사아문에 류대머리의 첩자가 없으란 법은 없다는 생각이 뒤늦게 뇌리를 쳤던 것이다. 자신의 행각이 들통나는 날엔 류대머리가 그냥 있을 리가 없었다. 어떻게 이룬 가업인데 이제 그렇게 되면 하루아침에 쑥대밭이 되고 일가가 거리로 내몰리는 건 너무나 자명한 노릇이었으니 이를 어찌하면 좋단 말인가. 류대머리가 보낸 협박성 편지를 그대로 성부에 발송하고 난 3일 동안 마본선은 불가마 위의 개미처럼 어찌할 바를 몰랐다. 그럼에도 큰아들 마기요(馬驥遙)와 신랑인 둘째아들 마기원(馬驥遠)의 지휘하에 신부를 맞을 준비는 착착 진행되고 있었다.
　몇 날 며칠 가슴 졸이는 나날이 이어지고 마침내 혼례식이 치러질 8월 22일이 다가왔지만 관부나 비적 그 어디에서도 아무런 움직임이 없었다. 신경이 날카로워 실낱같던 마본선은 속으로 안도의 숨을 내쉬었다.
　닭이 홰를 치기도 전에 자리를 박차고 일어나 둘째아들의 신방(新房)을 둘러보고 바깥 천막 안에서 밤새워 잔치음식을 만드느라 여념이 없는 일꾼들을 격려하기도 하며 전날과는 사뭇 다른 여유 있는 모습을 보였다. 고기 익는 냄새가 차가운 새벽공기에 흠뻑 배어서 뜰 전체에 육향(肉香)이 그득했다. 뒷짐을 지고 서서 연신 코를 벌름거리며 심호흡을 하던 마본선이 때마침 찬이슬을 잔뜩 이고 밖에서 들어서는 마름 마씨를 향해 손짓했다.
　"이리 와봐!"
　"어르신!"
　마씨가 그제야 마본선을 발견하고는 얼어 오그라붙은 두 손을 비비며 엉거주춤 다가와 아뢰었다.
　"이리 일찍 기침하셨나이까? 그런데 어르신, 밖에 사람이 와 있나이다!"
　"사람이라니, 누구?"
　마본선이 흠칫 소스라치며 물었다.
　"어디서 왔다고 하던가?"
　"관부에서 대단한 인물이 내려왔나이다."
　마씨가 흥분하여 드르르 떨리는 목소리로 말했다.

"성부(省府) 법사아문의 정 어른이 친히 병사들을 거느리고 밖에 와 있나이다!"

순간 마본선은 두 다리를 휘청하여 하마터면 그대로 땅바닥에 주저앉을 뻔했다. 마씨가 급히 부축하려고 하자 마본선이 손짓으로 막으며 애써 일어섰다. 그리고는 급히 지시했다.

"어서, 어서 안으로 모시지 않고 뭘 꾸물거리냐!"

마씨가 종종걸음으로 다가가 대문을 활짝 열어젖히자 대문 앞의 말을 매어 두는 곳에서 세 사람이 모습을 드러냈다. 검정색 비단 장포를 입은 마흔 살 가량의 중년사내가 하마석 위에 발을 올려놓은 채 다른 두 젊은이와 뭔가 담소를 주고받고 있었다. 두 젊은이 역시 편안한 청포차림이어서 언뜻 보기에는 장사꾼 같았다.

마본선이 다가오자 세 사람은 급히 마주 걸어왔다. 친병이 있나, 없나부터 먼저 살핀 마본선은 그러나 친병들은 그림자조차 보이지 않자 내심 불안해지기 시작했다. 이때 마름 마씨가 다가와 목소리를 낮춰 말했다.

"이 세 분 모두 장가만(張家灣) 쪽에서 온 장관(長官)이옵니다."

마주 걸어오는 고항과 황천패를 어리벙벙한 표정으로 바라보며 마본선이 어찌 칭해야 할지를 몰라 하고 있을 때 황천패가 웃으며 말했다.

"신부 측의 위탁을 받고 혼수품을 가져온 사람들이오!"

정세웅이 손짓하자 병정(兵丁) 차림을 한 수행원이 노새를 끌고 가까이 왔다. 노새 등에 실려있는 두 개의 큰 나무상자를 가리켜 정세웅이 웃으며 말했다.

"상자가 미어터지도록 뭐가 많이 들었으니 보면 필히 좋아할 거요!"

그제야 마본선은 이 세 사람이 심부름꾼으로 가장한 관병(官兵)이라는 사실을 눈치채고는 어리둥절한 채로 연신 '아! 네!'를 연발했다. 그리고는 손을 내밀어 안내했다.

"만나서 반갑소! 어서 안으로 드시오!"

그러나 길 저편에 시선이 닿은 마본선의 얼굴은 순간적으로 놀란 표정이 역력한 가운데 갑자기 말을 더듬었다.

"마씨! 어서, 어서 이 분들을 안으로 안내하거라. 어서 빨리 서두르거라!"

이에 마씨도 낯빛이 파랗게 질렸다. 의아스러운 표정인 정세웅을 향해 마씨가 떨리는 목소리로 말했다.

"흑풍채 쪽에서 장(蔣)셋째가 내려왔나이다!"

정세웅 세 사람이 보니 과연 뚱뚱한 중년사내를 태운 노새가 뚜둑뚜둑 발소리를 내며 이쪽으로 달려오고 있었다. 그 역시 머리가 정수리까지 훌렁 벗겨진 대머리였다. 그러나 귀밑을 따라 뒤통수는 까맣고 숱이 많은 머리가 길게 땋아내려 있었다.

가까이 온 사내는 주먹만한 매부리코에 코끝이 시뻘개서 보기에 흉했다. 비대한 몸집을 감당하지 못하고 벌어진 앞섶에는 묵직한 뱃살이 출렁였고 허리춤에는 크고 작은 두 개의 비수를 꽂고 있었다. 어디서 빼앗아 왔음직한 새끼노새가 그 하중을 이기지 못해 가쁜 숨을 몰아쉬는 모습이 안쓰러워 보였다.

마본선과 정세웅 일행을 발견한 장셋째가 노새에서 뛰어내리더니 고삐를 내던지고는 육중한 몸을 나름대로 날렵하게 놀리며 다가왔다. 장셋째는 정세웅네 세 사람을 힐끗 째려보고는 마본선을 향해 읍해 보이며 퉁명스레 물었다.
"다 준비됐는가?"
"준비됐소."
정세웅 일행이 곁에 있어서인지 마본선은 잠시 주춤하더니 이내 진정하며 얼굴 가득 웃음을 지었다.
"진작에 가져다 드렸어야 했는데 이리 걸음을 하게 해서 미안하오! 자루에 꽁꽁 담아보니 총 10석이 모자라는 7백 석이었소. 뒤뜰 창고에 있으니 사람들을 데려다 실어 가면 되겠소!"
그러자 장셋째가 이쪽으로 다가오더니 세 사람을 유심히 바라보았다. 그리고는 돌연 피식 웃음을 터트렸다.
"며느리를 맞아 왔나 궁금해서 온 사람한테 엉뚱하게 무슨 7백 석이고 6백 석이고야!"
내뱉듯 궁시렁거리며 장셋째는 마본선이 미처 안으로 안내하기도 전에 횡하니 뜰 안으로 뛰어들어갔다. 마본선과 정세웅 등이 따라 들어가자 장셋째가 걸어가며 말했다.
"웃기는 것은 우리도 이리로 쌀을 꾸러 왔는데, 어떤 한심한 자는 글쎄 우리더러 쌀 좀 꿔달라며 산채를 찾았다는 거 아니오? 구인제세(救人濟世)의 사명을 안고 산서성에서 온 협객이래나 뭐래나! 협객이 다 얼어죽었지 거지같은 놈……! 우리 어르신이 좀 있다 친히 내려오셔서 축하주 한 잔 마시고 동방(洞房)을 희롱하신 연후에 식량을 운송하여 산으로 들어가실 거라고 하셨어. 마본선, 자네가 이번에 통쾌하게 나오는 덕분에 산채에 큰 도움이 됐다고 하시며 내년엔 배로 갚을 거라고 하셨어. 내년에 어떤 개뼈다귀 같은 사람은 떡두꺼비같은 손자에다 쌀벼락까지 맞게 됐으니……."

장셋째는 마본선을 빗대어 그와 같은 욕지거리를 퍼붓고는 짐짓 거들먹거리며 방안으로 들어왔다. 정세웅과 고항, 황천패 등도 뒤따라 들어오자 장셋째의 살찐 얼굴에는 몹시 불쾌한 기색이 역력했다.

2. 흑풍채(黑風寨)의 비적(匪賊)

장셋째의 험상궂은 표정을 일별하며 황천패가 묻지도 않은 말을 했다.

"우린 사돈집에 혼수품을 보내주고 혼서(婚書)를 내리라는 주인의 당부를 받고 왔소."

마땅히 어찌해야 할지를 몰라 멍하니 서 있는 마본선을 향해 이같이 말하며 황천패가 자라껍데기 같은 손을 가슴속에 밀어 넣더니 커다란 '희(喜)'자가 박힌 빨간 희첩(喜帖)을 꺼내 건넸다. 마본선이 펼쳐보니 이같이 적혀 있었다.

    정(丁) 어른의 중매로, 사돈어른의 천금 같은 언약을 믿고 못난 딸 아추가 귀댁의 둘째 귀공자와 혼인을 맺게 되었사오니 참으로 감개가 무량합니다. 특별히 고(高), 황(黃) 두 사람을 보내어 혼수를 근봉(謹奉)하오니 그 깊은 뜻은 사돈어른께서 잘 미뤄 짐작하시리라 믿어마지 않습니다.
                                      -건륭 6년 8월 22일

 그 밑엔 혼수품목이 눈에 띄었다.

 금 10냥, 은 50냥, 채색비단 6필, 잡용견(雜用絹) 40필

 마본선은 대뜸 사돈 장씨가 이미 비적들에 대처하기 위해 관군과 손을 잡았다는 사실을 알 수 있었다. 짐짓 아무런 내색도 하지 않고 마본선이 희첩을 장셋째에게 넘겨주며 말했다.
 "장 어른도 한번 읽어보시죠."
 "정교하게 만들었네."
 장셋째가 심드렁한 표정으로 낚아채듯 희첩을 받아들더니 앞뒤로 뒤집어 보았다. 아는 글씨가 없으니 당연히 할말도 없는 장셋째였다.
 이때 뒤뜰에서 돼지 멱따는 소리가 들려오자 장셋째가 희첩을 내던지듯 탁자 위에 던지며 소리쳤다.
 "뭐 먹을 거 좀 안 내오나? 이거 손님대접이 영 엉성한데? 그리고 거 돼지내장 깨끗이 손질하여 챙겨둬, 갈 때 가지고 가서 술안주나 하게."
 말을 마친 장셋째는 꿀꺽 소리가 나도록 군침을 삼켰다.
 "아이고, 이 정신 좀 봐라! 벌써 주안상을 올렸어야 하는데……."
 마본선은 장셋째를 차라리 술독에나 빠뜨려 괜한 시비를 걸어오지 못하게 만드는 것이 백번 낫겠다는 생각을 하며 그제야 급히

흑풍채(黑風寨)의 비적(匪賊)　29

하인을 불러 지시했다.

"어서 서쪽 별채에 주안상을 푸짐하게 차려다 놓고 장 어른을 그리로 모시거라!"

마본선이 억지로 웃음을 지어내며 등 떠밀 듯 장셋째를 하인에게 맡겨 밖으로 내보냈다. 장셋째가 서쪽 별채 쪽으로 걸어가는 모습을 확인한 마본선은 그제야 땀방울이 맺힌 이마를 쓸어 올렸다.

"저 자식이 뭔가 눈치챘을까봐 얼마나 조마조마했던지. 여기서 칼놀음이라도 난다면 큰일 아니오?"

"마 어른은 아직 장셋째놈한테 환상을 품고 있는 것 같소. 그 자식 하는 꼴을 보면 아무래도 칼놀음을 비켜갈 수가 없을 것 같구만."

황천패가 분주히 뜰을 오가는 사람들을 힐끔 바라보며 쌀쌀한 어투로 말했다.

"남의 경사에 초치는 게 아니라 태평스런 잔칫날이 되긴 글렀소. 마 어른은 관군을 도와 저자들과 한판 승부를 걸어 이참에 흑풍채의 비적들을 소굴째로 날려버려야만 일가의 평안을 기약할 수가 있단 말이오!"

그사이 돌연 뜰에서는 고악소리가 대작했다. 배불리 얻어먹고 벌겋게 마신 풍각쟁이들이 신들린 듯 울리는 고악이 뜰 안에 차고 넘쳤다. 신랑이 신부를 맞이할 때가 된 것이다. 희복(喜服)을 차려 입은 신랑 마기원이 한껏 상기된 표정으로 가슴을 쭉 내밀고 힘있게 걸어나왔다.

아들이 다가오기를 기다리지 못하고 서둘러 계단 앞으로 나온 마본선이 처마 밑에서 아들의 사행례(辭行禮)를 받았다. 그리고는 귀청을 째는 고악소리에 맞받아 큰소리로 말했다.

"조심해 다녀 오거라. 그쪽 길이 험한가 보더라. 혼수를 전하러 온 손님들은 내가 잘 모실 것이니 염려놓으시라고 바깥사돈한테 말씀올리고!"

한편 당방(堂房)에서는 고항이 멍한 표정으로 서 있는 황천패를 향해 웃으며 말했다.

"하늘이 무너지면 우리보다 키 큰 사람들이 떠받칠 것이니 걱정하지 말고 자리에 앉게!"

"예!"

황천패는 말 잘 듣는 어린이처럼 자리에 내려앉았다. 고항의 농을 받아들일 여유가 없이 심사가 무거워 보였다. 긴 숨을 내쉬며 황천패가 말했다.

"만에 하나 다른 비적 무리들도 이때를 틈타 식량을 약탈하러 내려온다는 소문이 사실이라면 어떡하죠?"

이에 정세웅이 말했다.

"그건 장셋째 이놈이 그냥 지껄여본 소리일거야. 설마 그리 공교로울 리가 있겠어? 또 그게 사실이라도 뭐가 문젠가! 류통훈 어른이 1천 녹영병을 파견하여 해시(亥時)에 도와주러 오기로 했는데! 얼마든지 덤비라고 해, 한 발에 짓이겨버리게!"

그러자 고항이 말했다.

"조심해서 나쁠 건 없지. 좀 있다 우리 사람들이 신부를 데려오는 대로 급히 사람을 파견하여 류통훈 중당과 연락이 닿게끔 해야겠소! 며칠 전 관보를 보니 동평산(東平山)의 비적들과 자미봉(紫微峰)의 모진조(毛振祖) 일당이 관군에 의해 섬멸당했다고 하는데, 두목들은 모두 놓쳐버렸다고 하오. 강서성이 주무대였던 '일지화'도 작년엔 하남 대별산(大別山) 쪽으로 흘러들었다고 하니 산동으로 잠입했을 가능성도 배제할 순 없을 것 같소. 공공연히 백련교(白蓮敎)의 깃발을 내걸고 조정에 대항하는 반역자들인 만큼 일반 비적들보다도 더 경계를 강화할 수밖에 없소! 울고 싶을 때 뺨 때리는 격으로 재해로 온통 난리를 겪는 산동성에 대란을 몰고 올 불씨가 될 수도 있단 말이오!"

정세웅은 고항의 말에 충분히 공감했다. 갈수록 어깨의 무게가 심상찮았다. 그사이 뜰 안에는 주인의 위망(威望)을 말해주듯 거동이 점잖은 향신(鄕紳)들과 유지(有志)들이 가득했다. 마당 한쪽에는 사람들이 보내온 하례가 산더미 같았다. 잔치 분위기가 농익은 뜰을 한참동안 바라보던 정세웅이 자리에서 일어서며 말했다.

"여긴 길게 말할 장소가 못 되는 것 같소. 뒤뜰로 가서 마본선더러 조용한 방 하나 내어달라고 해서 거기서 구체적인 작전을 짜는 게 좋겠소."

이같이 말하며 밖으로 나선 정세웅이 손짓으로 마기요를 불렀다. 뭔가 귀엣말을 몇 마디 하는 사이 마기요가 연신 눈을 껌벅이며 머리를 끄덕였다. 그리고는 웃으며 말했다.

"역시 치밀하십니다. 저의 방에서 하시죠. 천내(賤內)와 여동생이 시중들면 별탈 없을 것입니다."

자신만만하게 힘주어 고개를 끄덕이며 마기요는 세 사람을 데리고 뒤뜰로 갔다.

사합원의 널찍한 내원(內院)에는 커다란 다섯 칸 북향(北向) 방에 마본선 부부와 큰아들 마기요, 둘째 마기원, 그리고 여동생 아방(兒芳)이 살고 있었다. 마본선 부부가 앞뜰에서 손님접대에 여념이 없는 데다 아직 멋모르는 막내 마기운(馬驥運)마저 어디론가 가버리고 커다란 내원은 물 뿌린 듯 조용했다. 맨살을 드러낸 나뭇가지 사이를 뚫고 지나는 바람소리가 숨막히게 단조로웠다.

뜰 안 네 각[四角]에 멀리 살펴볼 수 있는 전망대가 마련돼 있는 걸 보며 정세웅이 그 철저한 보안의 필요성에 공감하여 저도 모르게 고개를 끄덕였다. 마기요를 따라 서쪽 별채로 들어가니 거기엔 마기요의 처 신씨(申氏)와 여동생 아방이 밝은 창 아래서 바느질을 하고 있었다. 느닷없는 인기척에 언뜻 고개를 쳐든 신씨가 남정네가 데려온 낯모르는 세 남자를 보고는 부끄럽고 당황한 마음에 낚아채듯 시누이를 잡아끌고는 안방으로 숨으려 했다.

"무슨 사람이 사람을 보고 그리 놀라? 비적들을 족치러 관부에서 내려오셨는데!"

마기요가 내뱉듯 말했다.

"밖은 이목이 복잡해 이리로 옮겼으니 잘 모시도록 해!"

어렴풋이 잔칫날을 기해 비적들이 식량을 꾸러 내려올 거란 말을 들은 적 있는 두 여인은 몸을 도르르 말며 어찌할 바를 몰랐.

지시를 마치고 마기요는 급히 자리를 떴다. 두 여인이 주안상을 내어오려는 듯 행주로 식탁을 닦고 술 주전자와 그릇을 깨끗이 씻으려 소매를 걷어올리자 정세웅이 웃으며 말했다.

"지금 먹는 게 문제가 아니니 그리 서두르지 않아도 되겠소. 긴요한 것은 먼저 이 집의 지도를 좀 그려줘야겠소."

정세웅이 창가에 놓여 있던 수놓을 때 쓰는 종이와 붓을 집어 신씨에게 건네주며 말을 이었다.

"수를 놓듯 이 집의 주변환경이며 정확한 위치, 구도를 세세히 그려내야겠소. 북쪽엔 뭐가 있고 또 남쪽엔 뭐가 어떻게 자리하고 있다든지 그런 식으로 말이오. 무슨 말인지 알겠소?"

"예, 어르신⋯⋯."

신씨가 수줍음에 얼굴을 봉숭아 빛으로 물들이며 고개를 숙였다. 그리고는 탁자 앞 걸상에 살포시 엉덩이를 붙이고 앉았다. 탁자 위에 종이를 펴는 두 손이 가늘게 떨렸다. 몇 번이고 실수하여 종이를 버렸으나 정세웅의 격려와 지도를 받으며 마침내 신씨의 긴장은 다소 풀리는 듯했다.

한편 황천패는 한 쪽에 다소곳이 앉아있는 마기요의 여동생 아방을 보며 돌연 북경에서 아버지 병구완을 하느라 고생할 여동생이 그리워졌다. 이위(李衛) 총독이 아버지 황구령(黃九齡)에게 상으로 내린 작은 방에서 이팔청춘 꽃다운 나이에 꽃이 피기는커녕 수심만 가득하던 그 작고 가련한 모습이 생각나 눈물이 앞을 가렸다. 녹림(綠林)을 호령하며 평생을 살아왔던 아비 황구령 또한 말년 신세가 서리맞은 가지같이 처량할 줄이야. 직예(直隸)에서 '일지화' 휘하에 있는 생철불(生鐵佛)이란 자를 놓쳤다는 이유로 조정으로부터 '적을 방조'했다는 죄명을 뒤집어쓰고 파직당하여 심판을 기다리고 있으니 늙은 아비와 어린 누이의 처지가 처절함은 말해서 무엇하리! 사뭇 정겨우면서 착잡한 표정으로 자신을 응시하는 황천패의 시선에 아방이 수줍음에 얼굴을 붉히며 고개를 떨구었다.

다른 쪽에서는 그사이 신씨의 미색에 반한 고항이 신씨의 온열과 향기가 그대로 느껴질 정도로 가까이 다가가 온갖 음탕한 생각에 눈동자가 벌겋게 달아있었다. 처첩을 셋씩이나 거느리고 있으면서도 얼굴이 반반하다 싶은 계집종들을 의복 갈아입듯 번갈아 품어왔던 고향이었다.

 그 와중에 푸헝의 처 당아의 '합가분대무안색(合家粉黛無顔色)'의 외양에 혹하여 한동안 정신이 황홀해 있기도 했다. 그러나 처음엔 가슴이 찌릿찌릿 녹아 내리도록 살살 눈웃음치던 당아가 갈수록 냉담해지는가 싶더니 언제부터인가 궁중에서 맞닥뜨려도 언제 봤더냐는 듯 쌀쌀맞게 외면해버리는데는 벙어리 냉가슴이 따로 없었다. 무언가 이상하다는 생각이 든 고항이 은자 1천 냥을 먹여 염탐해보니 그 불여우 같은 년이 글쎄 당금 천자인 건륭과 붙어버린 게 아닌가! 어쩐지 푸헝이 가랑이 찢어질 줄 모르고 승승장구한다 했어. 아무리 황척(皇戚)이라고는 하지만 당아가 해산하는데 건륭이 아들딸 여부를 물어오고 복강안(福康安)이라는 이름까지 하사했다는 것 또한 고개를 갸웃하게 만들고도 충분한 일이었다! 괘씸하고 얄밉고 시샘이 났지만 감히 밖으로 표출할 수는 없는 고항이었다…….

 눈앞의 신씨를 보니 용색이 당아와는 비할 바가 못 되었으나 다소곳한 자태며 섬세하고 단아한 손놀림, 까만 기름기가 자르르 흐르는 머리카락하며 우유같이 희고 보드라운 목덜미가 조금은 당아와 흡사한 그런 여인이었다! 관운(官運)은 평보청운(平步靑雲)이라고 해도 좋을 만큼 승승장구였으나 집 떠난 지 오래되니 솔직히 여인의 속살이 그리운 건 어쩔 수 없었다. 위험이 코앞에 있으니 망정이지 진작에 솜이불처럼 덮어버리고 싶은 욕구가 굴뚝같았다…….

 고항이 엉뚱한 생각에 사로잡혀 있을 때 정세웅은 신씨가 자신 없이 내놓은 지도를 집어들고 한 손으로 턱 끝을 잡은 채 고개를 갸우뚱했다. 미간을 살짝 찌푸려 어렴풋한 곳을 짚어 물어 보고 난 정세웅이 신씨와 아방에게 말했다.

"주안상 내어오느라 할 것 없이 차나 한 잔 주시오. 다른 건 굳이 신경 쓰지 않아도 좋겠소."

이같이 말하며 정세웅이 지도를 가리키며 황천패에게 말했다.

"마본선도 나름대로 비적들을 대비해온 건 틀림없소. 여기 보면 뜰 서북쪽의 연못이 바우 뜰 밖에 나가있지 않소? 지금이 한창 연근(蓮根)을 캐고 연못을 비우는 계절이고 보면 그쪽으로 길이 생기게 됨은 자명한 일이오. 모르긴 해도 류대머리가 바로 그곳에 유사시를 대비한 한 무리의 인마(人馬)를 포진시켜 놓고 있을 것이오. 그래서 말인데, 우리 사람들도 대청 안에서만 맴돌 게 아니라 30명 정도를 파견하여 연못을 통해 밖으로 나가는 길을 차단하는 게 바람직할 것 같소. 아무튼 우리로선 류대머리라는 왕벌을 생포하는 게 최선이라 생각되는데, 고항 어른은 어찌 생각하시는지요?"

"어? 응응!"

홀린 듯 두 눈이 퀭하여 신씨에게 눈길을 박고 있던 고항이 문득 제정신이 돌아온 듯 급히 어색한 웃음을 흘리며 말했다.

"뭐, 세웅과 천패 자네 두 사람이면 제갈량도 저리 가라고 할 정도인데, 나야 전적으로 자네들 뜻에 따르지! 굳게 믿고 있으니 알아서들 하게. 난 관전이나 하고 있을 터이니!"

코앞에 닥친 위기를 어찌 풀어갈까 온통 머리 속이 복잡한 두 사람으로선 설마 이 순간에 명색이 국구(國舅)라는 사람이 야화(野花)에 춘정(春情)이 동해 허우적댈 줄은 꿈에도 모르는 눈치였다. 창 밖의 놀을 바라보며 정세웅이 말했다.

"장가만(張家灣) 측의 하객들을 따라오기로 한 우리 애들도 이제 곧 도착할 텐데, 나랑 천패가 나가보고 올 테니 고 어른은 여기 잠깐 계시는 게 좋겠습니다."

 기다렸다는 듯이 고항이 속으로 쾌재를 부르며 연신 그리 하라며 머리를 끄덕였다.

 "그게 좋겠네. 난 장가만 측의 '들러리'가 아닌가! 마기원이 색시를 데려오면 그때 나가도록 하지."

 두 사람이 자리를 뜨자 커다란 방안에는 고항과 신씨, 아방만 남았다. 잠시 서로 아무 말도 없는 난감하고 어색한 분위기가 무거웠다. 부글부글 괴어오르는 욕구로 번들거리는 고항의 두 눈에 신씨의 약간 흘러내린 귀밑 잔머리가 참을 수 없이 여성스러워 보였다. 긴 치마폭에 반쯤 감춰진 꽃신 신은 작은 발을 살며시 안으로 끌어당기는 몸짓이며 눈길 둘 데를 몰라 움찔거리는 모습이 여자 후리는데 이골이 나 있는 고항에겐 은근한 추파로 느껴졌다. 찻잔을 들어 천천히 입가로 가져가 홀짝이며 비로소 나름대로 접근 방도가 생긴 고항이 웃으며 아방을 향해 물었다.

 "자네, 마본선의 따님이라 했던가?"

 "예."

 "……이름을 물어도 될까?"

 "소녀, 아방이라 하옵니다."

 "자매는 따로 없고?"

 "없사옵니다."

 아방이 의아한 눈빛으로 젊은 대관(大官)을 흘깃 훔쳐보았다.

 고항이 이번엔 신씨를 바라보며 히죽 웃어 보였다. 그리고는 혀를 끌끌 차며 칭찬을 했다.

 "심산(深山)에서 준조(俊鳥)가 난다더니, 옛말 그른데 없군!"

생김새만 꽃 같은 줄 알았더니 바느질하는 솜씨 또한 빼어나 궁중의 삼천 궁녀들은 저리 가라네! 저 베개에 수놓은 모란꽃은 자네 솜씬가?"

낯모르는 대관에게서 과분할 정도로 찬사를 받은 아방이 혀를 홀랑 내밀며 이내 고개를 떨구었다. 발끝으로 땅바닥을 후비며 기어 들어가는 목소리로 아방이 말했다.

"엄마 어깨너머로 조금 배웠을 뿐이옵니다. 어르신께 흉을 보여 드렸사옵니다······."

그러자 고항이 웃으며 허리춤에서 와룡대(臥龍袋)를 풀어 건네며 말했다.

"이것 보게! 내정(內廷)에서 만들었다고 하는데 어디 자네 솜씨에 갖다 대겠나? 보라고, 몇 번 안 달고 다녔는데 벌써 옆구리가 터지려고 하잖아. 엎어진 김에 절을 한다고, 금실로 이것 좀 꿰매 줄 순 없을까?"

"송구스럽사오나 여긴 이 같은 명황색(明黃色) 실이 없사옵니다."

아방이 와룡대를 유심히 들여보다더니 말했다. 고항의 심사를 훤히 꿰뚫어본 신씨가 이 정도 인물이면 마다할 이유가 없다는 생각에 옆에서 시누이를 부추겼다.

"이봐, 시누! 꿩 아니면 닭이랬다고 노랑색 실이 없으면 은홍(銀紅), 자주(紫朱), 월백(月白) 삼색으로 곱게 수놓아도 내가 보기에 이색적인 와룡대가 될 것 같구먼."

"그래, 그게 더 예쁘겠다!"

고항이 기다렸다는 듯이 연신 맞장구를 쳤다. 커다란 입이 귀에 걸터앉았다. 아방이 알겠노라며 와룡대를 들고 다소곳이 물러갔다.
 벌써부터 가슴이 콩닥거려 지레 고개를 떨구고 옷자락을 감았다 풀었다 하는 신씨를 향해 고항이 바투 다가가 앉았다. 주체할 수 없이 차오르는 숨소리를 힘주어 누르며 한참 후에야 신씨가 가느다란 목소리로 말했다.
 "찻물 좀 바꿔 올게요."
 신씨가 옷섶을 조심조심 여미며 일어서려 하자 고항이 덥석 그 손을 잡았다. 그리고는 흥분에서인지 두려움에서인지 몸을 바르르 떨고 있는 신씨를 와락 으스러지게 껴안으며 고르지 못한 목소리로 속삭이듯 말했다.
 "……차는 안 마셔도 돼. 자네 한번 가지면 백년 갈증이 확 풀릴 텐데 뭘……."
 "어르신같이 지체 높으신 분들도 이리…… 여색을 탐하시나이까."
 신씨가 못 이기는 척 고항의 품에 안겨 짐짓 반항하듯 몸을 움찔거렸다. 그러나 남자의 온열이 스며들기 시작하자 여인은 곧 솜처럼 두둥실 부풀어오르고 말았다. 고항의 손길이 닿는 곳마다 촉촉한 신음소리를 내며 신씨는 어느새 가느다란 두 팔을 고항의 목에 감았다.
 우유 단지에서 막 빠져 나온 듯 뽀얀 살결이 탐스러운 여인의 알몸에 빗방울 같은 입술도장을 찍으며 오르락내리락 미끄럼을 타는 고항의 입에서 황소의 울음 같은 숨이 터져 나왔다. 한동안 조용한 방안에는 만리장성을 쌓는 두 남녀의 이상야릇한 신음소리로 가득했다…….
 팽팽하던 고무줄이 느슨해지듯 혼신이 노곤하여 두 사람이 손가락 하나 까딱 않고 누워있던 중 갑자기 밖에서 폭죽소리가 콩볶듯하는 가운데 멀리서 징 소리며 꽹과리 소리가 들려오기 시작했다. 그제야 번뜩 제정신이 돌아온 신씨가 후닥닥 일어나 앉았다. 부랴부랴 옷을 주워 입고 있노라니 고항이 흘러내린 귀밑머리를 귓바퀴에 얹어주며 물었다.

"정작 이 맛을 봐야 할 사람들은 아직 동방(洞房)에 들지도 않았는데, 우리가 먼저 어수지락(魚水之樂)을 맛보다니! 그런데, 집의 남정네와 비하면 어떻던가?"

이에 신씨가 목소리를 한껏 낮춰 응답했다.

"그이는 고자예요. 자기가 제구실을 못하면서도 아들 못 낳는다고 허구한 날 생사람만 잡지 뭐예요! 우리 집 영감님 저렇게 멀쩡해 보여도 몰래 내 엉덩이 만지며 징글맞게 군 적이 한두 번이 아니에요……. 나잇살 먹어가지고 고슴도치 같은 턱수염으로 마구 문지르려 들 땐 구역질이 나서 참을 수가 없을 지경인 걸요! 어르신이 원하신다면 차사 마치고 며칠 더 머물렀다 가셔도 되는데……."

신씨가 이같이 말하고는 당치도 않다는 듯이 서글픈 웃음을 지었다. 이때 아방이 가벼운 기침으로 인기척을 내며 문을 밀고 들어섰다.

"수는 진작에 다 놓았어요. 하지만 하객들이 얼마나 왔나 알아보기 위해 중문까지 갔다오느라 좀 늦었어요……."

아방은 수줍은 표정으로 와룡대를 두 손으로 받쳐 올리며 고항의 눈빛을 피하여 기어 들어가는 목소리로 말했다.

"본시 재주가 졸렬하여 국구(國舅) 어른의 맘에 드실는지 모르겠나이다……."

고항이 받아들고 자세히 들여다보더니 웃으며 말했다.
"바느질을 이 이상으로 잘하면 어떻게 잘하겠나? 그런데, 내가 국구라는 건 어찌 알았던가?"
그제야 고항의 신분을 알게 된 신씨는 자신이 황친국척(皇親國戚)과 살을 섞었다는 사실에 흥분하여 온몸의 땀구멍으로 꿀이 배어 나올 것만 같은 황홀경에 빠지고 말았다. 이때 아방이 고개를 떨군 채 몸을 배배 틀며 말했다.
"어르신을 수행하며 모시던 황씨 성을 가진 후생(後生)에게서 들었나이다."
아방의 말이 떨어지기 바쁘게 황천패가 발을 걷고 잰걸음으로 들어서서 고항을 향해 읍해 보이며 말했다.
"우리 사람들이 전부 당도했습니다. 기왕 들러리로 나섰으니 신부를 데리고 동방까지 들어가줘야 예를 다했다고 할 수 있다 합니다!"
황천패의 말을 듣고 난 고항이 얼마나 왔느냐고 묻고는 곧 밖으로 발걸음을 옮겼다.
"식탁이 1백 개입니다."
황천패가 바싹 뒤따라가며 아뢰었다.
"못 돼도 1천 명은 되지 않겠습니까!"
"흑풍채(黑風寨)에선 얼마나 내려왔지?"
"거기선 아직 이렇다 할 움직임이 없습니다. 염탐꾼을 보내 동정을 살피게끔 했습니다."
"모르긴 해도 벌써 잠입한 놈들도 적지 않을 거야."
"그 가능성도 배제할 순 없습니다. 허나 아직 류대머리가 대가리를 내밀지 않은 건 사실입니다……."

두 사람이 두어 마디 주고받는 사이 어느새 마씨네 정청(正廳)에 다다랐다. 돌계단을 따라 올라와 대청을 가로질러 나오니 실히 3백 평은 넘을 커다란 공터가 눈앞에 펼쳐졌다. 서쪽에 임시로 만든 연극무대엔 이제 막 시작한 연극이 한창이었다. 동쪽엔 식탁이 즐비한 가운데 맨 앞에 있는 10개의 식탁엔 벌써 사람들이 빼곡이 자리하고 있었다. 모두가 장포에 마고자를 단정하게 차려입은 잠신(縉紳)들이었다.

그 뒷줄엔 서당의 훈장을 비롯하여 옷차림도 후줄근한 늙수그레한 수재(秀才)들과 의생(醫生), 낭중(郞中)들이 자리하고는 지척에서도 완연히 다른 풍경을 지어내고 있었다. 점잖게 은색 수염을 쓸어 내리며 간혹 으흠! 으흠! 소리를 내며 무게 잡는 신사들과는 달리 이들은 해바라기씨를 퉤퉤 뱉어내며 숙덕숙덕 수다를 떨기에 여념이 없었다. 뒷줄로 갈수록 흐트러진 모습들은 더욱 다양했다. 연극에는 전혀 무관심한 채로 쭈그리고 앉아 곰방대를 뻑뻑 빨아대는 남정네들의 다 해어진 솜저고리가 땟물로 얼룩져 번들거렸다. 검불 같은 머리에 서캐를 허옇게 뒤집어쓴 아이들은 설 명절이라도 되는 양 식탁 밑으로 들락거리며 술래잡기를 하느라 정신이 사나울 정도였다.

평소 주인의 교제가 넓고 인맥이 출중함을 보여주듯 삼교구류(三敎九流)가 구름 같은데, 고향이 고개를 들어보니 정청 양측의 영련(楹聯)이 한눈에 안겨왔다. 정문 중앙엔 문짝 만한 '희(囍)'자가 돋보였고, 영련의 글씨는 먹물이 떨어질 듯 선연했다.

仙娥縹緲下人寰
咫尺榮歸洞府間

선녀가 인간 세상에 내려와서
지척에 있는 집으로 돌아왔네.

고항이 읽어보고는 피식 웃었다. 이때 황천패가 저 앞에서 신랑 신부를 가리키며 눈짓을 보내오자 그제야 고항이 서둘러 발걸음을 옮겨 신부의 뒤를 따라 점잔을 빼며 정당으로 향했다. 땅바닥엔 호두와 대추, 밤이 덮이다시피 널려있었고, 정수리 위에서 터지는 폭죽소리가 귀청을 얼얼하게 했다. 가끔씩 불똥이 벌어진 옷깃 사이로 들어와 목덜미를 움찔움찔하게 만들었다. 그제야 고항은 신부가 결혼식에서 빨간 두건을 뒤집어쓰는 이유를 알 것 같았다.

문 어귀에서 당방(堂房)까지 이르는 불과 석 장(丈)도 되나마나한 길에서 앞서가며 흥겨운 잔치노래를 부르는 흥가랑(興歌郎)은 사방에서 던져주는 은자를 받아 챙기느라 바빴다. 십리부동풍(十里不同風)이요, 백리부동속(百里不同俗)이라더니, 북경엔 이같이 재밌게 촐싹대고 콩닥대는 흥가랑들이 없었기에 고항은 마냥 신기하고 얼떨떨하기만 했다. 참례사의(參禮司儀)의 고창(高唱)에 따라 화분(火盆)을 건너뛰고 말안장을 뛰어넘는 등 여러 절차를 거치며 마침내 정당(正堂)에 올라 입실했다. 인생의 새 출발을 하는 신인들에게 꽃을 달아주고 덕담 가득한 시를 읊어 찬사를 보내니 그제야 붉은 두건을 드리운 신부는 마침내 마씨 가문의 일원이 된 것이다.

이 순간을 경축하여 기둥에 줄줄이 매달려있던 길다란 폭죽 심지에 불을 갖다대자 대당 안팎은 다시금 투닥닥, 툭툭, 투닥닥 하는 콩 볶는 소리로 뒤덮여버리고 말았다. 녹의홍상(綠衣紅裳)의 풍각쟁이들이 시뻘건 목에 핏대를 세우며 신들린 듯 나팔을 불고

풍악을 울려대자 꽃가루를 뿌리는 아낙들의 손길이 바빠졌다. 싫지 않은 폭죽연기가 안개 같은 마당에서 사례(司禮)가 길게 뽑아 올리는 소리에 맞춰 상좌에 올라앉은 마본선을 향해 한 쌍의 신랑신부가 천지신(天地神)께 제를 올리고, 고당(高堂)에 참례하고, 부처(夫妻)를 향해 깍듯이 예를 갖춰 올렸다.

고항과 황천패가 보니 꽃같이 단장한 아방이 어느새 걸어나오더니 새 올케를 부축하여 일으키고 있었다. 이젠 동방으로 들어가 화촉을 밝히는 일만 남았던 것이다.

여기저기에 나뒹구는 폭죽껍질에서 아직 단 화약냄새가 나는 가운데 고악의 여음(餘音)이 사그라들고 사람소리도 한결 조용해졌다. 마치 자신이 장가를 드는 것처럼 들떠있던 고항이 그제야 사방을 두리번거리며 정세웅을 찾았다. 삼삼오오 떼지어 연회청으로 들어가는 사람들을 아무리 쓸어보아도 정세웅은 보이지 않았다.

한편 저만치 담장 아래에 있다 자신을 찾아 헤매는 고항을 보고 있던 정세웅은 인파를 비집고 고항의 등뒤로 다가갔다. 놀랠세라 살며시 어깨를 잡으며 정세웅이 말했다.

"나 여기 있소. 이목이 어지러우니 다른 데로 옮겨서 얘기하는 게 좋겠소!"

고항이 구레나룻이 더부룩한 정세웅을 향해 웃으며 말했다.

"까마귀가 벗하자고 하지 않던가! 그러니 내가 못 찾지, 진짜수염 같네."

서쪽에 여인네들을 위해 마련된 천막을 돌아 조용한 정당 뒤쪽으로 오니 어디선가 동방(洞房)을 희롱하며 웃고 떠드는 호사가들의 소리가 바람을 타고 와자지껄했다. 발걸음을 주춤하며 귀를 쫑긋 세워 듣노라니 빙그레 웃음이 터져나왔다. 그 모습을 보며 정세웅이 말했다.

"저쪽 하례청에는 반은 비적이고, 반은 관군이오. 마른 장작에 불씨 닿는 팽팽한 긴장에 숨이 막히는데, 그대는 역시 여유만만한 사람이오!"

장정들이 한 묶음씩 묶여있는 초를 안고 들어가는 모습을 보며 고항은 그제야 일순 긴장을 느끼며 물었다.

"류대머리 왔나? 왜 안 보이지?"

"신시(申時)쯤에 왔는데 쭉 장셋째의 방에 있는 것 같았소."

"작전상 먼저 그자를 곤드레만드레 취하게 술독에 빠뜨리기로 했잖소!"

"자식, 무슨 냄새를 맡았는지 술은 한 방울도 입에 대지 않고 있다 하오."

순간 경멸에 찬 웃음을 띄우며 고항이 머리를 끄덕였다.

"황천패더러 결코 놓쳐선 안 된다고 전하게! 연회를 마치는 대로 먼저 단칼에 그놈의 대가리를 쳐버리면 나머지는 오갈 데를 잃은 군룡무수(群龍無首)가 따로 없겠지. 몇 놈 놓치는 것쯤은 새 발에 피야!"

정세웅이 얼굴 가득한 가짜수염을 매만지며 말했다.

"지당한 말씀이긴 한데 어쩐지 난 난데없이 다른 놈들이 끼어들진 않을까 걱정스럽소. 공연한 기우였으면 좋으련만⋯⋯."

"그게 무슨 소린가?"

"나도 딱히 뭐라고 집어 말할 순 없지만⋯⋯ 우리가 입수한 정보에 따르면 비적들은 백여 명 내외라고 하니 우리 관병들까지 합쳐봐야 2백 명밖에 더 되겠소? 그런데, 지금 정청에 있는 사람들은 3백 명도 넘는 데다 앞으로도 더 들어올 요량으로 한쪽으론 식탁을 더 들여놓느라 야단법석이니 말이오."

정세웅이 석연치 않은 표정으로 고개를 갸웃거리며 느릿느릿 망설이듯 말했다.

"……류대머리도 물렁대가리가 아닌 이상은 틀림없이 밖에 복병을 포진시켰을 것이오. 그리고 저기 좀 보오. 대문께 식탁에 자리를 잡고 젊은 청년, 손에 커다란 부채를 들고 있는 저 사람 말이오. 한눈에 띄잖소. 부쩍 신경 쓰이는데, 고 어른 생각은 어떠시오?"

눈을 가늘게 뜨고 살펴보던 고항이 고개를 끄덕였다.

"음, 보통 인물은 아닐 것 같군. 하지만 뭐 이상한 낌새는 없는 것 같은데?"

"저 사람이 하례를 제일 많이 보내왔는데, 무려 백은(白銀) 2천 냥하고도 4백 냥이라오!"

그 말에 고항이 흠칫 놀라 몸을 뒤로 젖혔다. 조정의 일품재상이며 삼조(三朝)를 거친 원로인 장정옥의 막내가 성혼할 때 동친왕(東親王)이 은자 1천 6백 냥을 하례로 보냈다 하여 큰 화젯거리가 됐었는데, 일반 여염집 잔치에 축의금 2천 4백 냥이라니 이건 또 무슨 일인가! 대체 어디서 뭘 하는 사람일까?

하지만 깊이 생각할 사이도 없이 한 무리의 계집종과 어멈이 신랑 마기원을 에워싸고 멀리서 다가오고 있었다. 동방례(洞房禮)가 끝나고 신랑이 하객들에게 인사를 할 모양이었다. 깊은 이야기를 나눌 형편이 못되자 고항이 목소리를 낮췄다.

"애들 두어 명 붙여 저자를 감시하도록 해. 요주의 인물임에 틀림없어!"

말을 마친 고항은 곧 발걸음을 돌려 대청 안으로 들어갔다.

한편 그 시각 대청 안팎엔 2, 3백 개의 촛불이 구석구석을 훤히 밝히고 있었다. 술자리가 크게 벌어져 있는 가운데 행색으로 보아 관군과 비적으로 콩깍지처럼 쫘악 갈리는 두 패거리 외에도 언뜻 그 신분을 미뤄 짐작할 수 없는 불청잡객들이 저마다 벌겋게 앉아 주령(酒令)을 외치기에 여념이 없었다. 그 고함소리에 대들보가 폴싹 주저앉지 않는 게 의심스러울 지경이었다.

그런 와중에 수석자리로 걸어오는 고항과 정세웅을 주시하는 사람은 아무도 없었다. 될 대로 되라며 포기한 듯 이 사람 저 사람에게 휘둘리며 술 세례를 당하고 있던 마본선은 고항과 정세웅, 그리고 새신랑인 아들을 발견하고는 그제야 마음이 한결 든든해졌다.

3. 일지화(一枝花)

"자자, 이리로 와 앉으시죠, 고 어른!"

고향 일행 세 사람을 보는 순간 오그라들었던 마음이 일순 넉넉해진 마기요가 급히 자리에서 나와 마주 걸어오며 말했다.

"정 어른도 어서 오세요! 아버님 먼저 두 분 어른께 술부터 따라 올려야죠!"

턱을 두 겹으로 만들며 희색이 만면한 고항이 술잔을 받아 목을 꺾고 입안에 털어 넣었다. 언뜻 보니 그 요주의 인물이라던 젊은 공자(公子)도 수석자리에 앉아있었다. 게다가 앉다보니 정세웅과 어깨를 나란히 한 모습에 고항의 눈빛이 일순 번뜩 빛났다. 그러나 곧 아무런 내색도 하지 않고 웃으며 말했다.

"술독에 빠뜨려도 숨돌릴 새를 줘가며 해야지. 안 그래, 마기요? 술은 곤드레만드레 떡이 되도록 마셔줄 테니 먼저 서로 알고나 지내지."

그러자 마기요가 공수하여 답했다.

"오늘 처음 보는 얼굴들이 있긴 한데 아직 이름은 잘 모르겠네요. 내가 어느 분을 소개하면 스스로 함자를 말씀해 주셨으면 해요."

이같이 말하고 난 마기요가 첫 자리의 나이 든 사람부터 차례로 소개해 나가기 시작했다.

"이 분은 여기 태평진의 마씨 족장(族長)이시고, 여기는 우리 문중의 백부가 되시는 분, 그 옆에 자리하신 분은 옆 동네의 촌장 어른이시고, 이 분은……."

젊은 공자 차례가 되자 마기요가 말끝을 흐리며 손을 내밀어 일어나 자기소개를 해주십사 하는 시늉을 해보였다. 희색이 만면한 마기요의 얼굴을 힐끗 쳐다보던 공자가 말문을 여는 대신 손에 들고 있던 부채를 쫙 펴 보였다. 천천히 부치고 있는 부채 위엔 다만 한 가지의 홍매(紅梅)가 청아한 자태를 뽐내고 있을 뿐이었다. 자세히 보니 그 위에 작은 글씨 한 줄이 적혀 있었다.

영상각(迎霜閣) 주인 역영(易瑛) 선생께 삼가 증정함.

그 밑의 낙관은 '나박생(羅泊生)'으로 되어 있었다. 그렇다면 공자는 역씨(易氏)임이 자명했다. 이번에는 정세웅 차례였다.

"난 정씨이고 정대산이라 하오. 만나서 반갑소."

정세웅과 고향 사이에 끼여 앉아 굳어진 얼굴 그대로 묵묵히 술만 마시고 있던 사내가 하나 있었으니, 그는 자신의 차례가 돌아오자 술잔을 힘껏 탁자 위에 내려놓으며 말했다.

"난 이곳 녹림의 대왕이오. 다들 나를 편하게 류대머리라고 부르지. 대갈통에 털 나기 바쁘게 지어준 이름은 잊어버린 지 옛날이오. 여러분들도 편한 대로 불러주면 좋겠소."

그의 한마디는 마치 줄기차게 흐르는 수문을 막아버린 듯 대청 안팎에서 자기 세상 만났노라 술김에 왁자지껄하게 떠들던 무리들의 입을 단숨에 뚝 잘라버리고 말았다. 놀란 수많은 눈길들이 일제히 이쪽으로 쏠렸다. 사람들의 놀랍고 반신반의하는 표정을 읽은 류대머리가 모자며 가발을 홱 잡아당겨 탁자 위에 내팽개쳤다. 그리고는 거들먹거렸다.

"이런 제기랄! 인간 류대머리가 어쩌다 구색 한번 갖춰봤더니 그새 자기들 조상도 못 알아봐?"

이같이 내뱉듯 씩씩거리며 역영을 곁눈질로 쓸어보던 류대머리가 혜식은 웃음을 흘렸다. 그리고는 입을 열었다.

"다들 된서리 맞았나? 왜들 그러고 있어? 걱정들 말아! 호랑이도 자기 새끼는 안 잡아먹는다고 했어. 계속 술이나 마시라고."

"그리 변장하시니 정말 몰라 뵜습니다!"

키 작은 비적 하나가 몽롱하게 취한 얼굴로 게걸스레 웃으며 엉거주춤 자리에서 일어나 말했다.

"어찌 놀랐는지 으쌰! 으쌰! 어깨춤 추던 이놈의 고추가 자라대가리처럼 쏘옥 들어가 버리고 말았지 뭡니까. 오늘밤은 어떤 년을 요절내어주나 하고 생각 중이었는데 말입니다!"

하하하하…… 히히히…… 헤헤헤…… 크윽크윽…….

대당 안팎에서 한바탕 폭소가 터졌다. 바로 이때 갑자기 밖에서 여자의 고함소리가 들려왔다. 영문을 몰라 사람들이 잠시 문 어귀를 바라보고 있노라니 봉두난발(蓬頭亂髮)을 한 여인이 고꾸라질 듯 힘껏 문을 박차고 들어왔다. 그 뒤를 이어 익은 돼지간을 방불케 하는 얼굴을 한 장셋째가 비틀거리며 좇아 들어왔다. 대당에 가득한 사람들은 안중에도 없는 듯 위태롭게 비틀대며 연신 중얼거렸다.

"갈보 같은 년…… 윽! 뛰어봤자 벼룩이지…… 어디 숨었어…… 윽!……. 내가 계집년같이 군다고? 붙잡히기만 해봐라…… 내가 얼마나 사내다운가를 뼈저리게 느끼게 해줄 테니!"

그사이 여자는 오로지 장셋째의 손아귀에서 벗어날 일념 하나로 필사적으로 사람들 사이를 비집고 들어갔다. 그러나 인면수심의 비적들이 장셋째 편을 들어 여인의 다리를 걸고 옷자락을 잡아채는 바람에 여인은 얼마 못 가서 곧 장셋째에게 목덜미를 잡히고 말았다. 성난 사자의 그것을 방불케 하는 불똥튀는 두 눈을 번들거리며 열 손가락을 갈고리처럼 치켜세운 장셋째는 험상궂은 얼굴에 싯누런 이빨이 송곳 같았다. 사타구니가 꾸물꾸물 일어서 막대기로 받쳐놓은 것 같은 장셋째가 미친 듯이 여자에게로 덮쳐들어 그 육중한 몸뚱아리로 한줌밖에 안 되는 가냘픈 여자를 뭉갰다.

"아니…… 이게 무슨 일이오…… 아니…… 좋게 말로 하지……."

마본선이 어찌해야 할 바를 몰라 더듬거리며 장셋째를 가리킨 손가락을 바르르 떨었다. 그리고는 도움을 청하는 간절한 눈빛으로 고항을 바라보았다. 그러나 지금 손쓰기엔 너무 일러 자칫 류대머리가 인질극을 벌일 수 있다는 판단이 선 고항이 섣부른 행동을 할 리가 없었다. 다만 웃는 얼굴을 하여 류대머리에게 말했다.

"어르신, 보아하니 어르신 한마디면 여기 있는 모든 이들이 죽는 시늉이라도 할 것 같은데 좀 도와주시죠. 늘 있는 잔칫날도 아니고."

일지화(一枝花)

이에 류대머리가 실소를 터트렸다.
"고년이 뒈지려고 환장을 했구만. 감히 어느 면전이라고 우리 셋째형한테 그런 악다구니질을 해? 떼×을 당할 년 같으니라고!"
그사이 여자는 고함을 지르다 못해 목이 갈리고 잠기어 기진맥진해 있었다. 맥없이 발버둥을 쳐보지만 속곳은 벌써 훤히 드러나 보였다. 빙 둘러선 한 무리의 비적들이 징글맞은 괴괴한 웃음을 지으며 괴성을 터뜨렸다.
하지만 어느 누구도 선뜻 나서지 못하고 사태는 악화일로를 치닫고 있었다. 바로 그 무렵 갑자기 왼편으로 세 번째 탁자에 자리해 있던 검고 다부져 보이는 사내가 무섭게 탁자를 내리치며 일어섰다. 성큼성큼 큰 걸음으로 장셋째 앞으로 다가온 사내는 다짜고짜 장셋째의 살찐 뒷덜미를 움켜잡아 일으켰다. 그리고는 오른손 주먹으로 불이 번쩍 나게 그 턱을 올려치며 한낱 비계덩이 같은 장셋째를 헌신짝 내던지듯 대청 밖으로 던져버렸다. 삽시간에 대청 안은 죽은 듯한 고요가 감돌았다.
"××놈, 네놈은 뭐 계집 사타구니에서 빠져 나오지 않고 허공에서 떨어졌는 줄 알아?"
사내가 씩씩대며 자신의 장포 자락을 쫘악 찢었다. 그리고는 갈기갈기 찢긴 속곳을 간신히 부여잡고 있는 여자에게 던져주었다.
너무나 돌발적인 사태인지라 사람들은 전후 사연을 떠올리고 옳고 그름을 판가름할만한 여지조차 없이 그 자리에서 하던 동작 그대로 조각처럼 굳어지고 말았다. 울뚝불뚝 튀어나온 근육이 주먹만한 사내가 날이 넓은 대도(大刀)에 손을 얹은 채 술을 주전자째로 들어 입을 대고 꿀꺽꿀꺽 들이부으며 마본선을 향해 말했다.

"계집종들을 불러 이 여식을 돌봐주게끔 하오. 류 어른(류대머리), 안 됐소. 본의 아니게 그대의 부하를 손봐주게 돼서. 죽이든 살리든 맘대로 하시오!"

"호인중(胡印中)!"

류대머리가 짙은 눈썹을 한데 모으며 잠시 생각한 후에 말을 이었다.

"이미 다 삶아 흩어진 고기를 다시 튀기겠소 어쩌겠소? 좌우지간 유감이긴 하지만 따지고 보면 다들 한솥밥 먹는 형제 아니겠소? 내외할 일은 아니라 생각하오."

류대머리가 말을 끝맺기도 전에 윗통을 벗어 던지고 황소 숨을 몰아쉬며 장셋째가 달려 들어왔다. 호인중을 향해 손가락질을 하며 시퍼런 입술을 덜덜 떨며 뇌까렸다.

"너, 날 골탕먹인 게 이번이 두 번째야! 나랑 애비 때려죽인 원수졌냐?"

치밀어 오르는 분을 삭이지 못하고 급기야 칼을 뽑아드는 장셋째의 몸통을 옆에 있던 비적 하나가 죽어라 껴안았다. 그리고는 고함쳤다.

"호형, 어서 비키지 않고 뭘 해요?"

"나도 칠척 대장부야! 뭘 잘못했다고 도망가!"

호인중이 덤빌 테면 덤벼보라는 듯 아찔한 쇳소리를 내며 칼집에서 칼을 뽑았다. 그리고는 큰소리로 말했다.

"우리가 이 바닥에 굴러들어 살인 백정 노릇을 하는 건 최악의 경우에 내몰린 유일한 선택이었어. 부녀자를 겁탈하는 건 결코 용납할 수 없어! 나를 따라 오길 소원하는 자들은 내 뒤에 줄을 서고, 저자의 그늘이 좋은 자들은 저리로 가도 좋다!"

호인중의 말이 끝나자 벌써 네댓 명이 호인중의 등뒤로 몰려들었다. 장셋째 뒤에도 예닐곱이 쭈뼛거리며 다가가 섰다. 나머지는 고개를 빼들고 사태를 관망하기만 할 뿐 자리를 뜰 엄두를 못 냈다. 그제야 사람들은 흑풍채에서 내려온 비적들이 집안싸움을 벌이고 있다는 사실을 알게 되었다.

"집안 흉은 밖으로 내보내는 게 아니랬다고, 여기서 이럴 게 아니지!"

당겨진 활시위처럼 팽팽한 분위기가 위태로웠다. 이럴 때 말 한마디 잘못했다가는 잔칫집이 피바다가 되기 십상이라는 생각에 류대머리가 짐짓 대수롭지 않다는 듯 웃음을 지으며 말했다.

"장셋째가 먼저 잘못했어. 남의 좋은 날에 와서 분위기 깨고 백주에 부녀자를 겁탈하려 들었으니 우리 산채의 규칙을 어겼음은 결코 용서받을 수 없어. 허나 호형도 너무 성정이 급했던 것 같소! 아무튼 다 지나간 일이니 잘잘못을 따지느라 하지 말고 좋은 게 좋은 거 아니겠소? 술이나 마시지. 우린 오늘 쌀 꾸러 왔지 남의 잔치 쑥대밭 만들러 온 건 아니잖소."

이같이 말하며 호인중의 손에 들려 있는 대도를 빼앗은 류대머리가 이번엔 장셋째를 향해 고함을 질렀다.

"그 칼 못 치워?"

사방으로 침을 튀기며 언제 일갈을 했더냐 싶게 마본선을 향해 웃으며 류대머리가 말했다.

"자, 이젠 술도 밥도 배불리 먹었겠다 떠날 채비를 해야지? 식량을 싣지!"

"잠깐만!"

내내 말을 아끼고 있던 역영이라는 사람이 자리에서 불쑥 일어난 것은 바로 이때였다. 그 뜻을 미뤄 짐작하기 어려운 미소를 머금고 류대머리 앞으로 천천히 걸어간 그가 단도직입적으로 물었다.

"쌀을 꾸러 왔다고?"

"그렇소!"

"얼마를 원하고 있는지 그 수량을 여쭤봐도 되겠소?"

"7백 석!"

"7백 석? 지금 7백이라 했소?"

역영이 믿어지지가 않는다는 듯 웃으며 되물었다.

"산채(山寨)의 식솔이 얼마나 되는데 그러오?"

머리채를 어깨 너머로 홱 집어던져 목에 감는 류대머리의 두 눈에 시퍼렇게 날이 섰다.

"이봐, 젊은이! 강호바닥의 법도를 모르는 하룻강아지 같은데, 좋게 말할 때 입 씻고 물러나지!"

"강호의 법도를 모르니 한 수 가르침을 받고자 이러는 게 아니오!"

역영의 입가에 냉소가 스쳤다.

"사실은 나도 쌀 꾸러온 사람이오. 그런데 당신이 다 가져가 버리면 우리는 입에 거미줄이라도 치란 말이오? 난 이미 정은(定銀) 3천 냥을 걸었는데, 그쪽은 어떻소?"

정세웅과 황천패의 계획대로라면 피로연이 끝나 비적들이 식량을 운송하기 시작할 즈음에 허리를 쳐 어딘가에 숨어 책응을 시도할 비적들을 유인해 한방에 날려보내자는 것이었다. 그런데 난데없이 곁가지가 불쑥 생겨나 자칫 계획에 차질을 빚게 생겼으니 그들은 일순 당황함을 금치 못했다.

한편 머리가 명석하고 상황판단에 능한 고항은 대뜸 역영을 산동성 포두고, 맹랑고, 와우산 등지에서 관군에 의해 소굴을 잃은 비적들의 잔여 세력일 것으로 추정하며 예리한 시선을 번뜩이며 저울질에 여념이 없었다. 어디선가 설핏 들어 기억 나는 '영상각(迎霜閣)', 그 주인이라면…… 혹시 '일지화' 소속은 아닐까?

하남과 강서 일대를 소굴로 공공연히 조정에 도발을 감행해 왔던 '일지화(一枝花)'였다. 형부에서 현상금으로 은자 3만 냥을 내걸만큼 '요주의' 인물이었던 그녀가 가뭇없이 자취를 감춘 건 풍형이 흑사산 백련교들을 일망타진한 뒤부터였다. 한동안 그 동정을 드러내지 않고 있어 조정에서도 잠시 경계를 느슨히했던 건 사실이었다. 그러나 이 순간 그 사실을 문득 떠올리고 나니 고항은 일순 머리 속에서 '윙!' 하고 벌집이 터지는 것 같았다. 허공을 응시하는 눈빛이 기둥처럼 굳어있었다. 이때 황천패가 다가와 고항에게 귀엣말을 했다.

"정 어른께서 선수를 칠 심산이신 것 같으니, 고 어른은 목표를 드러내지 말고 여기 앉아만 계세요."

짤막하게 이같이 말하고 돌아서는 황천패의 옷자락을 가볍게 당기며 고항이 나지막이 속삭였다.

"내가 봤을 때 틀림없는 '일지화'야! 류대머리는 이년에 비하면 발가락의 털이니 무슨 수를 쓰든지 이년을 붙잡아야겠어!"

흐느끼듯 흠칫하며 역영을 곁눈질로 훔쳐보던 황천패의 얼굴에 피가 솟구쳤다. 그러나 곧 낯빛을 회복하며 앙다문 이빨 사이로 황천패가 말했다.

"예, 무슨 말씀인지 알겠습니다!"

황천패가 작전을 짜기 위해 밖으로 나간 것도 모르고 류대머리와 역영은 한 치의 양보도 없이 으르렁대기에 여념이 없었다.

"누가 뭐라고 해도 난 7백 석에서 한 톨이라도 모자라는 건 못 참아!"

"50석이면 몇몇 나부랭이들이 굶어죽진 않을 것이니 나머진 좋게 말할 때 순순히 내놔!"

"흥! 설령 내가 허락한다고 해도 우리 형제들에겐 씨알도 안 먹힐걸?"

"그래? 잘난 형제들 어디 한번 만나나 보지!"

역영이 잠시 고개를 돌리는 틈에 류대머리가 쓱! 하는 쇳소리와 함께 허리춤의 칼을 뽑아들고 역영에게로 덤볐다. 번개같은 섬뜩한 빛이 번뜩하는 순간 자욱히 백무(白霧)가 피어올라 사람들의 시선을 흐렸다. 그 사이로 사람들은 설핏 무방비상태에 노출돼 있던 역영의 머리가 툭하고 꺾이며 땅에 굴러 떨어지는 듯한 모습을 보았다. 모골이 송연하여 잔뜩 오그라붙은 사람들이 있는가 하면 흑풍채의 비적들은 장내가 떠나가라 박수갈채를 보냈다. 그러나 그것도 잠시, 안개가 휘휘 날려가며 드러난 역영의 형상은 비적들마저 무말랭이를 만들기에 충분했다. 머리가 떨어져나간 역영은 그럼에도 꿋꿋하게 버티고 서 있었고, 울컥울컥 토하듯 쏟아내는 건 피가 아니라 하얀 안개였던 것이다. 안개가 바람처럼 날려가며 언뜻언뜻 비추는 역영의 몸뚱아리 어디선가 부엉이 소리를 방불케 하는 섬뜩한 웃음소리가 터져 나왔다. 잔뜩 얼어붙은 사람들에게 좁쌀 같은 소름이 번졌다.

"하하하! 감히 누구 면전이라고 칼을 뽑아!"

천뢰(天籟) 같은 고함소리가 벽력으로 다가오는 가운데 후우! 촛불 끄는 듯한 소리와 함께 대청 안에 가득 찼던 안개는 씻은 듯 도로 걷혔다. 술판이 낭자하고 홍촉(紅燭)이 대낮 같은 모습은 그대로였으나 소리나는 쪽을 일제히 바라보니 역영은 어느새 대들보에 거꾸로 매달려 있었다. 무거운 방망이에 얻어맞은 듯 너나없이 멍해있으니 역영이 소름끼치게 웃으며 말했다.

"이게 바로 체신술(體身術)이라는 거야! 내가 그리 쉽게 죽을 줄 알았더냐!"

"나 같으면 쑥스러워 접시물에 코 처박고 죽어버리겠다. 그깟 쥐꼬리만한 재주로 녹림의 큰형 노릇을 하겠다고? 어림도 없지!"

역영이 훌쩍 몸을 솟구쳐 뛰어내리더니 대경실색하여 오관이 갈곳을 잃은 류대머리 앞으로 한 걸음씩 다가갔다. 그리고는 가소로운 미소를 지었다.

"난 무극교주(無極教主)의 사화시자(司花侍者)요. 산동성의 영웅호걸들을 휘하에 긁어모아 성스러운 사업을 하려는 일념으로 여기까지 오게 됐지. 어려운 김에 당분간 당신네 산채에서 쉬어가고자 했었는데, 보아하니 밴댕이 소갈머리가 영 못 쓰겠구만. 사나이 아량이 두둥실 나룻배 띄울 정도는 돼야지. 그래도 여기 이호씨 성을 가진 형이 의로운 열혈남아의 기질이 돋보여 다행이네! 이보시오, 호형! 그대를 산채의 주인으로 추앙할 테니 우리 같이 손을 잡아보는 게 어떻겠소?"

느닷없이 자신이 거론되자 잠시 어정쩡해 있던 호인중이 공수하여 말했다.

"역 어른이라면 손잡아도 후회는 없을 듯하오! 허나 산채주인은 부담스러우니 역 어른이 주장이 되어 주었으면 하오!"

"하기야 의기만 투합한다면 누가 주인이 되든 그게 무슨 대수겠소."

역영이 덧붙였다.

"그러나 굴러온 돌이 박힌 돌 뺄 수는 없지 않겠소? 게다가 말하긴 곤란하지만 바깥출입이 자유롭지 못한 몸인데다 이곳 산채에 잠시 머물러 가는 나그네에 불과한지라 아무래도 호형이 총대를 메는 게 낫지 않을까 하오."

역영과 호인중이 손을 잡을 경우 주도권을 놓고 사소한 승강이를 벌이고 있을 때 험상궂은 볼살을 턱에 걸친 류대머리가 두 팔을 걷어붙이며 침을 튀겼다.

"다들 들었지! 이것들은 조정과 불공대천의 원수 사이인 백련교 쓰레기들이야! 십악불사(十惡不赦)의 악인들이 우리 산채에 발을 들여놓는 건 곧 우리 모두의 불행으로 이어질 것이야! 제아무리 날고 긴다고 해도 수적으로 우린 월등한 우세야! 이 우환거리를 때려잡아라!"

칼을 뽑아든 류대머리가 펄쩍 뛰어 식탁 위에 올라섰다.

"덤벼라!"

그 부하들이 기세 등등하여 호응하고 나서자 탁자 위의 온갖 그릇이 널뛰고 음식이 사방에 튀어 장내는 순식간에 아수라장이 되고 말았다. 자칫 자만하여 변을 당할까 우려한 역영이 손가락을 입에 넣어 신호를 보냈다. 그러자 구석구석에서 백여 명은 족히 될 병기를 꼬나든 부하들이 수풀처럼 일어섰다.

"대청 밖으로 나가 싸우도록 해. 우리사람 칠라."

역영의 고함소리가 떨어지기도 전에 어둠 속에서 황천패가 내던진 두 개의 표창이 쏜살같이 날아왔다. 제아무리 날렵하고 눈치 빠른 역영이라고 하지만 그중 하나만 피해가고 다른 한 표창은 왼쪽 어깨에 깊숙이 박히고 말았다. 분노에 가득 찬 허연 눈을 부릅떠 어둠 속을 노려보던 그녀가 이를 악물며 뽑아낸 표창엔 시커먼 피가 독처럼 묻어 있었다.

이 시각 대청 안은 그 많던 촛불이 전부 꺼진 암흑천지가 되어 몇 갈래의 녹림 강호들과 관군의 정예병들이 한 덩어리가 되어 돌아가는 일대혼란이 빚어지고 있었다. 마본선 일가는 종적없이 숨어버렸고 7백여 명의 하객들은 걸음아 날 살려라하고 도망가버렸다.

한편 정세웅, 황천패와 떨어져 홀로 남아있던 고항은 빈 술항아리 뒤에 숨어 온갖 병기 소리가 어지러운 바깥동향을 살피고 싶었으나 고개조차 내밀 수 없었다. 어둠 속에서 잡초 치듯 마구 쳐버리는 통에 자칫 명분 없이 타지에서 객사하여 원귀가 될까 두려웠던 것이다. 눈먼 싸움이 대청 안에서 별이 점점이 떠있는 희끄무레한 뜰로 이어지는 동안 역영은 류대머리 무리를 제외하고도 몇 갈래의 정체 모를 세력이 더 얽혀있다는 사실을 직감하고는 옆에 있던 호인중에게 물었다.

"호형, 이 근방에 주둔하고 있는 관군이 있다는 소릴 못 들었소?"

"주둔하고 있는 관군은 없을 거요."

호인중이 머리를 저었다.

"자고로 여긴 어느 관아에서나 외면하고 싶어하는 '내놓은' 땅인지라 관군들은 얼씬도 안 한다고 들었소. 흑풍채 저것들이 내려오기 전에 사람을 놓아 염탐을 해보니 각 아문들에선 아무런 동정이 없다고 했소. 그런데 지금 보니 저쪽에 백두건(白頭巾)을 두른 행오가 어쩐지 흑풍채를 사냥하러 나선 관군들인 것 같소……."

잠시 생각해보니 충분히 일리가 있다고 생각한 역영이 급히 손짓하여 키다리 젊은 사내에게 나지막이 말했다.

"연형(燕兄), 보아하니 우리가 관군들의 그물에 걸려들었을 가능성이 크오. 내 판단이 틀림없다면 저 한줌의 백두건들은 우릴 견제하러 나선 자들이고, 틀림없이 대규모의 관군이 근방 어딘가에 매복하여 있을 것이오. 서둘러 여길 빠져나가야겠소!"

다급한 역영과는 달리 그 사내는 심드렁하게 딴청을 피우더니 한참 후에야 대꾸했다.

"그런데 나더러 어떡하란 말이오? 잘난 호형은 어디다 써먹으려고 숨겨두고 비실비실한 내 등을 떠미는 거지?"

그 말을 들은 호인중은 불끈 화가 치밀어 올랐으나 꿀꺽 마른침을 삼켰다.

"연형, 지금 사소한 감정싸움 할 때가 아니오."

역영의 담담한 듯한 목소리에 위세가 느껴졌다.

"난 달면 삼키고 쓰면 내뱉는 사람이 아니오! 연형이 서른 명을 데리고 오른쪽을 돌파하면 내가 정면에서 치고 나갈 거요! 먼저 저 고약부터 떼어버려야겠소!"

그러자 연씨가 말을 받았다.

"난 산동 영웅들을 거느릴 자신이 없소. 두 사람을 따라다니며 심부름이나 하라면 모를까."

사태가 긴박하게 돌아가는 숨가쁜 마당에 엿가락처럼 늘어지는 사내에게 화가 치민 호인중의 이마에 시퍼런 날이 섰다. 그 모습에 역영이 한마디로 쏘아붙였다.

"연입운(燕入雲)! 그래, 내 명령을 거부하겠다는 얘긴가?"

강호바닥엔 워낙 풍운을 주름잡는 영웅들이 많아 뛰는 놈 위에 나는 놈 있는 것이 다반사라지만 자신이 주먹을 휘두르려던 상대가 바로 '일지화'의 탈옥을 도운 그 이름도 유명한 연입운이라는 말에 호인중은 흠칫 놀라면서도 일변 이같이 속줍은 자와 어찌 머리 맞대고 일할지 곤혹스러웠다…… 그사이 관군을 상대로 한 류대머리의 발악은 극에 달하고 있었다.

한편 술항아리 뒤에 숨어 뼛속까지 스며드는 추위에 덜덜 떨며 사태를 관망하던 고항은 자신을 찾아나선 듯 여기저기 기웃거리는 황천패를 향해 다가갔다. 황천패는 급히 자신의 외투를 벗어 고항에게 걸쳐주었다. 정세웅은 적들이 세 갈래로 나뉘어 곤추 공격해오자 더럭 겁이 났다. 수적으로 관군의 배도 더 될 것 같은, 사람잡는 데 이골이 난 녹림의 맹수들이 파죽지세로 몰려오는데 자신의 안위는 차치하더라도 고항이 털끝 하나라도 다치는 날엔 그 책임이 막중했던 것이다. 그는 소리 낮춰 황천패에게 말했다.

"만에 하나 우리가 패망하여 내가 잘못 되더라도 자네가 고 어른의 신변을 끝까지 책임져주리라 믿네!"

비감에 찬 정세웅의 이 한마디에 황천패가 손가락마디를 딱딱 꺾으며 분기 탱천하여 소리쳤다.

"그럴 리는 없소. 대가리 수만 많다고 이기는 게 아니오. 길고 짧은 건 대봐야 아는 법이오……"

이같이 말하며 문득 꾀가 동한 황천패가 갑자기 손나팔을 하더니 큰소리로 외쳤다.

"듣거라, 녹림 형제들아! 난 황천패라고 하는데, 강호에 그 이름도 유명한 표창의 귀재 황곤(黃滾)이 우리 할아버지이시다. 그러고 보면 나도 녹림호걸의 후예가 아니냐. 도적으로, 비적으로 이 바닥에 흘러든 자들 중에는 대저 당장 먹고살 길이 막막하여 울며 겨자 먹기로 흑도(黑道)에 들어선 경우가 많다는 건 주지하는 바가 아니냐. 너희들이 대장이라 믿고 따르는 역영은 공공연히 조정에 반기를 들어 조정에 단단히 찍혀버린 종이호랑이 같은 존재란 말이야. 하늘이 개고 태양이 비추면 언젠가는 녹아 없어져 버릴 빙산에 불과하지. 너희들은 아직 모르나본데 조정에선 '일지화'의 두목 역영을 생포하는 자에게 현상금으로 은자 3만 냥을 걸었다! 이곳 법사아문의 장관어른은 설령 너희들이 동류합오(同流合汚)했을지라도 '일지화'를 생포하는 데 결정적인 공을 세운다면 죄를 면해주고 거액의 현상금을 내줄 뿐더러 사도(仕途, 벼슬길)에 들 기회를 마련해 준다고 하셨어. 그러나 끝까지 반역자를 방조하는 자에겐 일문구족(一門九族)을 멸하는 죄를 물을 거라 쐐기를 박으셨다! 진정 현명한 형제들이라면 도랑 치고 가재 잡는 이 절호의 기회를 놓치지 않길 바란다! 총대를 돌려 메고 방향을 틀어라! 내가 던진 표창에 맞았으니 연화(煙火)를 먹고사는 인간인 이상 동작이 굼뜰 건 자명하다. 덮쳐라, 지금이 기회다!"

황천패의 말이 끝나자 관군을 포위하고 있던 류대머리의 비적들 사이에선 한바탕 때아닌 혼란이 일었다. 고개 맞댄 숙덕거림에 가끔 으르렁대는 의견충돌이 있었으나 결국엔 금전의 유혹을 떨치지 못한 이들은 급기야 하늘이 진동하는 함성으로 황천패의 호소에 화답했다.

"사력을 다해 '일지화'를 생포하라! 관군이 아닌 자들은 무조건 때려부수어라! 일지화를 붙잡아 공을 세우자!"

류대머리의 비적들이 파죽지세로 달려와 관군과 합류하여 공격하는 통에 애초에 백여 명밖에 안 되는 데다 두 갈래로 나뉬었던 '일지화'는 그만 갈팡질팡하다 독 안에 든 쥐 신세가 되어버리고 말았다.

정세웅은 귓전이 어지러운 병기 부딪치는 소리를 들으며 고항에게 말했다.

"지금 당장은 일지화가 당황하여 저리 위태로워 보이지만 시간이 갈수록 흑풍채의 비적들에게 불리할 것 같습니다. 우리가 거들 필요가 있지 않을까요?"

그러자 고항이 두 눈을 유리알같이 반짝이며 한참 후에야 응답했다.

"뭘, 산에 앉아 자기네들끼리 물고 뜯고 하는 걸 구경하는 재미도 끝내주는구만! 잠자코 있어 보자고!"

그러나 정세웅의 예견대로 실력 차이가 워낙 현저했던 터라 불과 곰방대 하나 태울 만큼의 짧은 시간에 류대머리의 무리는 겨우 열 몇 명밖에 남지 않았다. 관군에게 놀아났다고 크게 화를 내며 류대머리는 장셋째를 데리고 꼬리 빳빳이 세우고 도망가버리고 말았다.

그러자 잔뜩 독이 오른 일지화가 노기충천하여 관군에게로 덮쳐들었다. 애써 진정하여 군심을 안정시키려던 고항은 그러나 낫자루에 보리이삭 쓰러지듯 비실비실 다 넘어가는 관군들의 나약한 모습에 기가 질리고 말았다. 총칼 앞에서 비겁하게도 마본선네 개구멍으로 들어가 숨어버린 고항은 '일지화'를 생포하려는 일념에 온몸을 불태워 필사적으로 칼을 휘둘러대는 황천패를 멍하니 내다보았다. 네 살 때부터 무예를 연마해온 사람답게 혼전 중에서 벌써 일곱 명의 거구의 비적을 찔러버린 황천패는 진검승부를 하려는 듯 장검을 힘껏 휘두르며 소리쳤다.

"일지화! 이 요사스러운 여우같은 년아! 감히 누구 앞에서 칼을 뽑아 들고 지랄이야? 어디 나랑 일대일로 붙어볼 용기 있으면 나와봐라, 이년아!"
"아무튼 불러주니 고맙군!"
어둠 속에서 이를 앙다문 일지화의 말소리가 들려왔다.
"다들 물러서거라! 내가 이 조정의 주구, 녹림의 쓰레기를 날려버릴 테니!"
사람들은 산지사방으로 뒷걸음쳐 둥그런 공터를 만들어냈다. 어둑어둑한 별빛 아래에서 손에 쌍검을 움켜쥔 '일지화'와 쾌도 한 자루를 비스듬히 어깨에 걸친 황천패가 마주섰다. 팽팽한 긴장이 터질 것만 같았다. 개시(開始)를 의미하는 도검(刀劍)이 사정없이 부딪치며 불꽃이 사방에 튕겼다! 목표물을 향해 무서운 위력으로 내리꽂히는 독수리처럼 황천패가 몸을 날렵하게 비틀어 허공에서 연속회전을 하며 장검을 휘둘러 선제공격을 했다. 이에 '일지화'는 인간 세상에 내려온 선녀를 방불케 하는 돌연한 몸짓으로 허공에 발판이라도 있는 양 요리조리 잘도 딛고 방어해나갔다. 한 줄기의 회오리바람같이 종잡을 수 없었다. 칼잡이로 잔뼈가 굵어온 비적들이지만 두 사람의 신수(身手)에 낯빛이 변하지 않는 이가 없었다.
제아무리 강호를 종횡하는 거물이라고 하지만 필경은 '앞가슴이 두 근 반'인 여자인지라 요술로 상대를 현혹시켜 틈새를 노리는 한계를 벗어나지 못할 거라 생각해왔던 황천패였다. 그 요술에 대비하여 사전에 그는 표창과 칼을 여자측간에 집어넣어 오물을 묻혀왔고 여차할 때를 방어하는 일환으로 안주머니에 석회주머니를 넣고 있었다. 그러나 묘기에 가까운 그녀의 칼질은 용사(龍蛇)의 꿈틀거림, 그 자체였다. 허공에 솟구쳐 비무(飛舞)하는 몸짓이 물찬 제비요, 헛것을 보는 듯한 도법(刀法)이 예사롭지 않았다.

건륭이 몇 번이고 지의를 내려 생포를 지시할 법도 했다. 그만큼 조정엔 명치끝을 위협하는 존재였을 것이다.

갈수록 황천패는 공격보다는 방어에 지쳐갔다. 차츰 기진맥진해가는 황천패를 의식한 듯 일지화의 공격은 갈수록 대담해졌다. 날름거리는 독사의 혀를 방불케 하는 장검을 꼬나들고 진격해오는 일지화의 서슬에 뒷걸음치던 황천패가 몸을 가누지 못하고 벌렁 엉덩방아를 찧고 말았다. 저도 모르게 튀어나온 짤막한 '아이고!' 하는 소리에 일지화가 단번에 요절낼 심산으로 우악스럽게 장검을 찔러왔다. 누란지위(累卵之危)에 몰린 황천패가 벌떡 솟구쳐 일어서며 석회주머니를 꺼내어 목표를 명중한 것도 바로 이때였다. 한 치 앞을 바라볼 수 없는 석회의 독한 안개 속에서 황천패는 한바탕 눈먼 칼질을 해댔다. 바로 그 찰나, '아!' 하는 짤막한 비명과 함께 쿵하는 엉덩방아 찧는 소리가 들려왔다.

"역적 같으니라고!"

적어도 일지화가 치명타를 입었을 거라 생각하여 득의양양해진 황천패가 칼을 거둬들이며 코웃음을 쳤다.

"무기를 내려놓고 순순히 항복하지 못해?"

그러나 황천패의 말이 끝나기 바쁘게 먼발치서 소름끼치는 웃음소리와 함께 '일지화'의 이가는 소리가 섬뜩했다.

"일지화(一枝花)를 그렇게도 소원한다니, 좋아! 한 송이 보내주지!"

황천패가 어리둥절하여 잠깐 두리번거리는 사이 그 이마는 벌써 암기(暗器)의 표적이 되고 말았다. 따끔한 느낌과 함께 뽑아낸 암기는 길고 가는 은침(銀鍼)이었다. 비녀처럼 한쪽에 매화가 그려있었다. 놀라움과 분노에 암기를 획 뽑아 냈으나 어지러움과 통증이 동반된 잇따른 고통은 두 눈 부릅뜬 황천패로 하여금 취객처럼 비틀거리게 했다. 애써 진정하여 코앞에서 쓴웃음을 짓고 자신을 내려보는 일지화를 향해 덮치려 했으나 결국 황천패는 돌부리에 걸려 넘어지듯 폴싹 고꾸라지고 말았다.

대세는 기울었다며 일지화가 한숨을 돌리고 보니 벌써 해시(亥時)가 다된 시각이었다. 그제야 표창에 맞았던 어깨가 아팠다. 이를 악물어 고통을 참으며 바위에 털썩 내려앉은 일지화가 명령했다.

"황천패, 저 자식 이리 끌어와!"

한편 일지화와 불과 몇 발짝 떨어진 개구멍에 숨어있는 고항은 바로 귓전에서 들리는 듯 생생한 일지화의 말에 가슴이 두 근 반, 세 근 반하여 잔뜩 숨죽이고 있었다. 잠시 후 짐짝 끄는 듯한 소리가 들려오고 이어 '푸우! 푸우!' 입안의 물 뿌리는 소리가 들렸다. 곧이어 야유와 조롱 섞인 일지화의 질문이 시작됐다.

"한숨 잘 잤어? 내 비녀 맛이 황홀했나 보지?"

"치사한 년, 암기로 사람을 해코지하다니!"

황천패가 으르렁댔다.

"난 죽어도 패배를 시인할 수 없어!"

이에 '일지화'가 푸우! 하고 웃음을 터뜨리며 말했다.

"먼저 더럽고 치사하게 나온 인간이 누군데 그래? 조상님 앞에 먹칠한 바보 같은 놈아, 말해, 밖에 매복해 있는 관군이 얼마나 되는지? 묻는 말에 제대로 불면 포위망을 뚫고 나가 너 한 목숨 살려줄 것을 약조한다!"

"퉤!"

"어허, 이놈 봐라?"

'일지화'가 한심하다는 듯 코웃음을 치며 말했다.

"내가 물 뿌려서 독이 퍼지는걸 잠시 억제 시켰으니 좋게 말할 때 불어! 아니면 좀 있다 가렵고 저리고 아파서 지레 뒈질 것이야!"

일지화의 얼굴에 잔인한 미소가 독처럼 번졌다.

벌써부터 이가 기어다니는 듯한 근질거림과 불에 달군 쇠꼬챙이로 쑤시는 듯한 통증이 엄습하기 시작했다. 독침에 꼼짝없이 당하고만 황천패가 분노와 고통으로 일그러진 험상궂은 얼굴을 들어 간신히 일지화를 노려보며 이를 갈았다.

"네 년이 날 박살내어 가루 째 마셔버리는 한이 있더라도 나 황천패가 신음소리 한 번 내면 결코 황가(黃家)의 후예가 아니다!"

"주둥아린 아직 시퍼렇게 살아있군! 그래, 빨리 죽여줬으면 좋겠지?"

일지화가 고개를 뒤로 꺾어 목젖이 훤히 드러나도록 웃어댔다. 그리고는 뚝 멈추더니 말했다.

"당장 뒈지게 됐어도 알량한 자존심만은 지키겠다? 그래 좋아, 너 같은 무지렁이를 잡아 손을 더럽히느니 풀어줄게, 썩 물러가!"

일지화가 이같이 말하며 통증으로 점점 오그라드는 황천패의 몸을 반죽하듯 주물러댔다. 그러자 신기하게도 차라리 죽어버리는 것이 백번 나을 것 같던 통증이 가신 듯 사라졌다.

"내 마음이 변하기 전에 어서 가."

도도하고 날카롭던 일지화의 두 눈에 일순 암담한 빛이 스쳤다.

"전에 내 부하들이 당신 일문(一門)에 피해를 입혔다는 사실을 최근에야 알게 됐어. 물론 내가 지시한 건 아니었지만 내 책임도 있다고 생각해…… 가, 빨리!"

"……?"

"가라고!"

일지화가 과거지사를 사죄하는 뜻에서 자신을 순순히 풀어줄 거라는 기대는 전혀 없었던 황천패로선 그저 놀랍고 황당하기만 했다. 눈 꼬리를 바싹 치켜올리며 어서 떠나가라 다그치고 돌아서는 일지화의 뒷모습을 보며 조금씩 뒷걸음쳐 문께로 가던 황천패가 말했다.

"어찌됐든 이 한목숨 살려준 은혜는 잊지 않겠소! 그러나, 오늘의 굴욕은 내가 살아있는 한 반드시 돌려줄 거요!"

황천패가 어둠 속으로 사라지자 역영은 호인중과 연입운을 불러 산동성에서 행적을 추적당한 이상 하루빨리 이 뇌구(雷區)를 벗어나는 것이 상책이라는 36계 줄행랑을 선언했다. 오늘밤 관군의 복병과 맞닥뜨리더라도 즉각 분산하여 교묘히 빠져나가 직예로 들어가 다시 집합하자는 게 일지화의 뜻이고 보면 '일지화'도 어지간히 지쳤던 모양이었다.

그사이 몸을 움직일 수도 없이 꼭 낀 개구멍에서 혼절 일보직전까지 간 고항은 시간이 흐를수록 아스라해지는 기력을 애써 잡아당기며 참고 버텼다. 비적들이 자리를 뜨고 정세웅이 구출하러 왔을 땐 그대로 굳어져 미라가 돼버리고 말 것 같았다. 더군다나 비적들의 도주계획을 듣고 나니 조급함에 가슴이 터질 것 같았다. 그사이 줄행랑을 서두르는 비적들의 발소리가 멀어져가나 싶더니 갑자기 멀리서 '돌격'을 외치는 소리가 왁자지껄 들려왔다. 그 향방을 가늠할 길 없어 잠시 고개를 내밀고 있노라니 파죽지세로 달려오는 그 기세가 파도 같았다. 함성으로 미뤄보아 수천 명은 될 것 같았다. 순간 그의 두 눈이 전광석화처럼 빛났다. 류통훈이 파견한 관군의 지원병이 틀림없었다! 정신없이 개구멍을 빠져나온 고항은 난생 처음 맡아보는 듯한 시원한 밤공기를 게걸스레 들이키며 미친 듯이 고함을 질렀다.

"정세웅! 어딨어? '일지화'가 내게 얻어맞아 반죽음이 되어 도망간 지 언제라고 여태 자라 대가리처럼 숨어있는 거야! 우리 관군 지원병이 파죽지세로 달려오는 모습이 안 보이느냐!"

일지화의 선심에 겨우 목숨을 부지해 기진맥진한 채 돌아온 황천패를 데리고 안뜰로 퇴각해 있던 정세웅이 고항의 왜가리 소리를 듣고는 좋아라 뛰쳐나왔다. 사람들이 피워 올린 횃불을 빌어보니 이문 밖의 공터에서 손나팔을 하여 고함지르는 고항의 모습이 보였다. 검불같이 헝클어진 머리에 지푸라기가 엉겨붙어 있었고 가까이 가서 보니 앞섶이며 뒷등에 진흙같이 더덕더덕 달려있는 것이 지독한 구린내를 풍겼다. 고항이 여태 어디서 뭘하고 있었는지를 직감하면서도 황천패는 짐짓 비위를 맞춰주며 말했다.

"역시 고 어른은 독불장군이십니다. 홀로 일지화를 격퇴시키셨다니 실로 놀랍습니다."

그사이 저마다 횃불을 치켜든 관군들이 기세 충천하여 저만치 가까이 다가와 대오를 정렬하기 시작했다. 대장격인 천총(千總)이 날듯이 달려 들어와 군례를 올렸다.

"하관 풍용이 류통훈 어른의 명을 받고 지원을 왔습니다!"

"적들은 이미 꼬리 빳빳이 세우고 도망가 버렸어! 내가 격퇴시켰지!"

고항이 가슴팍을 두드리며 의기양양해 말했다.

"잘 왔어! 이것들이 상교(桑橋)를 통해 직예(直隸)를 거쳐 태행산(太行山)으로 도주하려 하니 여기 이러고 있을 게 아니라 어서 추격해. 무슨 수를 쓰더라도 '일지화'를 생포해 공을 세워야지!"

"예……."

"지게 메고 제사지내도 자네 마음이니 어떻게든 일지화만 생포해오면 내가 자네를 크게 키워줄 것이네! 내가 성(省)으로 돌아가는 대로 병사들에게 1인당 은자 10냥씩 상으로 내릴 거라고 전하고 그네들의 사기를 백배로 진작시키게!"

"예, 지령에 따르겠습니다!"

횃불이 광염(光焰)을 토하니 뜰 안이 대낮같이 밝은 가운데 두 손을 허리춤에 지르고 버티고 서 있는 고항은 기백이 하늘을 찌를 것만 같았다. 푸용이 물러가기를 기다려 웃으며 마본선을 향해 말했다.

"밤새도록 대적하느라 수고한 사람들에게 상다리 부러지게 주안상 차려다 바쳐도 열두 번이어야지 퀭하니 뭘 하고 있나? 기분이 째지는데 술이나 한잔 걸치고 폐하께 주장을 올려야지."

말을 마친 고항은 슬그머니 신씨를 쓸어보았다. 그러자 신씨는 못 볼 것을 본 것처럼 고개를 외로 꼬아 허공을 바라보고 있었다.

일지화(一枝花) 71

4. 천하제일신신(天下第一信臣)

산동 포정사 고항과 산동 안찰사인 정세웅이 관군을 친히 인솔하여 흑풍채의 비적들을 섬멸하는 개가를 올렸다는 내용의 산동 순무 악준의 보고가 북경에 보내졌을 때는 찬바람이 소슬하고 가을비가 스산한 중양절 대목이었다. 벌써 열흘째 계속되고 있는 보슬비는 부슬부슬 그칠 기미를 보이지 않고 있었다. 그날 당직이었던 군기대신 나친은 요주의 인물인 '일지화'가 정체를 드러냈다는 내용을 접하는 순간 부랴부랴 부하들에게 명하여 장장 수천 자는 더될 상주문의 내용을 축약하게끔 했다. 그리고는 그날 올라온 다른 급보 절략(節略)과 함께 건청문으로 들여보냈다. 잠시 기다리고 있노라니 군기처에서 잡다한 일을 맡고 있는 돌쇠가 도롱이를 걸치고 타박타박 빗물을 밟는 소리를 내며 들어와 아뢰었다.

"나 중당, 분부하신 급보들을 올려보냈습니다. 왕신(王信) 어른이 받으셨고, 이는 증명입니다."

"알았어."

그사이 사천성에서 보내온 군보를 읽고 있던 나친이 고개도 들지 않은 채 말했다.

"폐하께오서 양심전에 계신지 아니면 건청문으로 거동하셨는지 여쭤보진 않았나? 내가 폐하를 알현해야 할 일이 있어서 그러네!"

"아뢰옵건데 중당, 폐하께오선 지금 사람을 접견하시지 못하실 겁니다."

돌쇠가 굽혀 공경의 뜻을 표하며 말했다.

"폐하께오선 황후마마와 민비(敏妃), 현비(賢妃)를 대동하여 태후부처님을 모시고 비가 그만 그쳐 주십사 하고 제를 지내러 종수궁 불당을 찾으신 걸로 알고 있습니다. 왕신 태감이 그러시는데, 떠나기에 앞서 폐하께오서 군기처에 급한 사안이 있으면 오후에 양심전으로 뵙기를 청하라 하셨다고 합니다."

붓을 들어 뭔가를 쓰려고 하던 나친이 건륭이 사전에 그리 언급했다는 말을 전해듣는 순간 퉁기듯 일어나 힘차게 말했다.

"그리하겠사옵니다, 폐하!"

그리고는 책상 위에 널려있던 문서들을 정리하여 챙기며 지시했다.

"이건 방금 올라온 소금천(小金川) 지역의 상첨대(上瞻對), 하첨대(下瞻對) 군정(軍情)이네. 절략을 남기고 원본은 병부에 보내. 보고 나서 호부에 전해주고 이틀 후에 호부더러 군기처로 돌려보내라 하게, 알겠는가?"

이에 돌쇠가 명백히 알겠노라고 연신 응답했다. 유화(油靴)를 신고 우비차림에 서둘러 밖으로 걸음을 떼던 나친이 그러나 아직 할말이 남은 듯 문득 멈춰 섰다. 그리고는 물었다.

"자네, 돌쇠라고 했던가?"

신분이 고귀하길 가까이하면 데어 오그라붙을 것 같은 천자의 천하제일신신(天下第一信臣)이 돌연 자신의 미천한 이름을 물어 오자 놀란 돌쇠가 황공하여 몸둘 바를 몰라하며 급히 대답했다.

"하관의 천한 이름을 존귀하신 혀끝에 올리시니 소인은 황감하여 쥐구멍이라도 찾아 들어가고 싶습니다. 소인은 건륭 원년에 양명시 총독을 따라 운남에서 북경으로 온 이래 군기처에서 잡역을 맡아하며 작년에 감생(監生)에 연관(捐官)되었사옵고 올해 운 좋게 이부의 일까지 거들게 되었습니다······."

필요이상으로 수다를 떠는 돌쇠를 아래위로 훑어 내리던 나친이 웃으며 말허리를 잘랐다.

"내가 언제까지 자네의 수다를 들어주어야겠나! 문득 궁금해서 물었으니 과민반응은 말고 잘해보게!"

말을 마친 나친은 곧 횡하니 밖으로 나가버렸다.

"살펴 다녀오십시오!"

땅바닥에 닿을세라 허리를 굽힌 돌쇠가 뒤뚱대며 멀어져 가는 나친의 평퍼짐한 뒷모습을 멍하니 바라보고 있었다. 부잣집 머슴 3년에 엉성한 주인 뺨친다고, 북경에 머문 지 4년만에 어지간히 노련해진 돌쇠였다. 중앙 기추중지(機樞重地)의 눈칫밥을 먹어오며 달관귀인, 재상, 훈척들의 성부(城府)라고 해봤자 마냥 천길 물 속처럼 헤아리기 어려운 것도 아니라는 걸 느꼈다. 돌쇠가 터득한 바로 이들 달관들은 죄를 짓고 불측의 지경에 처해있는 사람일수록 이처럼 가까이 다가가 따뜻한 말 한마디라도 건네며 관심을 보이곤 했다. 반대로 이제 곧 승진을 앞두고 있는 사람일수록 개가 닭 보듯 하며 외면하거나 어줍잖은 일에도 꼬투리 잡아 크게 훈계 하기 일쑤였다!

그러고 보니 갈 길 바쁜 나친이 돌연 자신에게 관심을 가져주는 것이 어쩐지 마음이 쓰이는 돌쇠였다. 그러나, 장정옥이 애지중지 하던 제자 양명시의 천거를 받아 군기처의 차사를 맡게 되었고, 그동안 눈치 야문 덕분에 얼음길에 말똥 굴러가듯 나름대로 어느 대신에게도 미운 털 박히지 않고 무난히 지내왔다고 생각하며 돌쇠는 감기든 코를 후루룩 들이마셨다. 겨우 마음을 달래며 서류를 안고 돌아서려 할 때 갑자기 키다리 관원 하나가 성큼 들어섰다. 삿갓을 벗으며 방안을 두리번거리던 그 사내가 물었다.

"나중당은 자리에 안 계시나?"

바깥날씨가 어둡고 그 사람이 촛불을 등에 업고 있는지라 누구 인지 몰라 돌쇠는 눈을 좁히고 찬찬히 뜯어보았다. 그제야 설안보 복(雪雁補服)에 청금석(靑金石) 정자를 드리운 모난 얼굴의 사내 가 보였다. 안색이 파리하고 빗물 떨어지는 신색이 초라한 그를 눈여겨보던 돌쇠가 탁 무릎을 치며 반색했다.

"아니, 러민 어른이 여긴 어떻게! 호광 도대(湖廣道臺)로 발령 났다고 들었는데, 그래 북경엔 언제 오셨습니까?"

그제야 러민 역시 돌쇠를 알아보고는 피곤이 진득하게 묻어나 는 얼굴에 미소를 머금었다.

"그래서 왔네. 떠나기 앞서 폐하를 알현하여 사은을 표하기로 되어있는데 이상하게 다른 도대들은 일괄 접견하시면서 내겐 단 독으로 패찰을 건네라고 하시기에 당황한 터에 나 중당께 가르침 을 받고자 왔네."

그 말을 들은 돌쇠가 웃으며 말했다.

"그럼 온돌에 잠깐 올라와 한숨 돌리고 계십시오. 나 중당께선 지금 막 장상 댁으로 걸음 하셨으니 못 돼도 한 시간은 걸릴 겁니다!"

"고맙네."

러민이 빙그레 웃으며 돌쇠가 건네는 찻잔을 받았다. 한 모금 마셔 입을 축이고 잠자는 듯 비가 내리는 어두운 하늘을 그윽히 바라보던 러민이 물었다.

"연청(류통훈의 호) 어른이 산동으로 내려갔다고 들었는데, 혹시 언제 귀경하는지 알고 있나?"

그사이 또 다른 젊은 관원이 빗물을 앞세우고 들어서자 급히 자리를 내주며 돌쇠가 웃으며 말했다.

"평소 같으면 허락없이 여길 들어올 수 없으나 비오고 추운 날엔 안으로 들게 하라는 폐하의 지시가 계셨습니다. 다만 온돌 이쪽에만 가까이 오지 않으면 아무 데나 편한 대로 자리해도 좋습니다."

이같이 말하며 차 한잔을 따라 그 젊은 관원에게 건네고 나서야 돌쇠는 러민의 물음에 답했다.

"오늘 연청 어른의 주장이 날아온 걸 보면 하관의 소견으로는 사나흘 이내에 귀경하긴 글렀지 않나 사려됩니다. 자고로 '산동마적(山東馬賊), 하북도적(河北盜賊)'이라고, 내리막에서 수레 밀듯 그리 수월치는 않을 겁니다. 우리 대청에 연청 어른 같은 분이 더도 말고 스무 명만 있었으면 무슨 비적이 끓고 난리가 나겠습니까?"

연신 혀를 차는 돌쇠의 모습을 바라보며 러민은 꼭 다문 입 끝을 약간 올려 웃기만 했다. 그리고는 한참 후에야 되물었다.
 "들리는 소문엔 자네도 지현(知縣) 후보로 외임(外任) 발령이 났다면서?"
 차를 끓이며 탄을 집어넣으랴, 입김을 불어 탄불을 일으키느라 잠시도 엉덩이 붙이지 못하고 팔랑개비처럼 움직이며 돌쇠가 답했다.
 "여기 평생 빈대 붙어 있어봤자 으스대는 날이 올 것 같지 않습니다. 그럴 바엔 문직(文職)이든 무직(武職)이든 하찮은 것이더라도 딴 살림나는 게 조상전에도 빛나고 효도하고 좋지 않겠어요?"
 "자넨 벼슬자리를 너무 쉽게 생각하는 것 같네."
 러민이 가벼운 한숨을 내쉬며 말을 이었다.
 "아랫사람에게 삿대질하며 호통치고 윗사람에게 굽실거리며 아부하여 적당히 하고 살자면 원숭이라도 벼슬하자고 들지 않겠나? 그렇게 해서 정자(頂子)가 붉으면 뭘 하겠나? 조상들은 체통이 구겨져 절도 안 받으려 돌아앉을 텐데."
 그러자 돌쇠가 웃으며 말했다.
 "저도 그리 생각하지 않은 건 아닙니다. 그러나 여기서 몇 해 까치발 들어 어깨너머로 훔쳐보고 창호지에 침 발라 귀동냥한 바에 의하면 메뚜기도 한 철이라는 말이 무척이나 실감이 나데요. 향리에서 정수리 벗겨지게 땡볕 이고 콩밭 매는 게 전부였던 조상을 둔 이 사람이야 감히 세 치 혓바닥에 올리는 것조차도 황감하오나 악종기 장군을 보십시오. 불세출의 무장이 아닌가요? 그럼에도 한 번 삐끗해서 잘못 나가니 그 공적은 없고 착오만 집채같으니 그 도련님 악 중승(악준)까지도 기를 못 펴고 살지 않습니까. 그리고 러민 어른도 아시겠지만 조설근 말이에요. 푸헝 중당도 흠모해 마지 않는 문학의 귀재가 멀건 옥수수 죽에 소금에 절인 짠지로 근근득식(僅僅得食)하다니, 어디 가당키나 한 소립니까? 조상 때는 얼마나 어마어마했던 사람들인데!"

문 입구에 앉아 부채를 만지작거리며 빗방울 떨어지는 바깥을 내다보며 말이 없던 젊은이가 그제야 고개를 돌려 물었다.

"악중승은 아직 산동순무 자리에 건재한 거 아니오? 조정에서 달리 처벌한 것도 아닌데, 어찌 그리 불쌍하다고 하는 거요?"

"그건 뭘 몰라서 하는 소리죠."

돌쇠가 웃으며 젊은이 찻잔에 차를 보태며 덧붙였다.

"이부에서 악 중승에 대한 고적(考績)은 '탁이(卓異)'인데, 여태 중승 자리에서 뭉그적댄다는 건 문제가 있다고 봐야죠! 어딘가로 삼천리 유배를 보내야만 처벌하는 게 아니라 이런 식으로 하는 게 더 심한 경우가 아닌가 생각되지 않으세요? 한 사람이 득도하면 닭과 개들이 승천하지만 반대의 경우엔 한 사람으로 인해 그 일족이 화를 입게 되는 게 관가의 생리 아닐까요?"

돌쇠의 말에 청년이 허허 크게 웃으며 말했다.

"한 사람이 득도하면 닭과 개가 승천한다? 말 한번 잘했네! 그렇다면 그대는 과연 일가에 누가 '득도'하여 이같이 승천하였는가?"

러민이 보기에 청년은 언행이 거침없어 크게 웃고 크게 말하는 모습이 어딘가 예사롭지 않았다. 이 같은 기추요지(機樞要地)에서 나직이 말하고 조신하게 행동해야 하는 건 삼척동자도 아는 일인데, 이 사람은 과연 누구기에 이토록 간이 부어 있단 말인가? 힐끗 곁눈으로 빗질하여 보니 청색 빛깔이 은은하여 고급스러워 보이는 비단 장포에 자줏빛 양가죽 조끼를 받쳐입은 모습이 멋스럽고 점잖아 보였다. 물결 잔잔한 밤의 호수를 방불케 하는 까만 눈동자가 귀티 나는 얼굴에 광채를 더하는 젊은이였다. 어디서 봤더라? 분명 눈에 익은데? 잠시 생각을 더듬으며 러민은 눈을 지그시 감고 사색에 잠겼다. 러민 못지않게 상대의 내력을 점치면서도 돌쇠는 자신의 유일한 재산인 과거사를 구구절절 나열하기에 바빴다. 누추한 객잔의 사환에서 오늘날까지 오기에 어찌어찌 파란만장했고, 촌철 하나 없이 고난을 헤쳐오느라 이만저만 고생한 게 아니라는 과거사를 가보(家寶) 세듯 늘어놓았다. 그 다사다난했던 과거사에 공감한 듯 젊은 관원이 연신 한숨을 내쉬며 말했다.

"그대의 말 대로라면 이제 곧 외임 발령이 날 텐데, 장래에 대한 설계는 해봤소?"

"글쎄요……."

일거수일투족에 묻어나는 기품에 위엄이 서려있는 젊은이의 모습에서 필히 종실의 자제일거라 짐작한 돌쇠가 급히 웃으며 답했다.

"일단 맡겨진 바에 충실해야 함은 두 말 하면 잔소리라고 생각합니다. 하지만 큰 욕심은 없습니다. 천하가 태평하고 군주께서 성명하시오니 검은 재물에 탐하지 않고 백성들을 위해 다리를 놓는다든가 제방을 쌓는다든가 실질적인 도움을 주며 더불어 사는 게 하관의 소박한 꿈입니다. 사내놈이 개울물에서 가재 헤엄치려든다고 웃지 않으셨으면 좋겠습니다……."

그 말에 청년이 웃었다.

"그럴 리가? 자신이 들고 날 때를 알고 개구멍일지라도 제자리라며 찾아들 줄 아는 사람도 흔치는 않네. 자네 이름이 뭔가?"

"다들 돌쇠라 부릅니다."

히죽거리며 이같이 말한 돌쇠가 러민과 청년의 식은 찻잔에 따끈한 차를 따라주며 기다렸다는 듯이 되물었다.

"예사사람 같지 않아 보이시는데, 외람되오나 어르신의 존함을 여쭤봐도 되겠습니까?"

청년이 잠시 멈칫하는 사이 스무 살 가량 되어 보이는 젊은 무관이 빠른 걸음으로 들어오더니 우비를 벗어 돌쇠에게 던져주며 말했다.

"방안에 들어오니 훈김이 돌아 살 것 같군. 그런데, 나 중당은 자리에 안 계시네?"

"아! 아계(阿桂) 어른, 걸음 하셨습니까!"

돌쇠가 부랴부랴 예를 갖춰 인사하며 반색했다.

"나 중당께선 잠시 장상 댁에 다니러 가셨습니다. 아이고, 이를 어쩌나! 우비를 입으셨는데도 의복이 흠뻑 젖으셨네요……. 막 끓인 홍차인데, 이거라도 한잔 드십시오. 하온데 어르신, 소인이 사천으로 발령난 걸 모르시죠? 장광사 장군이 발 한번 구르면 사천은 물론 호광까지도 엉덩방아 찧는다는데, 소인 같은 무지렁이는 근처에 얼씬도 못할 게 뻔하니 이를 어쩌면 좋습니까? 장 대장군의 방귀 냄새라도 맡아보게 어르신께서 좀 밀어주시면 안 될까요?"

"원숭이새끼 같으니라고. 나무 타는 재주는 여전하군. 모두가 자기하기 나름이니 그런 청탁은 안 하는 것보다 못해."

아계가 꾸중하듯 말하고는 찻잔에 얼굴을 묻었다. 두어 모금 마시고 찻잔을 내려놓으며 문득 어둠을 등지고 앉은 청년에게로 시선이 닿던 아계가 흠칫하며 턱을 내밀었다. 설마 하고 고개를 가볍게 저으며 눈을 비비고 다시 보는 아계를 향해 젊은이가 몸을 돌리더니 웃으며 말했다.

"그래, 짐이네! 뭘 그리 뜯어보나!"

마른하늘의 천둥소리가 이보다 더 놀라우랴! 방안에 있던 사람들은 순간 저마다 사색이 되어 그 자리에 굳어버리고 말았다. 벼락 맞은 통나무처럼 '퉁!' 하고 무너지며 아계가 죽어라 이마를 찧었다. 쿵쿵 소리가 나도록 머리를 조아리는 아계의 입에서 다급한 소리가 흘러나왔다.

"신이 눈이 삐어 폐하를 알아뵙지 못했사옵니다. 죽을죄를 지었사옵니다! ……방안이 어두운 탓도 있사오나 설마하니 폐하께오서 여기 계실 줄은 꿈에도 몰랐사옵니다……."

러민과 돌쇠 역시 죽어라 머리를 조아릴 뿐이었다.

"그만하고 일어나게."

건륭이 웃으며 온돌로 가 다리를 괴고 앉았다.

"짐이 대내에 기거하고 있다만 태감들도 짐을 모르는 자가 태반인데, 자네들이 무슨 죄인가?"

수중의 재계패(齋戒牌)를 만지작거리며 허물을 탓하지 않는 내색을 지어 보이는 건륭의 기분은 나쁘진 않은 것 같았다. 안목이 형형하여 비 내리는 창 밖을 내다보며 건륭은 잠시 아무 말도 없었다. 자연스레 방안의 어느 누구도 감히 입을 열지 못했다. 등을 구부린 채 숨죽이고 서 있는 사람들의 귓전에 빗소리가 쏴아! 쏴아! 파도 같았다. 그렇게 무거운 침묵이 한참 흐른 뒤에야 건륭이 비로소 입을 열었다.

"종수궁에서 오는 길에 들렀네. 사실 짐은 비나 눈이 내리는 날을 좋아하지. 눈이 얼얼해지도록 주장을 읽고 천만 근이 되어 그대로 터져버릴 것만 같은 머리를 지탱하여 밖에 나왔을 때 더운 이마에 촐랑 내려앉는 처마의 찬 빗방울이 얼마나 시원하고 고마운지 모른다네. 그런데 이번 비는 너무 많이 내려 걱정이네. 농민들이 애써 가꾼 작물이 피해 입어 농심이 피폐해질까 발 편히 잠을 잘 수 있어야지."

척하면 삼천리를 가는 아계는 건륭의 말에 달리 깊은 뜻이 숨어 있는 것 같았으나 당장 이거다 라고 집어낼 수 있는 건 없었다. 잠시 생각한 다음 그가 웃으며 아뢰었다.

"소인도 문관(文官) 시절엔 비나 눈이 내리는 하늘을 유난히 좋아했었사옵니다. 하오나 무관(武官)이 되어 참장(參將) 자격으로 작년 가을에 7백 군사를 이끌고 전쟁터에 나갔다 빗길에 되게 혼나고부턴 풍화설월(風花雪月)의 시흥이 감쪽같이 사라지고 말았사옵니다."

이에 건륭이 웃으며 말했다.

"그래서 양이체 거역기(養移體居易氣, 처한 상황이 달라지면 생각도 바뀐다)라고 하지 않는가! 시흥 얘기가 나오니 말인데, 태평한 나날이 이어지니 시문에 능한 문재(文才)들은 느는 반면, 총대 메고 전장을 종횡무진 누빌 수 있는 무장(武將)들은 눈에 등롱을 밝히고 다녀도 찾기 어려운 실정이네. 문무를 겸비한 인재는 더더욱 봉모인각(鳳毛麟角)일 테고!"

건륭의 말에 아계가 웃으며 말했다.

"인재는 발굴하고 키우기 나름이라 사려되옵니다. 모든 건 인주(人主)의 일념에 달린 것이 아니겠사옵니까? 문무를 겸비한 표본으론 푸헝 어른이 있사옵고, 문신(文臣)에는 대학사인 경복(慶

復)이, 무신(武臣)엔 대장군 장광사(張廣泗)가 든든하지 않사옵니까? 요즘엔 제2의 푸헝이라 불러도 전혀 손색없을 고항이 산동에서 류대머리의 일천 비적을 깡그리 소멸했다 하옵니다. 인재를 갈구하시는 폐하께서 계시는 한, 백락(伯樂, 천리마를 간파하는 혜안을 가진 사람)을 향해 달려오는 천리마는 필히 있을 것이옵니다."

이에 건륭이 웃으며 머리를 저으며 말했다.

"말처럼 쉬운 것이 어디 있겠나? 짐의 비위를 맞춰주려고 자네가 일부러 입에 침을 발라가며 말하는 걸 짐이 모를까? 장광사는 선제께서 키우신 무장으로서 그 진가를 발휘했던 건 사실이네. 그밖엔 푸헝이 좀 믿음직할뿐 말짱 헛것이지. 짐이 알기로 류대머리는 도망치다가 풍한(風寒)을 만나 병들어 죽은 걸 공로를 탐한 부하가 그 목을 떼어 고항에게 갖다 바친 걸로 알고 있네. 일지화의 무리와 연입운 등은 입질을 하네 마네 하다가 결국엔 도망가버리고 사람 약만 잔뜩 올려준 셈이지. 물론 고항이 '일지화'와 맞닥뜨려 싸우고 그 행방을 추적하러 나선 건 용감했다고 봐야지."

이같이 말하며 건륭이 이번엔 러민을 향해 물었다.

"호광 지역으로 발령난 지 얼마 안된 걸로 알고 있는데, 어찌 경도 짐을 몰라볼 수가 있단 말인가?"

"망극하옵나이다, 폐하!"

건륭의 말을 귀담아 듣고 있던 중 불현듯 화두가 자신에게로 던져지자 깜짝 놀란 러민이 새우처럼 잔등을 구부리며 자세를 바로 갖추어 아뢰었다.

"신은 남경 해관도(海關道)에서 호광으로 전근되어 부임한 지 이제 겨우 3개월밖에 되지 않았사옵니다. 아직 수중에 몇 가지

타진되지 않은 사안이 남아 있는 마당에 다시 사천성 양대(糧臺)로 발령 났사오니 폐하의 훈육을 귀에 박고 부임지로 가려던 참이었사옵니다. 운 좋게 두 번씩 폐하를 알현하였사오나 여러 명이 함께 한 자리에서 준엄하신 천어(天語)에 귀 기울이다보니 감히 위용어린 용안을 바로 뵈올 수가 없었사옵니다. 하여 오늘 같은 불찰이 있었음을 깊이 반성하옵고 부디 폐하의 용사(容赦)를 비옵나이다!"

"그게 무슨 죄라고 용사를 빌겠나?"

건륭의 미소가 넉넉해 보였다. 천천히 온돌을 내려 신발을 꿰고 거닐며 잿빛하늘 아래 우중충한 궁궐에 시선을 박던 건륭이 지나가는 말처럼 물었다.

"그럼 경은 어찌하여 갑자기 호광을 떠나게 되었는지 알고 있나?"

"잘 모르겠사옵니다, 폐하."

건륭이 머리를 끄덕였다. 방금 전보다 다소 어두워진 어투로 입을 열었다.

"지난 9월에 예부에서 선조(先朝)의 신하들 중에 억울한 누명을 쓰고 죽어간 신하들에 대한 명예회복을 해주자는 제안이 있었네. 자네 부친이 러영싼이지? 옹정 6년에 집을 압수수색당하고 파직당했던 그 러영싼……. 짐이 문득 뇌리를 치는 무언가가 있어 호광 도대로 있는 러민이 러영싼과 부자지간이 아니냐고 물었더니, 그렇다고 하더군. 어찌됐든 자네 선친이 순무로 있던 곳이 호광이고, 몰락한 곳이 호광이기 때문에 자네가 그곳에 있는 것이 부적절하다 판단되어 그리 조치했던 거네."

건륭의 입에서 러영싼이라는 이름이 거론되기 바쁘게 얼굴 가득 땀이 배인 러민이 길게 엎드려 머리를 조아렸다.

"소신은 총각(總角) 때부터 속발수교(束髮受敎)하여 이치에 밝고 시비에 명철하오니 어찌 선대의 원한을 가슴에 품는 어리석음을 범할 수가 있겠사옵니까? 폐하께오서 친히 간택해주신 은혜를 이 한 목숨 다할 때까지 갚아도 다 갚지 못할 것이옵니다. 신은 오직 폐하의 우마(牛馬)가 되어 본분에 충실하여 선친의 과오를 조금이나마 갚아나가는 것이 신하된, 자식된 도리라 생각하옵니다. 부디 통촉하여 주시옵소서, 폐하!"

만족스레 입술을 빨며 건륭이 말했다.

"일어나게! 자네의 각오가 그러하니 행실 또한 대쪽같이 바르다는 칭찬이 들리더군! 이런 자리에서 우연히 짐을 만난 것도 자네의 분복이라 하겠네. 사천에 가서 장광사의 손발이 되어 잘 움직여주리라 믿네. 자네와 아계 두 사람은 조정의 때가 묻을 만치 묻은 거목들인 만큼 조정에서도 각별히 관심을 보일 것이네……."

이같이 말하던 건륭이 갑자기 고개를 틀어 돌쇠에게 물었다.

"자네 이름이 뭐라고 했지?"

"돌쇠라고 하옵니다!"

"돌쇠…… 썩 거북한 이름은 아니나 우아함과는 거리가 멀지."

건륭이 덧붙였다.

"아무래도 자네는 본명을 쓰는 게 낫겠네. 자네 본명이 초로(肖路)라고 하는 것 같던데 말일세. 어쩌다 보니 여기 모두 사천(四川)으로 가는 사람들이군. 아무튼 사천의 최대현안은 대금천(大金川), 소금천(小金川) 지역의 난을 평정하여 그곳의 안정을 도모하는 일이네. 열혈남아라면 건공입업(建功立業)할 수 있는 최적의 기회가 아니겠나? 장상(將相)의 피라고 금싸라기가 든 건 아니

천하제일신신(天下第一信臣) 85

네. 장상이 되고 졸부가 되는 건 모두 자기하기 나름이다 이 말이네, 무슨 말인지 알겠는가?"

"알겠사옵니다, 폐하!"

"두고 볼 일이네."

건륭의 얼굴엔 어느덧 미소가 가뭇없이 사라졌다.

"주군에 충성하는 첫째 덕목은 바로 군주를 기만하지 않고 계산된 아첨으로 군주의 시야를 흙탕물로 만들지 않으며 자신의 그릇됨을 은폐하지 않는 것이네. 재량이 모자라는 건 강철이 단련되듯 담금질해 키우면 되겠으나 마음보가 비뚤어진 자는 약이 없느니라."

"폐하의 훈회를 심전(心田)에 아로새기겠사옵니다!"

몇 사람이 일제히 머리를 조아려 외쳤다.

건륭은 더 이상 말하지 않았다. 세 사람을 지나쳐 문 어귀로 걸어나오니 줄곧 밖에서 지키고 서 있던 왕충(王忠)과 복효(卜孝) 두 태감이 우비와 유화를 껴안은 채로 부랴부랴 달려왔다. 건륭은 우비 대신 외투를 걸치고 복효더러 뒤에서 우산을 받쳐들게 하고는 빗길을 나섰다. 빗물을 머금은 한줄기 회오리바람이 따스한 기운이 몸에 배인 건륭을 흠칫 흐느끼게 만들었다. 무시로 건륭의 신색을 살피던 왕충이 어색한 웃음을 지어내며 조심조심 입을 열었다.

"폐하의 산책은 정무의 연장인 것 같사옵니다. 조금 뒤면 저녁 수라 드실 시간이옵니다. 나 중당은 필히 무슨 요긴한 일로 장상부(張相府)에 발목이 매인 것 같사옵니다. 폐하께오서 접견하실 거면 소인이 달려 갔다오겠사옵니다."

"자네, 언제부터 이리 수다스러워졌나? 자넨 짐의 의식기거만

빼곤 입도 뻥긋할 일이 없다는 걸 명심해야지!"

건륭이 눈에 모를 세우며 왕충을 힐끗 쳐다보았다.

"자네 대장이 겁도 없이 아무 소리나 해도 된다고 그리 일러주던가?"

다듬고 다듬어 조심스레 한 말이 건륭의 심기를 건드렸다는 사실에 소스라치게 놀란 왕충이 '털썩' 빗물에 무릎을 꿇고 말았다. 안색이 파리하게 질린 채 죽어라 머리를 조아리며 왕충이 말했다.

"요놈의 입이 방정이옵나이다. 두 번 다시 더러운 주둥아리 맘대로 놀리지 않도록 조심 또 조심하겠사옵니다……."

"착오를 범했으면 죄를 물어야 마땅하지, 어찌 그대로 덮어둔단 말인가?"

눈시울을 가늘게 좁혀 올올이 은실 같은 가랑비를 바라보며 건륭이 말했다.

"양심전 태감들 중에선 고대뢰(高大雷) 다음으로 자네가 연장자야. 자네의 죄를 묻지 않고 어찌 다수를 다스릴 수 있겠는가? 의당 죽을죄에 해당하나 평소에 지극정성이었던 점을 감안하여 이번만은 양심전 밖에서 3일 동안 석고대죄하고 따귀 백대를 때리는 것으로 가볍게 벌한다. 그리 알고 그만 물러가거라!"

무릎을 꿇어있던 아계, 러민, 초로(돌쇠)는 건륭의 서슬에 기가 질린 나머지 숨이 넘어갈 것만 같았다.

한편 건륭은 왕충을 벌한 마당에 양심전으로 돌아가고픈 마음이 없어 어디로 갈 것인지 빗속에서 잠시 망설였다. 한동안 비의 장막을 뚫어지게 바라보던 건륭이 발걸음을 돌려 융종문으로 향했다. 태감 복효가 부랴부랴 우산을 받쳐들고 따라나섰다. 느렸다 빨랐다 하는 건륭의 발걸음에 장단맞춰 우산을 펴드느라 진땀빼

며 걸어가는 그 엉덩이 내민 모습이 뒤뚱거리는 오리 같아 우스꽝
스러웠다. 건륭이 당연히 건청궁으로 돌아가겠거니 생각하여 영
항 입구에서 대기 중이던 수륜, 더후이 등 시위들도 말없이 눈짓으
로 뜻을 주고받으며 따라나섰다.

그러나 융종문 쪽으로 가면 자녕궁 태후에게 문후 올리러 갈
것이라는 사람들의 예상을 뒤엎고 건륭은 융종문에서 서쪽으로
꺾어들지 않았다. 유유히 숭루(崇樓), 우익문(石翼門), 홍의각(弘
義閣)을 지나 무영전(武英殿)에서 서쪽으로 돌아서는 모습이 출
궁하려는 것 같았다. 아버지 낭심(狼瞫)을 닮아 눈치 빠른 시위
수륜이 급히 태감 하나를 불러 귀엣말로 당부했다.

"폐하께오서 출궁하시려는 모양이야. 건청궁 시위총관에게 이
를 알리고 순천부에서 사람을 보내 먼발치에서 따르도록 하거
라!"

말을 마친 수륜은 곧 빠른 걸음으로 건륭을 뒤따라갔다.

한편 서화문을 나선 건륭은 돌사자 옆에서 멈칫했다. 접견을
기다리는 관원들의 대기처가 평상시와는 달리 휑뎅그렁했던 것이
다. 자못 의아해하며 건륭이 태감 복효에게 물었다.

"아직 완전히 어두워지려면 이른 시간인데, 어찌 여긴 차례를
기다리는 사람이 없느냐?"

이에 복효가 재빨리 아뢰었다.

"이렇게 음산한 날씨에 밖에서 기다리느니 직접 장상과 어얼타
이 재상 댁으로 찾아간 줄로 알고 있사옵니다. 두 재상은 지의를
받고 폐하의 윤허 하에 자택에서 정무를 보는 대신들인지라 폐하
의 어비(御批) 관련 사안이 아닌 것에 대해선 그렇게 하기로 합의
를 본 모양이옵니다. 요즘 들어 어얼타이 재상께서 와병 중이오니

아마 장상이 곱절은 더 바쁠 줄로 알고 있사옵니다."

이에 건륭이 알겠노라고 짤막하게 대답하고는 천천히 계단을 내려섰다. 서화문 맞은편에 위치한 장정옥의 자택을 향하며 건륭이 다시 물었다.

"듣기에 장상 쪽에는 한인 관료들이, 어얼타이에겐 만인 관원들이 많이 들락거린다는데, 그게 과연 사실인가?"

"황공하오나 소인은 금시초문이옵나이다."

복효가 조심스레 아뢰었다.

"하오나 장상을 찾는 사람들이 어얼타이의 문전을 드나드는 사람들보다 갑절 더 많은 건 사실이옵니다. 하기야 삼조(三朝)를 거친 원로로서 문생들이 만천하에 깔린 장상과 인맥을 겨룰 수 있는 사람이 어디 있겠사옵니까?……."

복효의 말을 듣는 사이 어느덧 건륭은 장정옥의 집앞에 다다랐다.

장정옥의 부저(府邸)는 옛 제화문(齊化門)에 위치해 있었다. 강희제로부터 하사받은 널찍하고 고풍스런 부저였기에 눈독들이는 사람이 한둘이 아니었다. 앞뒤 뜰의 녹지면적만 5, 60무(畝)는 족히 되는 연병장 같은 곳이었다. 그러나 옹정이 즉위하면서 장정옥의 거동이 불편한 점을 배려하여 이곳 서화문 밖에 삼진사합(三進四合)의 저택 하나를 또 하사했던 것이다. 태의원 의생들이 내정의 부름을 받고 대기하던 곳으로 평소엔 지방에서 올라와 접견을 기다리는 관원들과 집이 대내에서 멀리 떨어진 경관(京官)들이 잠시 머물러가던 곳이었다. 문지기들은 내무부에서 파견된 태감 일색이었다. 역시 옹정이 저택과 함께 하사한 사람들이었다. 평소에 자주 보는 복효와 익숙한 듯 문지기 태감들이 스스럼없이 웃으며 말했다.

"오늘은 꼬리가 그리 길지 않네? 지의를 전하러온 건 아니겠지, 설마?"

"이 어르신께서 장상을 뵈러 왔소. 지의도 계시고."

복효가 평소처럼 그네들과 늑장부릴 여유가 없는지라 다그쳐 물었다.

"장상은 안에 계신가?"

그러자 태감 하나가 건륭을 힐끔 쳐다보더니 대꾸했다.

"오늘은 어째 느낌이 전 같지 않은데? 아무튼 날 따라 오시오. 장상은 청우헌(聽雨軒)에서 여러 어르신들과 의사(議事) 중이시오!"

건륭이 대문 안으로 들어서 보니 북쪽으로 커다란 화청이 한눈에 띄었다. 바람이 차가웠지만 창문은 열려있었고 옹기종기 보이는 머리가 안에 있는 사람이 족히 수십 명은 될 것 같았다. 몇 발짝 옮기며 보니 의관을 정제하여 그린 듯 앉아있는 사람이 있는가 하면, 귀엣말로 속닥대며 낄낄 웃어젖히는 관원들도 있었다. 담배연기가 자욱한 가운데 떠드는 소리에 귓전이 어지러워진 건륭이 태감에게 물었다.

"무슨 사람이 이리도 많소? 연회중인가 봐?"

"그런 건 아닙니다."

눈앞의 젊은이가 예사 사람은 아닐 거라 짐작한 태감이 공손히 예우하여 자세를 갖추며 대답했다.

"늘 있는 풍경입니다. 지방에서 올라와 장상의 접견을 기다리는 주현(州縣)의 관원들입니다. 온돌방에도 콩나물 시루가 따로 없습니다. 자기 집처럼 먹고 자며 기다리는 사람들도 있는 걸요."

건륭은 잠시 말이 없었다. 태감의 안내를 받으며 입실한 건륭이 다시 물었다.

"저네들이 여기서 끼니도 해결하고 그러나?"

그러자 태감이 급히 답했다.

"장상께서도 맘이 모진 분은 아니시니 처음엔 끼니때마다 따로 상을 차려주게끔 했습니다. 그런데 장상의 깊은 뜻을 헤아리지 못하고 밥 한 끼 해결하려고 일부러 일을 만들어 찾아드는 사람들이 와장창 몰려들면서 지금은 엄두도 못 내죠. 세상천지에 별나게 치사한 족속들이 다 있습니다."

태감의 수다를 들으며 꼬불꼬불한 낭하를 돌아오니 한적한 연못이 나타났다. 잿빛 구름이 낮은 하늘과 벗하며 찬 비늘이 일렁이는 연못가에 과연 '청우헌(聽雨軒)'이라는 세 글자가 용비(龍飛)하는 자그마한 건물이 있었다. 아직 주변이 어수선하고 기둥에 영련(楹聯)조차 없는 걸 보니 지은 지 얼마 안 되는 것 같았다. 수행시위들에게 걸음을 멈추라고 명하고는 홀로 울타리를 밀고 들어서니 아늑한 느낌이 세외도원(世外桃園)이 따로 없었다. 잠시 방안의 동정에 귀기울이고 있노라니 푸헝의 말소리가 들려왔다.

"상첨대(上瞻對), 하첨대(下瞻對)는 서장(西藏)으로 통하는 요도(要道)입니다. 어떻게든 우리가 선점해야 합니다. 경복 어른은 그곳 반군세력의 두목인 반곤(斑滾)이 불에 타죽었다고 하는데 악종기 장군은 또 아직 살아있다고 하니, 대체 어느 말을 믿어야 할지 모르겠습니다. 경복 어른을 그리 우유부단한 사람으로 안 봤는데, 오늘은 어째 좀 이상하네요."

방안은 잠시 조용해졌다. 잠시 후 느릿느릿한 경복의 목소리가 들려왔다.

"반곤은 정확히 6월 23일에 죽었소. 그 당시 7천 인마를 이끌고 야루장뿌 강(江) 일대를 물샐틈없이 포위했던 사람이 바로 나요. 투항을 권유해도 막무가내이기에 궁여지책으로 불을 놓아버렸던 거요. 반곤은 물론 그 추종자들도 몽땅 타죽은 걸로 알고 있소. 내가 어찌 감히 없는 일을 꾸며내어 군주를 기만할 수 있겠소? 동미(東美, 악종기의 호)장군, 혹시 자신은 패했는데 내가 승리를 거뒀다 하여 질투하는 건 아니오? 그게 아니라면 그 무슨 확실한 근거도 없이 갑자기 반곤이 죽지 않았다는 소문을 퍼뜨리다니 어찌된 일이오?"

건륭이 귀를 쫑긋 세웠다. 악종기의 변해(辨解)를 듣고 싶었으나 악종기는 말이 없었다. 대신 나친의 말소리가 새어나왔다.

"반곤이 죽는 걸 친견한 건 아니잖소? 까맣게 타버린 시체를 확인했다고 하는데, 불에 탄 게 뉘네 누렁인지 알 수가 있겠소? 문제는 요즘 소금천(小金川) 일대에서 멀쩡히 살아 두 눈 번들거리는 반곤을 봤다는 사람들이 있으니 우리 군기처 입장에서 대질하지 않을 수가 있겠소?"

이에 경복이 발끈했다.

"반곤이 살아있다는 소문도 결국은 전해들은 말이잖소? 악종기가 직접 본 것도 아니고! 상첨대, 하첨대의 1백 70여 개 망루를 평지로 만들어버리고 3만 장족(藏族) 백성들을 무사히 대금천(大金川)으로 대피시켜 사천, 서장의 명줄을 확실히 틀어쥐었건만 내게 돌아온 건 고작 문책이란 말이오?"

"지금 그대의 죄를 논하는 자리가 아니잖소."

문가 어딘가에서 마침내 악종기의 목소리가 또렷하게 들려왔다.

"반곤이 죽었나 살았나 자체가 궁금해서 이러는 게 아니라 그놈이 정말 살아서 소금천으로 도주했다면 겨우 한숨 돌리던 상첨대, 하첨대가 다시 혼란에 빠지게 된단 말이오. 상첨대, 하첨대의 주둔군은 자그마치 2만 4천 명이오. 한 달에 소요되는 군향(軍餉)만 해도 은자 14만 냥 가지고도 모자라는 실정이라고. 과연 그대 말대로 반곤이 죽고 '대첩(大捷)'을 이룩한 게 확실하다면 왜 5백 군사만 주둔시켜도 충분할 그곳에 2만 4천 명을 그대로 박아두느냐이 말이오. 철병(撤兵)하라는 명을 내려도 열두 번 내렸어야지!"

바로 건륭이 가장 관심을 가지고 지켜보는 부분이었다. 진(鎭)이라 할 것도 없이 해봤자 몇몇 토채(土寨)에 불과한 적의소굴을 치는데 8개월 동안 자그마치 은자 1백만 냥을 소모했으니 아무리 생각해도 속이 뒤틀리는 노릇이었다. 잠시 흥분을 가라앉히고 있노라니 다시 경복의 말소리가 들렸다.

"난 전국(全局)을 두루 염두에 두어야 하는 총책이란 말이오! 내가 작대기로 이를 쑤시든 당신이 무슨 상관이오? 다 꺼져가던 불씨도 바람이 불면 되살아난다는데, 하물며 교토삼굴(狡免三窟)의 반군들이 어디에 어떻게 도사리고 있을지 누가 아오? 그래서 만일을 대비하여 철수시키지 않은 거요, 됐소? 허이고, 까마귀가 어찌 봉황의 깊은 뜻을 알리오!"

악종기가 목청을 가다듬으며 반격을 가하려는 것 같았다. 그러자 장정옥의 위엄있는 기침소리가 더욱 무거웠다.

"반곤의 생사여부는 폐하께오서 이미 지령을 내리시어 장광사더러 사실을 철저히 규명하라고 하셨소. 천한 상것들도 아니고 체통 있는 사람들이 이게 뭐 하는 짓들이오!"

여기까지 들은 건륭이 조용히 문을 밀고 들어섰다. 차가운 눈빛으로 방안을 쓸어보니 장정옥이 다리를 포개고 온돌 한가운데 앉아 있었고 그를 마주하고서 나친, 푸헝, 그리고 신과에 장원을 한 장우공(莊友恭), 경사하도관찰사(京師河道觀察使) 전도(錢度), 호부시랑 어싼이 빙 둘러앉아 있었다. 호수(皓首)가 백발인 악종기와 관대(冠帶)가 구색을 잘 갖춘 경복이 탁자를 사이에 두고 앉아 벌겋게 부어오른 핏줄을 푸들거리며 개 닭 보듯 외면하고 있었다. 가슴속의 울화를 토해내듯 건륭이 깊은 한숨을 토해냈다.

5. 노마불사(老馬不死)

건륭의 갑작스런 출현에 사람들은 대경실색을 하고 말았다. 편한 자세로 앉아있던 장정옥이 등 떠밀리듯 온돌에서 내려와 털썩 엎어졌다. 그리고는 연신 고개를 조아리며 말했다.

"폐하께옵서 어인 연으로 이리 누추한 거처로 거동하셨사옵니까?"

문 어귀에 지키고 서 있던 장정옥의 아들 장약징(張若澄)도 급히 뒷걸음쳐 구석자리에 무릎을 꿇었다. 굳어진 표정으로 주위를 휙 쓸어보고 난 건륭이 뚜벅뚜벅 장정옥에게로 다가갔다. 한줌의 노구(老軀)가 안쓰러운 노신(老臣)을 일으켜 세우며 건륭이 웃음을 띠워 말했다.

"경들은 지금 무얼 의논하고 있었는가?"

"이 늙은 것이 어찌 감히 자택에서 국가의 막중대사를 논하겠사옵니까? 사사로운 자리에서 대사를 운운할 수 없음은 성조 때부터 내려온 제도이옵니다!"

장정옥이 급히 아뢰었다.

"선제와 당금 폐하의 크나큰 성은 덕분에 성치 못한 팔다리 겨우 운신하며 입궐하는 불미스런 모습을 보이지 않게 된 것으로 신은 그 은혜 백골난망이라 시시각각 되뇌이곤 하옵니다. 폐하의 어람을 거친 상주문 중에서 달리 주청 올릴 필요가 있다 사료되는 주장들을 골라 관련자들을 불러 자초지종을 물어보고 있었사옵니다……."

무슨 뜻인지 알겠다는 듯 건륭이 미소를 지으며 고개를 끄덕였다.

"신하들이 사석에서 국가의 막중대사를 논의하지 못하게 한 건 사실이나 경은 예외라 할 수 있겠네. 다만 공공연히 윤허해주면 짐의 뜻을 깊이 헤아리지 못한 자손들이 무단히 따라하여 사단을 일으킬까 저어될 뿐이네. 강희제 때의 중신이었던 오배(鰲拜)도 처음부터 흑심을 품은 저질 인간이었던 건 아니네. 자택에서 군국요무를 봐도 좋다는 세조(世祖, 순치제)의 파격적인 대우를 악용하여 전횡발호의 발판으로 삼은 것이 사단이었지. 그러나 형신 자네는 명실상부한 삼조(三朝) 원로로서 그 진가를 유감없이 발휘해 왔고 인정받기에 추호도 손색없는 사람이네. 옛말에 이슬길을 오래 걸어 바지가랑이 젖지 않는 사람이 어디 있냐고 했네. 한자리에 오래 앉아있기가 그리 쉽지 않다는 뜻으로 풀이되겠지. 하지만 경은 예외였네. 말 많고 탈 많은 재상자리에서 40년 동안 건재하다는 건 자네가 지닌 모든 품성이 최고라는 유력한 방증 아니겠나. 세상 누굴 못 믿어도 짐은 경의 충정과 인품은 믿어마지 않네……."

줄기찬 빗속을 밟아 신하의 부제(府第)에 친림한 군주가 축축한 무릎을 맞대고 쏟아놓은 온정에 사람들은 저마다 감동의 눈물을 흘렸다. 그것은 분명 폐부 저 깊숙한 곳에서 터져나오는 산울림이었다.

강산이 네 번씩이나 바뀔 동안 건륭의 조손(祖孫) 삼대를 섬겨오며 권력을 지향하진 않지만 워낙 배출한 문생들이 많다보니 문호가 자생(自生)한 것에 대해 늘 불안하게 생각해왔고, 그래서 매사에 더더욱 신중을 기할 수밖에 없었던 장정옥이었다. 그럼에도 어얼타이의 문생들은 끊임없이 장정옥에 대해 없는 사실도 만들어내어 비난을 가해왔고 조정의 신하들 중에는 장정옥과 어얼타이를 서로 다른 이익을 대변하는 파벌로 간주하는 분위기가 은연중에 만연돼 있는 실정이었다.

건륭이 악천후를 마다하고 느닷없이 걸음한 데 대해 여러 가지 가능성을 염두에 떠올렸던 장정옥은 독버섯처럼 번지고 있는 '장당(張黨)', '어당' 설의 허실을 엿보기 위한 목적이 우선일 것이라 짐작되자 홀연 등골에 식은땀이 좌악 뻗쳤다. 애써 마음을 달래며 건륭의 말뜻을 더듬어 연신 고개를 조아리며 아뢰었다.

"폐하께서 보셨듯이 신은 조정과 폐하, 그리고 종묘사직에 추호의 비분(非分)한 마음을 품어본 적이 없사옵니다! 하오나 신은 벌써 견치(犬齒)가 일흔 하고도 셋이옵니다. 민간 속어에 일흔 셋, 여든 넷은 염라대왕이 부르지 않아도 저절로 알아서 간다고 했사오니 신은 이제 한 쪽 다리를 관속에 넣은 몸이라 해도 과언이 아닐 듯 싶사옵니다. 침침하여 명태껍질 씌워 놓은 것 같은 노안을 비비며 붓을 든 손을 떨어 오리발을 그리느니 정신이라도 온전하여 폐하를 제대로 느낄 때 향리로 돌아가 졸졸졸 흐르는 개울물가

노마불사(老馬不死) 97

에 잡뼈를 묻게 윤허해 주시옵소서."

장정옥의 흐릿한 눈물이 번들거리는 두 눈을 응시하던 건륭이 웃으며 말했다.

"또 그 소린가! 듣기 좋은 말도 세 번이라고 했네. 경의 노고를 치하하고 노마불사(老馬不死)의 의지를 격려하려고 걸음을 하였는데, 무슨 그런 당치도 않은 소릴 하는가! 경이 조정을 위해 일생을 바친 만큼 조정에서도 자네한테 할만큼 했다고 생각하네. 개국 이래에 문신(文臣)으로서 자네처럼 3등 백작 자리에 앉은 사람은 아무도 없었네. 대행황제의 유명에 따라 태묘(太廟)까지 하사받은 사람이 어찌 향리로 돌아간다는 말을 그리 쉬이 할 수 있단 말인가?"

이같이 말하며 건륭은 그만 일어나라는 손짓을 해 보였다.

장정옥이 훔쳐보니 건륭은 조금도 화난 기색 없이 되레 만면에 화색이 그윽했다. 잠시 벽에 걸린 서화에 눈길을 박는 건륭을 향해 긴 숨을 들이마셔 큰 용기를 낸 장정옥이 말했다.

"송대(宋代), 명대(明代)엔 태묘를 하사받은 신하들 중에도 귀향을 윤허받은 사람들이 있었사옵니다."

"지금은 송대, 명대가 아닌 청대(淸代)이고, 경 또한 그네들과는 차원이 다르네. 오뉴월 곁불도 쬐다 말면 아쉽다고 했는데, 하물며 40년 동안 몸담고 있던 대국의 조정에서 하루아침에 향리의 이 빠진 허연 노인으로 전락되는 것이 그리도 좋은가? 정녕 조정에 추호의 미련도 없단 말인가?"

타이르듯 조용조용한 건륭의 말투는 변함이 없었다. 그러나 장정옥의 정수리에 내리꽂힌 시선은 날카로웠다.

등허리에 가시나무 짐을 업은 듯한 긴장감에 진땀을 철철 흘리며 장정옥은 연신 고개를 주억거렸다. '만 마디 옳은 말보다 한 번의 침묵이 값지다[萬言萬當, 不如一默]'라는 신조를 굳게 지켜 오늘날까지 건재한 장정옥으로선 오늘의 대꾸가 가위 파격적이라 해야 옳았다. 그만큼 그는 이제 그만 손 털고 싶은 마음이 간절했던 것이다.

그러나 단칼에 자르는 건륭의 단호함을 더 이상 거역할 엄두는 나지 않았다. 사다리 놔줄 때 내려오지 않고 굴욕을 자초할 필요는 없을 것이다. 잠시 생각하던 장정옥이 나지막이 입을 열었다.

"신의 불경을 용서해 주시옵소서, 폐하……. 하루하루 폐하의 은택에 힘입어 겨우겨우 살면서도 그 소중함을 몰랐던 신의 우매함을 너그러이 봐주시옵소서……."

"됐네, 그리 느꼈다니 다행이네……."

자신이 억지스럽다는 걸 모를 리 없는 건륭이 가볍게 웃으며 덧붙였다.

"경에 대한 짐의 애착이 어느 정도인지는 아무도 모를 거네. 그저 곁에 있어주는 것만으로도 짐은 든든하니 이제부터의 사소한 일은 신경쓰지 말고 군기처의 수석으로 짐의 군국대사에만 협조해주도록 하게. 당분간 이부상서 직책은 겸해주고 4품 이하의 관원들이 전근하거나 파직당할 땐 자네의 허락이 있어야함은 변함없네."

이같이 말하며 건륭은 곧 신발을 벗으려 했다. 그러자 장정옥의 재빠른 눈짓을 받은 두 아들이 빠른 걸음으로 다가와 날렵하게 무릎꿇어 축축하여 잘 벗겨지지 않는 사슴가죽 유화(油靴)를 조심스레 벗겨냈다. 그리고는 평소에 아비 장정옥에게 그러하듯 건륭의 찬 발을 두 손으로 감싸 부드럽게 문질러 안마했다. 발에 온기가 돌자 새 양말을 가져다 신겨주고 나서야 둘은 마침내 물러갔다.

　보송보송하게 말라 피부에 닿는 감촉이 좋은 마른 양말을 신고 따뜻한 온돌에 다리를 괴고 앉은 건륭이 그제야 표정이 굳어있는 악종기를 향해 입을 열었다.

　"듣자니 경은 불평불만이 이만저만 아닌 것 같더군. 화통박(和通泊) 전투에서 수만 관병을 이끌고 나가 상사욕국(喪師辱國)의 패망을 불러오고서도 뭐가 모자라서 그러는가? 죄값을 치르기엔 군전정법(君前正法)이 마땅하나 과거의 업적을 고려해 파직대죄의 가벼운 벌을 물었음에도 뭐가 그리 못마땅한가! 경복이 승전고를 울렸다 하니 배가 아프기라도 한 건가?"

　건륭의 서슬에 오그라들어도 열두 번일 것 같았지만 의외로 악종기는 그리 놀라는 기색은 없었다. 오랫동안 꿇어 있어 저린 다리를 조금 움찔거리며 그는 머리를 조아렸다.

　"화통박 전투에서의 패망은 신의 지휘력 부재에 따른 재화(災禍)임에 틀림없사옵니다. 신은 세 번씩이나 장검을 들어 자결을 시도했으나 번번이 부하들에게 들켜 오늘날까지 구차하게 연명해 오고 있음을 참으로 부끄럽게 생각하고 있사옵니다. 철면피하오나 신이 일전에 올린 상주문은 결코 신의 책임을 피해가거나 누군가에게 전가하고자 변명함은 아니었사옵니다. 신의 무능함에 따른 치명적인 패인과 더불어 지원병이 늦게 도착하고 몇몇 장령들이 지휘에 불응하여 늑장을 부린 것도 패망하는 데 한 몫을 했다고 사려되었사옵기에 후사지사(後事之師)로 삼으십사 하여 주장을 올렸던 것이옵니다. 오늘날 상첨대, 하첨대 전투를 논함에 있어 겉으론 단순히 반곤(斑滾)의 생사 여부에 초점이 맞춰진 것 같사오나 실은 전투의 승패를 의심케 하는 사실이 있사옵기에 신도 주제넘게 남의 잔치에 감 놔라 배 놔라 하고 있었사옵니다. 신은 사천에서 수년간 병마를 이끌어오면서 그곳 지형을 손금 보듯 하는 데는 타의 추종을 불허한다고 자부하옵니다. 그곳 토사(土司)들은 보기만 해도 아득하고 미로 같기만 한 수풀 무성한 험산준령을 원숭이가 나무 타듯 하며 천병들의 최신 무기와 의지를 무기력하게 만드는 은신술 또한 유별하옵니다. 팔백 명, 천 명을 사살했다고 하여 승전이라고 볼 순 없사옵니다. 두목을 신격화하여 그에 대한 추앙이 하늘같은 토사들을 대처함에 있어 그 두목인 반곤을 생포하는 것이 관건이라 사려되옵니다. 신은 반곤이 절대 그리 쉬이 죽을 리가 없다고 확신하옵니다. 장장 8개월 동안 수만 천병(天兵)이 백만 은자를 소모해가면서 이루어냈다는 것이 고작 반곤을 놓친 '승전'이라는 말씀이옵니까? 신은 사천장군 장광사가 머지않아 신의 주장을 입증해주리라 믿어마지 않사옵니다. 한때는 신의 부하였으나 지금은 신의 자리를 대체한 불편한 사이인 걸 감안하신다면 폐하께오서 장광사의 말은 믿을 수 있으시리라 사려되옵니다!"

마치 반곤이 살아있는 걸 직접 목격하기라도 한 것처럼 의기충천하여 진언하는 악종기를 보며 경복은 급히 건륭을 향해 머리를 조아렸다.

"반곤의 불에 탄 사체는 신의 부하장령들과 적군의 몇몇 포로들이 함께 한 자리에서 확인된 사실이옵니다. 그 수급을 북경으로 보낼 엄두를 못 낸 것은 뙤약볕 가마솥 같은 염천인지라 쉬이 부패할 것을 염려했기 때문이옵니다. 악종기는 지금 '제발 그랬으면' 하는 자신의 바람을 말하고 있을 뿐이옵니다. 자신이 쫓겨난 자리에서 다른 사람이 잘 나가는 걸 바라봐야 하는 마음이 불편한 건 십분 이해하옵니다!"

"정말 이러기요?"

갈기를 곤추세운 악종기의 온몸이 부르르 떨렸다. 통째로 집어삼킬 기세로 경복을 벌겋게 노려보며 으르렁대고 있으니 건륭이 노하여 고함을 질렀다.

"둘 다 썩 물러가지 못하는가! 폐문사죄(閉門赦罪)하여 자신의 잘못을 충분히 뉘우친 후에 다시 뵙기를 청하거라!"

어깻죽지를 축 늘어뜨린 채 엉기적거리며 물러가는 두 사람을 응시하는 건륭을 향해 나친이 말했다.

"부디 고정하시옵소서, 폐하! 신의 소견으론 악종기의 말이 불행히도 적중할 가능성이 큰 것 같사옵니다!"

"그게 과연 무슨 말인가?"

"신이 지켜본 바로 경복은 어딘가 속 빈 강정같이 실속이 없어 보이옵니다."

나친이 말을 이어나갔다.

"처음 상첨대, 하첨대 전투의 첩보가 날아들었을 당시 일관성 없이 우물대던 경복의 모습이 생각나옵니다. '반곤이 몸에 칼침을 무려 열 번이나 맞아 숨졌다'라고 하던 사람이 돌아서더니 또 '반곤은 자결했다'라고 자신의 말을 번복했었사옵니다. 그러던 중 폐하께오서 이 일을 주목하시게 되자 급기야는 불에 타죽었다는 설이 나돌았던 것이옵니다. 아무렴 악종기가 자기 코가 석자인 마당에 평소에 달리 이해충돌이 없었던 경복에게 무중생유(無中生有)의 일격을 가할 리가 있겠사옵니까? 그건 곧 자신의 명을 재촉하는 중대사임을 아는 사람이 그리 뻔한 짓을 일삼을 리가 없다고 사려되옵니다. 따라서 반곤이 아직 살아있다는 쪽으로 신은 믿고 싶사옵니다."

빗줄기는 많이 가늘어져 있었다. 찻잔을 들어 한 모금 마시고 굵은 주름을 밀어 올리며 한숨을 짓던 건륭이 말했다.

"산동에서 다 잡은 '일지화'를 놓쳤다고 할 때부터 짐은 심사가 뒤틀렸었네. 엎친 데 덮친다고 수재에 황충(蝗蟲, 메뚜기) 피해까지 심각하여 요즘은 그야말로 화불단행(禍不單行)의 나날이 이어지고 있네. 그래서 짐이 웬만한 일에도 걸핏하면 화를 주체하지 못하는 것 같은데, 푸헝 자네가 가서 짐을 대신하여 악종기를 위로해 주도록 하게. 경복을 질투하여 무고(誣告)한 것만 아니라면 반곤의 생사와 무관하게 짐은 그 책임을 추궁하지 않을 거라고 전해주게. 나선 김에 경복에게도 들러보고. 반곤이 살아있는 게 사실이라면 부의(部議)에서 추궁할 때까지 기다리지 말고 미리 사죄문을 올리라고 하게."

"어명을 받들어 모시겠사옵니다, 폐하!"

푸헝이 급히 절을 하며 답했다.

"신도 반곤이 살아있을 가능성이 크다는 나친 중당의 말에 공감하옵니다. 경복에게 군량미를 조달해주던 호광 양도(湖廣糧道)인 이시요(李侍堯)도 편지에서 반곤이 생존해 있다고 말했사옵니다."

푸헝의 말을 듣고 난 건륭이 웃으며 말했다.

"이시요라…… 자네를 따라 흑사산(黑査山)의 비적들을 물리쳤던 그 통판(通判) 말인가?"

이에 푸헝이 급히 아뢰었다.

"그렇사옵니다, 폐하! 폐하께오서 친히 간택하시어 지방으로 내려보내신 관원이옵니다. 폐하의 성은에 감지덕지해 하는 모습을 엿볼 수 있었사옵니다. 그 말에 따르면 반곤이 죽지 않은 것이 사실이라면 금천(金川) 지역의 재앙은 끝나지 않았으니 폐하께오선 필히 천병을 파견하여 정벌하실 거라고 하옵니다. 아울러 이참에 군중으로 들어가 봉사하고 싶다는 뜻을 폐하께 전해주십사 간절히 소망하는 글월이었사옵니다."

고집스럽게 톡 튀어나온 이시요의 앞머리를 떠올리며 건륭이 시무룩하게 웃었다.

건륭에게서 면박을 당하고 나니 되레 맘이 편해진 장정옥이 천천히 입을 열었다.

"황충(蝗蟲)의 피해는 더 이상 만연되진 않을 것이오니 심려 거두시옵소서, 폐하! 며칠 사이 직예, 산동 일대에 된서리가 내렸다 하옵니다. 곤주부(袞州府) 공림(孔林) 근처에서만 서리맞아 죽은 황충을 산더미처럼 쓸어모았다 하옵니다! 무게로 따지면 백만 근은 넘을 거라고 추산하고 있사옵니다! 신은 이미 호부에 지시하여 죽은 황충과 쌀을 맞바꾸게끔 조치했사옵니다. 기이한 발상이라 할 수도 있겠사오나 조정에서 일괄적으로 사들여 소각하는 것이 바람직할 것 같았사옵니다."

이에 장우공이 호기심에 차 물었다.

"안 그래도 오면서 길에 나붙은 고시문을 보고 의아스러워 했습니다. 조정에서 굳이 식량과 죽은 황충을 맞바꾸려는 의도는 무엇입니까?"

그러자 장정옥이 웃으며 답했다.

"죽은 황충을 민간의 자율에 맡기면 그네들은 간편하게 파묻어 버리기 일쑤라네. 그렇게 되면 내년에 되살아나 다시 재앙을 불러

올 가능성이 크기 때문이지. 따라서 일괄적으로 수거하여 불에 태워버리는 게 악의 고리를 끊어버리는 최선의 방법이 아닐까 생각하네!"

장정옥의 말에 건륭이 머리를 끄덕였다.

"좋은 생각이네. 그리 추진하게. 황충 피해가 오직 산동성에만 국한된 것에 대해 짐은 그곳 관리들이 천명에 불경스럽고 자신의 수양 쌓기에 충실하지 못했기 때문이라 생각하네. 자신들의 부덕으로 수많은 백성들을 울린 관원들을 결코 용사할 순 없을 것이네. 악준의 부모관(父母官)으로서의 자격을 박탈하고 산동성의 크고 작은 모든 관원들은 반년동안 봉록을 지급 정지하여 천변(天變)에 응해야 할 것이네!"

그러자 장정옥이 급히 고개를 숙이며 아뢰었다.

"천만 지당하신 말씀이옵니다. 하오나 음양이 조화롭지 못함은 재상의 책임이 먼저라고 사려되오니 그네들을 벌하기에 앞서 상서방과 군기처 대신들부터 문책하여 주시옵소서, 폐하!"

"그래, 좋은 생각이네. 상서방대신, 군기대신, 영시위내대신들이 앞장서는 모습이 아무래도 보기 좋겠지."

건륭이 한숨을 지으며 말을 이어나갔다.

"일년 동안 벌봉(罰俸)하도록 하세."

많이 피곤한 듯 얼굴을 쓱 문지르며 건륭이 자리에서 일어났다.

건륭이 장정옥의 아들 장약징의 시중을 받으며 의모(衣帽)를 바로 하고 떠날 채비를 하자 여태 한마디도 끼여 들지 못하고 구석자리만 지킨 어쌴이 허둥지둥 무릎을 꿇었다. 어쌴이 미처 입을 열기도 전에 나친이 나무라고 나섰다.

"무슨 사람이 이리 눈치 없소? 폐하께오서 처소로 거동하시려는 걸 보면서 갑자기 이렇게 막아 나서면 뭘 어쩌겠다는 거요?"

그러자 건륭이 웃으며 말했다.

"경들처럼 짐을 자주 면대할 수 있는 사람이 아니니 그리 나무라지 말게."

그 말에 나친이 두말없이 고개를 떨구고 뒤로 물러났다.

"급히 아뢸 말씀이 있어서 이같이 불경을 저지르고 말았사옵니다. 비가 그치면 기온이 뚝 떨어져 노면이 얼어붙을 것이옵니다……."

황급한 마음에 그의 말은 두서가 없었다. 황제와 독대를 해본 적이 없는 데다 나친의 꾸중까지 받아 긴장한 탓이라 짐작한 건륭이 웃으며 말했다.

"급할수록 멀리 돌아가라고 했네. 숨을 고르고 천천히 아뢰어 보게!"

"황감하옵니다, 폐하!"

어쌴이 다시 머리를 조아렸다. 과연 방금 전보다는 훨씬 평온한 어투로 어쌴이 말했다.

"연일 이어지는 이 비를 다 맞으면서 민공(民工)들은 물 속에 뛰어들어 제방을 견고히 하는 작업에 매달려 있었사옵니다. 찬물에 오래 담그다 보니 손발이 쩍쩍 갈라져 피가 나고 살이 허옇게 보이옵니다. 여태 공전(工錢)을 일당 9푼까지 올려주며 억지로 달래 일을 시켰사오나 이젠 더 이상 못하겠다고 민공들이 드러눕는 실정이옵니다. 비가 그치면 기온이 급강하여 결빙할 터인데, 그때 가선 일당 1전 5푼을 준다고 해도 선뜻 나설 사람이 없을 것이옵니다. 그렇다고 공정을 포기하면 내년 봄 강물이 해동하여 큰 피해를 볼 게 틀림없사오니 여태 공들인 것이 도로아미타불이 되기 십상이옵니다!"

어쌴이 침을 꿀꺽 삼키며 말을 이었다.

"다급한 김에 신이 집을 팔아 은자 2만 냥을 만들었사옵니다. 민공들에게 밀가루떡 한 근과 황주(黃酒) 한 근씩을 내어주면서 어떻게든 다독거려서 일을 시켜보려고 말이옵니다. 하온데 양고(糧庫)에서는 도와주진 못할 망정 시중가 그대로 신에게 밀가루를 팔아 차익을 챙기기에 혈안이 되어 신의 간곡한 마음을 노골적으로 비웃었사옵니다. 분통이 터져 도저히 참을 수가 없사옵니다!"

묵묵히 듣고 있던 건륭의 표정이 무거워 보였다. 침묵한 채 머리만 끄덕이던 건륭이 장정옥에게로 시선을 돌렸다. 그러자 장정옥이 급히 입을 열었다.

"그건 다소 오해가 있었던 것 같사옵니다. 지방에선 경사(京師, 북경)에서 겨울나기에 필요한 식량 4백만 석을 확보한 뒤라야 비로소 가격이며 모든 면에서 비교적 자유로워질 수가 있는 실정이옵니다. 그런 연유에서 그랬던 게 아닌가 하옵니다. 물론 집까지 처분해가면서 하공(河工)에 매달린 한 개인의 입장에선 대단히 유감스러울 것이옵니다. 어쌴의 뜻은 가상하오나 이는 한두 사람의 희생으로만 되는 일이 아니오니 호부와 병부에서 출혈을 하도록 조치하는 것이 어떨까 하옵니다."

고개를 갸우뚱하고 생각하던 건륭이 물었다.

"호부에선 누가 이 일을 주관하고 있는가?"

장정옥이 기억을 더듬는 사이 옆에 앉은 푸헝이 나섰다.

"원래 한림원에서 차사를 맡고 있었사오나 작년에 특지를 받아 호부로 발령난 사람이옵니다. 학문이 출중하다 하여 폐하께오서 칭찬까지 하셨사옵니다!"

그제야 기억을 떠올린 건륭이 웃으며 말했다.

"수다분한 학문가 같은 모습이 주판알 퉁기는 덴 어쩐지 능할 것 같지 않은 친구였지. 아무튼 내일 패찰을 건넨 다음 들라고 하게."

장정옥이 급히 응답하자 건륭이 말을 이었다.

"하지만 명심할 것은 이번같이 특별한 경우가 아니고서는 하공의 지출은 호부에서 전적으로 도맡도록 하게. 툭하면 병부의 군수(軍需)를 건드리는 것도 버릇되면 위험한 짓이네. 어쌴의 행동은 경들이 보기엔 바보스러울지 모르나 짐은 바로 이런 신하를 필요로 한다네. 이 손을 좀 보게. 자라껍데기가 이보다 더할까? 짐이 친림하지 않았어도 모름지기 꾸준히 민공들과 더불어 일해왔다는 명증 아니겠나? 백 마디 미사여구가 무색하지 않는가? 짐이 물질적인 포상은 물론 진급까지 시켜줄 것이네. 순천부(順天府) 부윤(府尹)이 부친상을 당했다 하여 향리로 돌아갔으니 그 자리에 어쌴을 앉히게. 관직이 뒷받침돼 있으면 하공일을 하기에도 여러모로 편할 것이네."

"망극하옵나이다, 폐하!"

우는 듯한 어쌴의 떨리는 목소리가 이어졌다.

"신은 의당 충실해야 할 본분에 충실했을 따름이옵니다. 폐하께서 이토록 과분한 은혜를 내리시니 소인은 몸둘 바를 모르겠사옵니다. 전량(錢糧) 수급에만 차질이 없다면 신은 이 한 몸 으스러져 재가 되는 그날까지 치하에 전력 투구할 것이옵니다!"

어쌴은 연신 머리를 조아렸다.

그런 어쌴을 뒤로하고 건륭은 벌써 문밖을 나섰다. 푸헝이 두 손으로 어싼을 부축하여 일으켰다. 평소에 친분이 두터웠던 사이인지라 가볍게 어깨라도 두드리며 진급을 축하하고 싶었으나 벌겋게 터져 흙물 배인 어싼의 시커먼 손을 잡는 순간 목이 메어 아무 말도 할 수가 없었다.

어싼을 외면하고 그 등을 다독여주며 푸헝이 나친과 장정옥을 향해 말했다.

"두 분 재상, 악종기한테 가봐야 하니 달리 분부가 없으시다면 그만 일어나겠소."

"그럼 만류하지 않겠소."

장정옥이 웃으며 덧붙였다.

"고항이 북경으로 조운(漕運) 중인 식량 10만 석을 빼돌렸다고 하는데, 전후사연을 잘 조사해봐야 알겠으니 당분간은 폐하께 아뢰지 않는 게 나을 듯 싶소."

이같이 말하며 친히 나친과 푸헝을 배웅하여 월동문 입구까지 나온 장정옥은 그제야 다시 청우헌으로 돌아왔다. 가랑비를 맞으며 조심스레 걸어오는 장정옥을 장우공이 달려나와 부축하며 말했다.

"조심하세요 계단이 미끄럽네요. 제자는 궁금해서 못 견디겠습니다. 산동에서 안희량(顔希梁)이 제멋대로 곡창(穀倉)을 열어 자기 것인 양 다 퍼주어도, 고항이 감히 조운 식량을 가로채도 조정에서 벌하지 않는 이유가 뭡니까?"

장우공의 부축을 받으며 안락의자에 쓰러지듯 몸을 내맡긴 장정옥이 깊은 한숨을 내쉬며 앞이마를 덮은 몇 가닥 흰머리를 쓸어 올렸다. 그리고는 늙어 주름이 깊게 패이고 삭은 음성으로 말했다.

"강희제 때 우성룡(于成龍)이 그랬었지. 굶어죽기 일보직전인 백성들을 가엽게 여겨 자신의 안위는 염두에도 두지 않고 청강(淸江)의 창고 문을 열어 젖혔었지. 부의(部議)에서 파직을 논했으나 성조(聖祖)께서 크게 노하시며 되레 중용하셨어. 이같이 백성들의 눈으로 보고, 백성들의 귀로 듣고 백성들의 질고를 자신의 안위보다 우위에 두는 관원을 탄핵하려 들다니, 이를 거론한 자는 절대 될 성 부른 자가 못된다고 못을 박으셨지. 그 당시 그 일로 인해 체통을 단단히 구긴 사람이 있었으니 바로 재상 소어투였어. 지금 군기처에서 나와 어얼타이의 위치가 바로 왕년의 소어투야. 주청을 올려봤자 본전도 못 찾을 게 뻔한데, 이 나이에 새파란 젊은이들 앞에서 뺨맞을 일 있나? 먼저 관련 상주문을 그대로 군기처 저보(邸報)에 실어 성심(聖心)의 향방을 가늠해 보는 것도 나쁘진 않을 것 같네."

다시금 장정옥의 깊은 판단에 탄복하며 잠시 생각하여 장우공이 덧붙여 물었다.

"너무 오랫동안 방치하면 폐하께오서 언젠가는 물으실 것입니다."

장정옥은 조용히 웃기만 할뿐 달리 말이 없었다. 눈시울을 실낱처럼 가늘게 좁혀 천장을 뚫어지게 바라보며 무거운 한숨을 쏟아낼 뿐이었다.

때는 이미 황혼녘인지라 가뜩이나 우중충하던 하늘이 더욱 침침했고, 우두커니 서 있는 나뭇가지 사이로 소슬한 바람이 거셌다. 벽에 붙어있던 서화(書畵)가 진저리치며 적막을 더했다. 자신의 전정을 물으려던 장우공은 때가 아니라 생각되어 그저 어색한 웃음을 지어내기만 했다.

"사부님, 나중에 한가한 시간에 제자에게 서화 한 점 상으로 내려주실 수 있겠습니까?"

 장정옥이 두말없이 머리를 끄덕였다. 한참 눈을 감고 명상하여 조금이나마 정신을 추스른 듯한 장정옥이 의자 등받이를 잡고 일어서며 말했다.

 "지금 몇 글자 적어줄 테니 가지고 가서 천천히 음미해 보도록 하게."

 이같이 말하며 붓을 든 오른손의 소매를 걷어올리는 품은 예나 이제나 여전히 품위있고 멋스러웠다. 먹물 듬뿍 묻힌 붓을 힘있게 휘저어가며 장정옥이 말했다.

 "자네가 뭘 망설이는지는 내가 잘 알지. 과거에 장원급제한 사람이니 한림원으로 들어가면 시강(侍講) 자리에 앉는 것쯤은 떼어 논 당상이겠고, 몇 년 동안 경력 쌓아 운 좋게 태자태부(太子太傅)에 낙점되는 날엔 가문의 광영이요, 비황(飛黃)의 지름길이니 이변이 없는 한 10년 내에 상서(尙書)까지는 식은 죽 먹기라는 계산을 했을 테지. 그러나, 세상만사가 내 맘 같지 않고, 인생살이가 뜻대로 되는 건 없다는 걸 명심하게."

 그사이 용비봉무(龍飛鳳舞)의 서화는 완성되었고, 화선지 한 끝을 잡고 서 있던 장우공이 보니 먹빛 선명한 몇 글자는 이러했다.

 能愼獨卽器自重

 웃고 있지만 다름 아닌 스승에게서 냉수 세례를 받아 다소 심란해 있을 장우공의 속마음을 점치며 장정옥이 웃으며 말했다.

 "물론 자네의 꿈이 과분하다는 뜻은 아니네. 얼마나 많은 이갑

진사(二甲進士)들도 그 길로 들어서고자 안간힘을 쓰는가! 하물며 장원인 자네가 뜻을 두지 않을 리가 있겠나! 문제는 자넨 벼슬에 너무 연연하고 있다는 거네! 장원급제한 날 자네가 너무 흥분한 나머지 잠시 정신을 놓았었다는 말이 난 아직도 믿어지지 않지만 폐하께오서도 알고 계시네. 결국 공명에 뜻이 깊은 자네에게 긍정적인 요소로 작용하진 못할 것이네. 그래서 내가 자넬 외임(外任)으로 내보내려는 거네. 폐하의 가시권 밖에서 실력을 다지고 경력을 쌓은 후에 다시 돌아오더라도 지금으로선 일단 떠나는 게 좋겠네. 후생(後生), 내 말이 어떠한가?"

장우공의 붉어진 얼굴이 수그러졌다. 화선지 끄트머리를 잡고 있는 손이 바르르 떨렸다. 정곡을 찔렀던 것이다. 그러는 장우공을 넌지시 바라보던 장정옥의 호두껍질같이 주름진 얼굴에 미소가 어렸다.

다시 붓을 든 장정옥은 두 글자를 더 남겼다.

戒得

서화를 다 쓰고 난 장정옥이 흡족한 표정으로 도장(圖章)을 찾고 있을 때, 문서를 한아름 껴안은 돌쇠가 태감 하나를 앞세우고 들어섰다. 이에 장정옥이 물었다.

"돌쇠, 다리는 왜 그런가? 약간 저는 것 같은데?"

돌쇠가 조심스레 문서를 서안(書案) 위에 내려놓았다. 그리고는 웃으며 아뢰었다.

"오다가 미끄러져 넘어졌습니다. 이 신주단지들이 젖을세라 몸을 한 쪽으로 틀다보니 다리에 쥐가 난 것 같습니다……. 그런데,

장상께서 어찌 소인의 소원을 미뤄 짐작하시고 붓을 드셨습니까? 안 그래도 외임 발령에 앞서 장상께 몇 글자 내려주십사 하고 부탁드리려던 참이었습니다. 아, 참! 장상, 소인이 오늘 개명을 했지 뭡니까? 폐하께오서 친히 초로라는 새 이름을 지어주셨는걸요……."

누군가의 요청에 의해 쉽사리 붓을 드는 장정옥이 아니었다. 그러나 황제가 친히 정명(正名)해 주었다며 돌쇠가 좋아라 하는 통에 차마 그 청을 거절하지 못하고 웃으며 말했다.

"내가 봐도 달필은 아니네. 높은 자리에 앉아있으니 사람들이 호들갑을 떨어서 그렇지."

다시금 화선지 한 장을 앞으로 당겨 놓으며 장정옥이 생각했다. 사도(仕途)에 첫발을 들여놓는 애송이인 만큼 군자와 소인에 관한 글을 남겨 훗날 경계를 삼도록 해야겠다는 생각을 굳히며 장정옥은 붓을 날렸다.

인의(仁義)를 행하는 자는 군자이고, 인의에서 멀어지는 자는 소인이니라. 군자 중에도 백천(百千)의 등급이 있듯이 소인배들 중에도 백천 등급이 있느니라. 군자로서 소인의 행각을 일삼는 자가 있는가 하면 소인이라 지탄받는 자들 중에도 군자의 덕목을 지닌 사람이 있는 법이다. 대도(大道)란 영구불변이 아니니 오직 덕을 쌓고 수양을 기르는 것만이 유일한 것이다.

먹이 듬뿍 묻은 글을 초로에게 건네주며 장정옥이 말했다.

"무슨 일이든 첫 단추부터 잘 꿰어야 하네. 결코 그리 순탄치만은 않은 험난한 벼슬길에 첫발을 내딛는 젊은이를 향한 천언, 만어

(千言萬語)가 함축돼 있으니 잘 음미해보도록 하게. 부디 일방(一方)에 없어서는 아니 될 복음의 전도사가 되어 폐하의 성은에 보답하는 날이 오길 기대해마지 않네."

"장상의 크나큰 가르침을 깊이 아로새기겠습니다. 감사합니다."

초로가 좋아서 어쩔 줄 몰라하며 조심스레 화선지를 받았다. 신주단지 받들듯 받쳐들고 혼신의 힘을 다해 호호 먹물이 번질세라 불고 있는 모습에 경건함이 감돌았다.

6. 대장군(大將軍)의 회한

　한편 그 시각 푸헝은 이미 악종기(岳鍾麒)의 부저(府邸)에 도착했다. 그의 가솔은 아직 사천(四川)에 있었다. 북경에 있는 이 낡은 자택은 그가 분위장군(奮威將軍)으로 추대될 무렵 옹정(雍正)으로부터 하사받은 건물이었다. 산동에서 순무로 있는 아들 악준에게 물려주었으나 대죄(待罪)중인지라 당분간은 이 집에 머물러 있는 악종기였다. 장정옥의 처소에서 돌아온 뒤로 심드렁하여 주위를 물리치고 홀로 앉은 악종기는 짙다 못해 쓰기까지 한 찻물을 냉수 마시듯 벌컥벌컥 들이켰다. 위로해주라는 지의(旨意) 외엔 달리 전달사항이 없는 푸헝은 문지기에게 아뢰지 못하게 하고는 혼자 들어갔다. 안락의자에 눌러앉아 눈을 지그시 감고 있는 악종기를 향해 푸헝이 웃으며 말했다.
　"둥미 공(公), 참선에 열중이시구려. 다 들어가도 모르겠네."
　"아니 푸헝 공이 여긴 어떻게!"

악종기가 벌떡 일어나 앉았다. 어느새 땅거미가 무겁게 내렸는지라 방안은 어두웠다. 급히 등촉을 밝히라 명하고 난 악종기가 다급히 물었다.

"그런데 푸헝 공, 지의를 전하러 걸음 하신 거요?"

흰 수염을 떨며 엉거주춤 일어나 예를 행하려는 악종기를 눌러 앉히며 푸헝이 허허 격의없이 웃으며 말했다.

"지의는 무슨! 내가 뭐 못 올 데를 왔소? 십사황숙의 처소에 병문안차 들렀다가 생각나서 들렀소. 그런데 역시 대장군은 뭐가 달라도 다른가 보오. 나 같으면 이리 고적하여 절간을 방불케 하는 곳에서는 하루도 못 살 것 같은데. 하루 이틀 있을 게 아니니 부인과 자녀들을 데려오는 게 낫지 않겠소?"

악종기가 서글픈 웃음을 지으며 자리를 내주었다. 찻잔까지 올리고서야 제자리로 돌아가 앉은 악종기가 깊은 한숨을 토해냈다.

"금지옥엽으로 자란 푸헝 공이야 그렇다곤 하지만 나같이 병영에서 거칠게 뒹굴며 살아온 천덕꾸러기야 어디 더운밥, 찬밥 가릴 신세요? 지금 있는 가인(家人)들은 모두 옛날에 부리던 병사들이오. 노약병잔(老弱病殘)에 무가무업(無家無業)의 처량한 신세들이오."

머리 속으로는 푸헝이 찾아온 이유를 점치며 악종기가 말을 이었다.

"푸헝 공은 시문에 능한 줄만 알았더니 지난번 악준을 데리고 처소를 방문했을 때 보니 악기 다루는 재주도 수준급이었소. 게다가 병법에도 능하여 전쟁터에서도 두각을 나타내고 있으니…… 참으로 부럽소! 난 이제 서산에 턱걸이하여 애처롭게 버티고 있는 황혼의 저녁놀이지만 푸헝 공은 앞길이 창창하여 구만리 아니겠소?"

긴 다리를 꼬고 앉아 부채를 폈다 닫았다 하며 앉아있는 푸헝은 등촉 아래서 더욱 기품이 넘쳐 보였다. 관옥(冠玉) 같은 얼굴에 별 같은 두 눈이 까맣게 빛났다. 빙그레 미소를 지으며 한 수레도 넘을 악종기의 사탕발림소리가 끝나고 나서야 푸헝이 입을 열었다.

"듣기 좋은 소리도 너무 과분하다 생각되니 징그럽소. 소싯적에 내가 듣고 자란 이름이 둘 있었소. 한 사람은 연갱요, 다른 한 사람은 바로 악장군이었소! 요즘 들어 악장군이 장상의 문전을 자주 드나든다고 들었소. 화통박 전투의 패배를 설욕하게 대금천, 소금천으로 파견해 주십사 해서 그러는 거요?"

"역시 푸헝 공은 족집게요."

악종기가 웃으며 말을 이었다.

"내가 그리 뻔질나게 좇아다녔어도 장상은 아직 자다 깬 얼굴을 하고 있는 실정이오. 기왕 푸헝 공이 내 속마음을 기막히게 꿰뚫었으니 엎드린 김에 절이라고 염치 무릅쓰고 도와주십사 하고 청을 드리고 싶소. 패장을 하루아침에 영웅으로 만들어달라고 하는 건 아니고 어떻게든 폐하께서 이 사람을 단독으로 불러주시게끔 다리만 놓아주시면 내 평생 이 은혜 잊지 않겠소."

이에 어느새 웃음을 거두고 잠자코 악종기를 응시하던 푸헝이 입을 열었다.

"악 장군은 폐하께오서 그댈 외면하시는 것이 그대가 무능해서라고 생각하오?"

"그게……?"

"악 장군은 폐하께오서 그대가 공을 세워 죄를 땜질하려는 마음이 급하다는 걸 모르고 계신다고 생각하시오?"

"……."

푸헝이 무슨 말을 할지 몰라 씻은 듯 맹한 얼굴로 바라보는 악종기를 향해 푸헝이 천천히 입을 열었다.

"화통박 전투의 패배는 선제(先帝)의 잘못된 막후지휘가 그 주된 요인이었다고 폐하께선 생각하고 계신단 말이오. 무슨 말인지 알겠소?"

아연한 표정으로 변한 악종기를 향해 푸헝이 덧붙였다.

"전쟁터의 형세란 순식간에 수만 번 변하는 법인데, 만리 밖 자금성에서 지휘했으니 패하지 않을 수가 있었겠소?"

악종기의 두 눈은 갈수록 휘둥그래졌다. 물론 '당금(當今)'의 말을 그대로 옮겼으리라는 데는 믿어 의심치 않았다. 그러나 푸헝의 입에서 대수롭지 않게 흘러나오는 이 말은 분명 아무나 할 수 있는 게 아니었다. 짐짓 딴청을 부리지만 혹시 건륭의 지의를 받고 온 건 아닐까? 악종기는 흥분에 겨워 호흡이 가빴다.

"화통박 전투 때 난 어멈의 젖이나 빨고 있었을 테지만 어느 우연한 기회에 폐하로부터 소상히 그 전말을 들어 자초지종은 알고 있소. 뱃사공이 많으면 배가 산으로 간다더니, 꼭 그 형국이더구만. 악 장군이 아무리 전군을 통솔하고 나갔다곤 하지만 북로군(北路軍)에만 선제께서 특파하신 주장(主將)이 둘씩이나 있었다고 들었소. 일심으로 전력투구했어도 될까말까한데 그렇게 따로 놀았으니 맹수 같은 상대의 3만 기병을 어찌 당해낼 수가 있었겠소? 당금 폐하께오선 그런 와중에서도 일사불란하게 잔병을 지휘하여 아얼타이 산 북쪽으로 퇴거한 것에 대해 악 장군을 높이 치하하셨소."

이런 말은 푸헝이 산서에서 돌아오던 날, 주안상을 마주하여 군사를 논하던 중 건륭이 했던 말임에 틀림없었다. 당연히 푸헝 외엔 아무도 아는 이가 없었다. 악종기는 오장(五臟)이 보글보글 끓는 듯한 흥분에 명치가 눌려 잠시 아무 말도 할 수가 없었다. 새옹지마(塞翁之馬)라더니, 이런 경우를 두고 하는 말인가? 자신이 직접 가슴을 가르고 폐부를 드러낸들 이보다 더 진솔할까? 자신이 감히 하지 못했던 하소연을 젊은 군주가 미리 헤아려주었다는 사실에 악종기는 화통박 패전 이후로 꾸어다 논 보릿자루 신세로 받아왔던 모든 설움이 한꺼번에 눈물이 되어 녹아 내리는 것 같았다……

"물론, 패망의 이유를 꼽자면 악장군에게도 이런저런 문제가 있었다고 폐하께선 아울러 지적하셨소. 적들이 간첩을 북경으로 보내어 선제의 판단을 흐리게 하는 교란작전을 쓸 때까지 악장군은 뭘 하고 있었으며, 만주족 녹영병들의 군기를 움켜잡는 데 실패하여 대장군으로서의 입지를 굳히지 못함으로써 결정적인 순간에 통솔력을 상실했다고 꼬집으셨소……"

푸헝이 단호한 손짓까지 곁들여가며 나열한 악종기의 패인은 건륭에게서 들은 말이 전부는 아니었다. 언젠가 이시요와 서북 정세를 논하던 중 느꼈던 게 대부분이었다. 그러나 자신의 명운을 버선목 뒤집듯 뒤바꿔버린 화통박 전투를 다른 사람도 아닌 건륭이 이토록 공정하게 평가해 주리라곤 꿈에도 몰랐던 악종기는 오로지 다시금 총대 메고 포화 속으로 뛰어들어 우국충정을 일궈내고픈 충동뿐, 어디까지가 건륭의 말이고 어디까지가 푸헝의 사견인지는 따져볼 겨를이 없었다. 고개를 떨구고 허연 턱수염을 떨며 어깨를 들썩이던 악종기는 마침내 목을 놓아버렸다.

"푸헝 공······ 부디 폐하께 이 못난 놈의 진심을 대신······ 아뢰어 주시오······. 바람맞은 무같이 늙어 새어버린 몸이지만 부서져 가루가 되어 흩날리는 한이 있어도 폐하의 성은에 두고두고 보답하겠노라고 말이오······. 마지막으로 한 번만 더 이놈이 대죄입공할 기회를 주십사 하는 소청도 대신 주해주시면 고맙겠소······."

악종기의 눈물은 그칠 줄 몰랐다.

"그만 눈물을 거두시오, 동미 공!"

감명을 받은 듯 푸헝도 눈가가 촉촉해졌다.

"송충이는 솔잎을 먹어야 산다고 말씀하시는 걸로 미뤄보아 폐하께서 대죄입공을 소원하는 그대의 속마음을 통촉하고 계신 것 같소! 하지만 반곤의 생사가 아직 불투명한 마당에 경복의 정서를 고려해서라도 조정에서 어찌 무작정 그대를 서정(西征)에 보내겠소?"

"반곤은 결코 죽지 않았소!"

악종기가 고함치듯 잘라 말했다.

"반곤이 죽었다면 경복이 상첨대, 하첨대에 그 많은 인마를 주둔시킬 리가 없소. 반곤은 필히 금천 지역으로 도주해 또 다른 음모를 꾸미고 있을 것이오!"

악종기를 위로해주라는 건륭의 지의를 받고 온 푸헝이었는지라 어떤 식으로든 그를 흥분케 하지는 말아야 한다고 생각했다. 의자로 돌아와 앉은 푸헝이 다가앉으며 친근한 음성으로 입을 열었다.

"누가 뭐라고 해도 악장군은 전쟁터를 종횡무진 누비며 분전(奮戰)하여 적들의 간담을 서늘케 했고, 앞으로도 그 맹위를 떨칠 영웅이오. 난 아직 총대 메는 데는 자신이 없소. 악장군이 경험했을 거대한 대서사시 같은 전쟁 모습을 귀동냥이나마 좀 하고 싶은

데……, 과거의 무용담을 좀 들려줄 생각은 없소?"
이에 악종기가 자조하듯 웃으며 말했다.
"글쎄……, 내겐 참으로 치열한 나날들이었소. 지금도 거의 매일이다시피 먼지 자욱하고 총칼이 난무하는 전쟁터에서 단칼에 여러 대가리 치는 꿈을 꾸곤 한다오. 그때가 옹정 원년이었소……"
악종기가 거대한 인력에 빨리듯 과거로 회귀하는데는 불과 몇 분도 채 걸리지 않았다. 그만큼 자신이 피를 뿌렸던 사장(沙場)에 대한 미련이 크다는 걸 엿볼 수 있었다.
"그 당시 분위장군에 봉해지고 얼마 안되어 난 송반(松潘) 지역에 주둔하게 됐지. 무원대장군 연갱요의 휘하에서 뤄부짱단쩡과의 한판 승부를 앞두고 있었소. 연갱요와는 원래 지심환명(知心換命)의 절친한 사이였는지라 그 밑에서 일하게 된데 대해 난 반겨마지 않았소. 청운의 꿈을 품은 벗의 영달을 위해 기꺼이 사다리가 되고 싶었으니까. 그러나, 사랑이든 우정이든 일방적인 희생은 어디까지나 한계가 있다는 걸 절감하기까지는 그리 긴 시간이 필요치 않았소. 그는 내가 자기의 공로를 넘볼까 두려워한 나머지 지척에 있는 날 외면한 채 멀리 감숙성에서 군사를 동원시켜 청해성 남쪽 지역을 수비하게끔 했었지. 전쟁터에서 싸우는 것도 인간사의 모든 이치와 마찬가지로 마음보가 제대로 박히지 않으면 패하게 돼 있소. 내가 숟가락을 들고 덤빌까봐 그 먼 곳에서 인마를 불러 배치하는 사이 탑이사(塔爾寺)에 숨어있던 뤄부 짱단쩡은 여장(女裝)을 하고 천리만리 도주해 버리고 말았던 거요. 연갱요가 위태롭게 돌아가는걸 폐하께서 미리 대비하고 계시기나 한 듯 뤄부가 도주한 이틀날 저녁 무렵, 나더러 5천 인마를 거느리고 청해로 들어가 잔당들을 소탕하라는, 연갱요는 후방에 남으라는 성지가 내려졌지. 성지를 받고 한 시간도 채 안 되어 하남, 호광, 사천 세 개 성의 녹영병은 모두 내 휘하에 장악될 것이라는 상서방의 정기가 도착한 거요. 내가 정신이 없어 마땅히 어찌 할 바를 모르고 있는데, 좀 있으니 사천성의 성도대영(成都大營)에서 수천 인마가 정장대명(正裝待命)하고 있다는 내용과 함께 그곳 도통(都統)인 아산이 날 참견(參見)하기 위해 행원으로 오고 있다는 급전이 날아온 거 아니겠소?"

악종기는 잠시 숨을 고르더니 계속 이어나갔다.

"푸헝 공! 연갱요 밑에서 잠시나마 찬밥신세로 있다가 느닷없이 일호백응(一呼百應)의 경지에 이르니 솔직히 묘한 기분이 들었소. 흥망의 덧없음과 함께 권불십년(權不十年)이라곤 하지만 이 정도면 십 년이 어디냐는 희비가 교차했소. 또한 권세가 이다지도 좋으니 지기라 믿어 의심치 않았던 벗이 날 경계할 수밖에 없었겠구나 하는 위안도 함께 느낄 수 있었소……. 물론 잠시 후 머리가 식고 숨소리가 고르니 개선장군(凱旋將軍), 상사욕국(喪師辱國)의 양자택일을 해야 하는 현실이 엄연하여 그날 밤을 하얗게 지새우기도 했다오! 그 즉시 몇몇 막료, 장령들을 소집하여 철저한 군사 재정비에 들어갔소. 이참에 군기를 바로 잡고 군량미 수급 통로를 점검했고 부상병 수용시설을 늘리고, 출전용사들은 물론이거니와 그 가족에 대한 물심양면의 지원도 아끼지 않았소. 모든 것이 빠른 시일 내에 숨가쁘게 진행되었고 다행히 추진함에 있어 별 어려움은 없었소. 하지만 유독 청해성(靑海省)의 지리에 밝은 사람이 없어 고민이었소. 삼라만상이 꽁꽁 얼어붙은 한겨울에 황량한 만리 초원에서 5천 기병으로 몇만 잔적(殘賊)을 소탕하려면 그 지역 지리가 손금 보듯 훤한 향도(嚮導)가 없으면 절대로 불가능했소. 그렇다고 날 눈에 든 가시처럼 미워하는 연갱요에게 손을 내밀 수는 없었소. 출전시간은 어김없이 다가오고 막판에 우린 포로에게 향도를 맡겨도 우리 보단 나을 거라는 것에 생각을 같이 했소. 그러던 중 행원 문밖의 중군에서 열 몇 명의 장민(藏民, 장족 백성)들이 날 만나고자 청을 드렸다는 소식을 접했소. 들게 하여 만나보니 그네들은 다름 아닌 전에 내가 목숨을 구해준 적이 있는 서라번, 싸라번 형제였지 뭐요? 전에 볼 때는 먹지 못해 피골이 상접한 데다 학질까지 걸려 다 죽어가던 아이들이 그새 건장하고 어엿한 젊은이가 되어 나타났더란 말이오! 이루 말할 수 없는 반가움에 달려가 덥석 그 팔을 잡으니 고광대궐 돌기둥이 따로 없지 않겠소? 그들이 날 보더니만 칠척의 거구를 내려 큰절을 올리고는 어깨를 들썩이며 눈물을 흘리는 거요. 한바탕 울며 웃으며 회포를 풀고 나니 그제야 문 어귀에 어딘가 눈에 익은 젊은 여식이 하나 더 보이더군, 짐작이 가는 데가 있어 물으니 자세히 보아 배부른 그 여식은 전에 함께 구해주었던 꼬마였소. 궁하면 통한다더니 다행히 개네들이 청해라면 이사간 쥐구멍도 찾아낸다며 가슴팍을 치는 게 아니겠소? 뤄부를 치러간다고 하니 흔쾌히 합류하겠노라며 자신들과 뜻을 같이하는 장족 청년들 열댓 명을 데리고 와서 인사를 시키더군. 그렇게 해서 우리 5천 명 중군은 뤄부를 찾아 떠나게 됐소."

이야기하는 도중 악종기는 때로 가슴이 북받치는지 눈물을 글썽이기도 했고, 때로는 탄식을 내뱉기도 했다.

"때는 침을 뱉으면 땅에 떨어지기도 전에 얼어붙는다는 청해의 정월이었는지라 광대무변한 초원을 행군하는데 서북풍이 기승을 부렸지. 정말 겪어보지 않고는 그 고충을 모를 거요. 직문(直門)에서 청해로 들어가는 데만 사흘이 걸리고 휴마만(休馬灣)에 도착하니 벌써부터 후방에서 군량미 공급이 차질을 빚는가 싶더니 하루가 지나니 식수며 땔감, 사료…… 어느 것 하나 적재적소에 공급되는 게 없더군. 연갱요의 밴댕이 소갈머리를 탐탁하지 않게 여겼어도 이쯤 되고 보니 그 군사를 이끄는 재능만은 인정하지 않을 수가 없었소. 귀신도 새끼치기 싫어한다는 이런 곳에서 뤄부짱단쩡의 주력부대를 격퇴시키고 10만 포로를 생포했다는 사실은 실로 엄청난 전과가 아닐 수 없었던 거요! 다행히 뤄부의 잔여세력이 10만을 넘는다고는 하나 연갱요에게 얻어맞아 뿔뿔이 흩어진 상태이고 주장까지 도주해버렸는지라 난 그리 큰 어려움 없이 비교적 단시일 내에 3만 포로를 생포하고 청해 남쪽의 주요 지역들을 점령할 수 있었소. 뿔뿔이 흩어져 아사 일보직전에 이른 잔적들은 내가 점령한 곡창을 열어 먹을 것을 나눠준다고 소문을 퍼뜨리니 저절로 투항하기도 했소. 인간이란 배가 고프면 지조도 충정도 다 미사여구에 불과하다는 걸 새삼 느꼈소. 그렇게 첫출발부터 승승장구하여 4월이 되니 우린 벌써 7만 포로에 13개 주현을 점령하는 쾌거를 올리게 됐소. 적들의 인명피해에 비해 우리 군은 부상병까지 합쳐 7백 명도 되나마나한 미미한 피해가 접수되었으니 연갱요가 그 속이 속이었겠소? 질투에 불타 자멸해 버릴 것 같더군. 내가 첩보를 올리자마자 그는 폐하께 내가 이끌어낸 승리를 '눈먼 고양이가 죽은 쥐를 만난 격'이라며 매도하는 주장을 올렸다지 뭐요. 이에 폐하께오선 '눈먼 고양이도 덕을 쌓아야 죽은 쥐라도 만날 수 있는 게 아니냐'고 하시며 호되게 꾸중을 하셨다고 들었소……."

자신이 가장 득의양양하게 생각하는 한 장면을 떠올리는 악종기의 두 눈은 보석같이 빛났다. 자석처럼 빨려 들어갔던 푸헝은 그후로도 한참동안 멍하니 앉아 애기만 듣고 있었다.

악종기의 끝도 없는 긴 사연을 다 듣고 나니 푸헝은 그가 그토록 동산재기(東山再起)를 간절히 염원하는 마음이 이해가 갈 것 같았다. 비록 그후 화통박 전투에서 패배하여 오늘날 좌절감에 절어 있지만 실패는 병가지상사(兵家之常事)라는데 푸헝도 공감하지 않을 수 없었다. 어찌됐건 악종기는 당대의 영웅은 영웅이었다.

"그래, 다시 대금천, 소금천 지역으로 출정하고 싶소?"

푸헝이 확인하듯 물었다.

"주장(主將)이 아니라도 괜찮소. 그저 면박한 힘이나마 보탤 수 있었으면 여한이 없겠소!"

악종기가 쓸쓸한 웃음을 지으며 말했다.

분명 승다죽소(僧多粥少)의 형국이 초래될 것이라고 푸헝은 생각했다. 그를 영입하여 대변신을 꾀하려는 푸헝의 속마음을 악종기로서는 알 리가 없었다. 경복이 감히 철병(撤兵)하지 못하는 것으로 미뤄볼 때 반곤이 아직 살아있다는 설이 유력함은 자명했다. 이제, 천병이 다시금 출전해야 할 것이다. 이같이 무학승평(舞鶴昇平)의 태평성세에 사장(沙場)으로의 출사표는 곧 신분상승의 기회였다. 눈독을 들이는 자가 한둘이 아닐 것이다. 일단 나친이 유력한 경쟁자라고 푸헝은 생각했다. 흑사산에서 이끌어낸 쾌거는 이곳의 승전에 비하면 새 발의 피일 것이었다. 어떻게든 동산재기를 노리는 이 사람을 붙잡아야겠다고, 그리하면 크게 한 건 올리는 건 떼어 논 당상이라고 푸헝은 속으로 출전의지를 굳혀갔다!

흥분하여 저도 모르게 벌떡 일어선 푸헝은 그러나 문득 나친도 자신과 똑같은 생각을 하지 말라는 법이 없다는 생각이 뇌리를 쳤다. 결코 만만치 않을 상대인데 이를 어찌할 것인가? 미처 고민해볼 사이도 없이 의아스럽게 생각하는 악종기의 시선을 의식한 푸헝이 이내 정신을 추스렸다.

"폐하를 가까이에서 섬겨온 내가 단언하건대, 폐하께선 악 장군에 대해 아직 미련이 계시오. 그러니 잠자코 있어 보오. 조만간 좋은 일이 있을 터이니. 지금 보채면 장광사 휘하에 들어가기 십상이오. 알다시피 장광사에 대한 폐하의 성총은 아직까진 그 누구도 비할 바 없을 거요. 그만큼 장광사는 오만불손해졌고 누구든지 무조건 자신의 발 밑에서 설설 기어줄 것을 강요하고 있소. 동미공, 그대가 오늘저녁 내게 폐부지언(肺腑之言)을 쏟아놓았기에 나 또한 이런 얘기까지 할 수 있는 거요. 꼭 대금천, 소금천 전투가 아니더라도 폐하께선 언제라도 한번쯤은 성조처럼 친정 길에 나서실 거요! 만반의 준비를 갖추고 있노라면 기회는 반드시 찾아와 문을 두드릴 거요! 나도 때가 되면 악 장군을 성원하고 나설 거요……."

푸헝의 말이 이어지고 있을 무렵 공진대(拱振臺) 쪽에서 세 발의 오포(午砲) 소리가 은은히 들려왔다. 때를 같이하여 푸헝이 품속에서 금시계를 꺼내 보더니 웃으며 말했다.

"오늘 시간가는 줄 모르고 애기 나누다보니 너무 늦은 것 같소. 내일아침 일찍 폐하를 알현해야 하는데. 오늘만 날이겠소? 앞으로 자주 집으로 놀러왔으면 좋겠소. 낼모레면 우리 아들이 백일 되는 날인데 조촐하게나마 잔치를 준비했으니 내가 첫 손님으로 악 장군에게 청첩장을 보낼 거요. 와줄 수 있겠소?"

"여부가 있겠소? 감동으로 가슴이 터질 것만 같소."

푸헝이 떠날 채비를 하자 악종기가 급히 일어나 웃으며 덧붙였다.

"푸헝 공같이 천부적인 자질이 뛰어나신 장래가 촉망되는 국척(國戚)이 초대해주신다면 마다할 이유가 어디 있겠소? 팔자 도망 못 가고, 오는 인연 못 막는다고 했소. 이런 자리 아무하고나 만들 수 있는 게 아닌데, 우리 두 사람도 예사 인연은 아닌 것 같소!"

푸헝이 힘껏 고개를 끄덕여 보이며 악종기의 어깨에 손을 얹었다. 뜰로 나선 그는 죽은 듯한 적막함에 습관이 안됐는지라 웃으며 말했다.

"하루 이틀도 아니고 기약 없는 나날을 여자의 손길이 없이 산다는 게 어렵지 않겠소? 내가 내일 우리 집에서 몇 사람을 보내주겠소."

이에 악종기가 머리를 저었다.

"푸헝 공의 마음은 고맙게 받겠으나 그건 아무래도 사절해야겠소. 난 아직 죄진 몸이잖소! 몇 십 년을 동고동락한 친병들이 곁에서 번갈아 가며 시중들고 있으니 그럭저럭 지낼만하오."

악종기는 문 어귀에 등롱을 들고 서있는 늙은 군인을 가리키며 한숨을 지었다.

"저 사람이 저리 꾀죄죄하고 후줄근하게 보여도 한때는 사장(沙場, 사막)을 호령하던 2품 참장이었다오!"

악종기의 안내를 받으며 대문 밖으로 나온 푸헝은 어둑어둑한 불빛 아래서 긴 그림자를 밟고 서 있는 악종기를 향해 읍해 보이며 말했다.

"그대와 함께 한 몇 시간이 내겐 책 몇 수레 읽은 것 보다 더

소중한 결실을 안겨주었소. 금명간 또 봅시다!"
 계단 위에서 점점이 멀어져 가는 푸헝의 대교(大轎)를 바라보며 악종기는 황친(皇親)답지 않은 그 소탈함과 따뜻한 인정에 깊은 감명을 받았다. 또한 소년득의(少年得意)하여 나이 서른에 재상(宰相)이 되었다는 것은 흰 눈썹에 초라하게 골방을 지키고 있는 악종기 자신으로선 대단히 부러운 존재가 아닐 수 없었다.

7. 부창부수(夫唱婦隨)

푸헝이 집으로 돌아왔을 때는 축시(丑時)가 조금 지난 시각이었다. 이제나저제나 하고 목을 길게 빼들고 초조하게 기다리고 서 있던 문지기 왕씨가 푸헝의 대교가 당도하자 급히 달려와 푸헝을 부축해 내리며 말했다.
"모두들 걱정하여 여태 기다리고 있나이다!"
푸헝이 안으로 들어가며 물었다.
"누가 다녀간 사람 있나?"
"한참 전에 나친 중당이 다녀갔나이다."
왕씨가 종종걸음으로 뒤따라가며 아뢰었다.
"어인 이유로 걸음을 하셨는지는 말씀 안 하시니 여쭐 수도 없었나이다. 또 양심전 태감 복의(卜義)가 폐하께서 어람을 거친 주장들을 보내왔사옵니다. 잠시 얘기 들어보니 오늘 폐하께오선 심기가 불편하신 것 같다고 했사옵니다. 낮에 주먹만한 코에 눈이 시퍼렇고 머리통이 폭격 맞은 것처럼 싯누런 서양인(西洋人)을 접견하셨다고 하옵니다. 그리고 러민 어른도 다녀갔사옵니다. 책을 쓴다는 조설근(曹雪芹)인가 하는 분이 남쪽에서 잠시 북경으로 들어오셨다는 것 같았사옵니다······."

푸헝이 왕씨의 수다를 뒤로하고 상방(上房)으로 와보니 아이의 칭얼대는 소리가 들렸다. 조용히 문을 밀고 들어서니 몇몇 어멈이 기저귀를 갈아주느라 바빴다. 울어도 마냥 예쁘기만 한 것이 자식이라 했던가. 푸헝은 빙그레 웃으며 무엇이 불만인지 자지러지게 울고 있는 아이를 들여다보았다. 저쪽 온돌에서 자는 척 눈을 붙이고 있던 당아(棠兒)가 일어나 머리를 단정히 쓸어 넘기며 말했다.

"무슨 일이에요, 이리 늦게까지? 남 생각도 좀 하셔야죠! 장상댁으로 가신 줄로 알고 있는데, 그 어른이 70 고령인 걸 깜빡하고 계셨어요? 여봐라, 인삼탕 한 그릇 내어 오너라! 그리고, 어멈 서너 명이 기저귀 하나도 얼른 못 갈아 아이를 울리다니, 대체 할 줄 아는 게 뭔가! 아이를 이리 줘!"

당아의 호통에 어멈들이 얼굴을 붉히며 아이를 건네주고는 물러가 푸헝을 시중들어 발을 씻어주고 어깨를 주무르고 인삼탕을 내어왔다. 푸헝이 인삼탕을 받아 한 모금 마시고는 옆에 내려놓고 웃으며 말했다.

"애들은 울면서 큰다고 하지 않소, 좀 운다고 숨이 넘어가는 것도 아닌데 뭘 그러오? 당신도 요즘 들어 부쩍 잔소리가 심해지네? 지의를 받고 악종기한테 다녀오는 길이오. 의외로 수확이 크오!"

이같이 말하며 문득 서안 위에 놓여있는 두 개의 빨간 보자기에 눈길이 닿은 푸헝이 물었다.

"저건 뭐요?"

"큰 보자기는 러민이 보내온 거예요. 안에 〈홍루몽(紅樓夢)〉 초고(草稿)가 들었다고 하네요."

새침하게 토라져있던 당아가 얼굴을 풀며 말했다.

"조설근 마누라 방경(芳卿)이 우리 아기에게 선물한 하포(荷包)도 있고, 당신을 위해 공들여 만든 신발도 들어 있어요! 작은 보자기는 고향이 산동에서 인편에 보내왔다고 하는데, 아직 풀어 보지도 않았어요. 무슨 해괴한 걸 보냈는지 반갑지도 않네요!"

직접 보진 못했으나 고항이 자신에게 추근댄다고 하면서 징그러워 죽겠다는 당아의 말을 떠올리고 푸헝이 시무룩히 웃으며 보자기를 풀었다. 두 근은 족히 될 상품(上品) 아교(阿膠)였다. 힐끗 당아의 눈치를 보며 푸헝이 보자기 채로 당아에게 밀어주며 말했다.

"웃는 얼굴에 침 못 뱉고, 선물 보낸 자를 때리지는 않는다고 했소. 당신한테 흑심 품은 거야 그쪽 맘이고 당신만 흔들리지 않으면 언젠가는 제풀에 꺾이지 않겠소? 생판 남남도 아니고 사돈에 팔촌이라도 걸리는 사이이니 너무 티를 내지는 않는 게 좋겠소. 받아두오."

이에 당아가 발끈하며 고운 봉안(鳳眼)에 모를 세웠다.

"이봐요, 징그러우니 당장 내다 버려요! 먹고 싶으면 당신이나 먹어요. 어디 숨겨둔 계집이라도 있으면 갖다주든가!"

뾰로통하여 새침해있던 당아가 급기야는 손수건을 꺼내어 눈곱을 찍었다. 주위에 어멈들이 없는 틈을 타 푸헝이 급히 당아를 끌어당겨 껴안으며 그 머리를 쓰다듬어 달랬다.

"당신은 어릴 때나 지금이나 토라질 때가 제일 예뻐. 출산하고 외로우니 날 더 필요로 한다는 걸 알고 있소. 나도 모르는 건 아닌데, 사내대장부가 바깥일이 우선이니 어쩔 수가 없지 않소? 황후의 아우라는 입장이 좋은 점보다는 해로운 점이 더 많은 것 같소. 내게 무슨 문제가 생기면 나 한 사람이 손가락질 당하는 건 별것 아니지만 죄 없는 황후마마가 매도당하게 된단 말이오. 나 같은 입장에선 잘하면 황후의 후광을 업었으니 당연지사이고, 못하면 천하에 둘도 없는 무지렁이라는 몰매가 안겨지게 마련이오. 그러니 어쩌겠소. 나같이 젊은 나이에 재상자리에 앉은 사람이 많은 건 아니오. 잘난 남편을 둔 대가라 생각하고 조금만 참아주오."

"됐네요, 그 놈의 재상 두 번만 했으면 사람잡겠네!"

당아가 애교있게 몸을 틀어 손가락으로 푸헝의 이마를 퉁기며 피식 웃었다.

"당신 건강을 염려해서 이러는 거죠. 저라고 여태 잠도 안자고 이러고 싶겠어요? 장상을 보세요, 인생칠십고래희(人生七十古來稀)라는데, 벌써 향리로 보내져도 열두 번 보내졌을 사람이 여태 성총을 받고 있는 걸! 자기 관리에 그만큼 철저하다는 거예요. 세상 무슨 일이 있어도 몇 시간씩은 달게 잔다고 하더군요. 반찬도 끼니때마다 어의(御醫)의 지시에 따라 약선(藥膳)을 만들어 먹고! 듣자니 나친도 저러고 다녀도 화식비(伙食費)만 한 달에 120냥이래요. 코쟁이 낭중(郎中, 의원)을 불러다 한 달에 한 번씩 맥도 보고…… 당신 같은 사람이 어디 있겠어요?"

품속에서 꼼지락거리며 중얼대거나 말거나 푸헝은 그저 눈을 감고 히죽 웃기만 할뿐이었다. 그런 줄도 모르고 당아는 남편의 위상에 금이 가지 않게끔 하기 위해 자신이 평소에 어떻게 공을 들였는지를 구구절절 들려주기에 바빴다. 사람들이 방문하면 빈

손으로 돌려보낸 적 없다느니, 조설근의 마누라가 둘째를 회임했다기에 살림에 보태라고 은자 50냥을 넣어보냈다느니, 나친이 자기 조카를 보내 아들 백일잔치의 하례를 보내왔기에 몇 마디 주고받았다는 둥 끝이 없었다……. 그러나 푸헝은 어느새 잠이 들어 있었다.

눈꺼풀이 무겁게 닫힌 푸헝을 자리에 뉘이고 식향(息香)을 머리맡에 피워 놓고 난 당아는 몰래 자리에서 빠져 나왔다. 조심조심 까치발로 옆방으로 나온 그녀는 관음보살상 앞에 향을 사르고 묵묵히 기도했다. 한참 후, 다시 침실로 돌아와 등촉을 불어 끄려고 할 때 자는 줄 알았던 푸헝이 갑자기 물어왔다.

"나친은 원래부터 예물을 보내지도 받지도 않는 걸로 유명한데, 어쩐 일이지? 다른 얘긴 없었소?"

"아휴, 깜짝이야! 날이 다 밝아가는데, 어서 눈 좀 붙이지 않고 뭘 해요? 예물 보내러 온 사람이 다른 말은 무슨! 당신, 무슨 일 있어요?"

"없다고 할 수도 없지."

푸헝이 두 팔을 뒤로 깍지껴 베고는 길게 숨을 내쉬며 말했다.

"잠을 놓쳐서 그런지 잠이 안 오네. 나친은 지금 내가 대금천으로 출병하려고 들까봐 전전긍긍하고 있는 게지……."

"그게 무슨 말씀이에요? 당신 혹시 그 차사(差使)에 욕심이 있는 건 아니죠? 조그맣게나마 흑사산에서 비적들을 물리쳐 공을 세웠으면 됐지 괜한 욕심 부리지 말아요! 어쩐지 당신 요즘 들어 서부에서 나오는 주현 관원들에 대해 끔찍하다 했어요. 태의원의 의생을 불러 벌레물린 데 바르는 약을 비롯해 여러 가지 챙기는 걸 보면서도 이상했고요……. 그래, 당신이 꼭 총대를 메어야겠어요?"

오늘따라 두 눈을 똑바로 뜨고 따지고 드는 여인을 힐끗 일별하는 푸헝의 얼굴에 차츰 웃음기가 사라졌다.

"이것들이 썩 꺼지지 못해? 기웃거리긴 어딜 기웃거려?"

바깥방에서 기웃거리는 어멈들을 향해 푸헝이 벽력같이 고함을 질렀다. 한바탕 당아를 닦아세우려던 푸헝은 그러나 곧 냉정하게 생각을 해보았다. 당아와 건륭 사이에 어떤 풍류가 있었는지는 아직 전혀 눈치채지 못하고 있는 푸헝이었다. 그러나 하루가 멀다 하고 입궐하여 황후와 황태후의 비위를 맞춰주어 두 마마의 총애를 받는 당아인지라 큰소리를 냈다가 하인들에게 우스꽝스런 모습을 보이는 건 제쳐두고라도 만에 하나 소문이 건륭의 귀에까지 들어가는 날엔 재상으로서 자신의 아량에 큰 흠집을 내게 될지도 모른다는 생각이 들었던 것이다.

천천히 안색을 부드럽게 하며 푸헝이 놀란 사슴같이 눈을 동그랗게 뜨고 있는 당아를 당겨 안았다. 그리고는 나지막이 입을 열었다.

"날 걱정해서 이러는 건 아는데, 도가 좀 지나쳤다고 생각지 않소? 물론 나도 소리를 지른 건 잘못됐소. 지난번 장상의 부인을 처음 뵙고 그 기품 있고 우아한 외양과 내적인 수양에 감탄을 하지 않았소? 정말 언제 봐도 한결같이 현숙하고 무게 있는 사람이지. 그 외유내강을 시늉이나마 내볼 거라고 그러지 않았소?"

그 말에 쑥스러워진 듯 당아가 고개를 떨구었다.

"노력해 봐야죠. 하지만 멀쩡한 재상 자리를 차버리고 칼놀음을 하러 간다니 걱정되지 않겠어요?"

"아무리 재상이라도 야전(野戰) 공훈이 없으면 장정옥처럼 한낱 백작(伯爵)에 불과할 수밖에 없소. 재상은 세습도 안 된단 말이오. 성조 때의 대장군 도해(圖海)를 보오. 그럭저럭 군복이 잘 어울린다 싶은 정도였는데 평량성(平涼城)을 함락시키는데 앞장서더니 하루아침에 일등공작(一等公爵)으로 봉해져 오늘날까지 그 자손들은 혜택을 톡톡히 받고 있지 않소? 소도 언덕이 있어야 비빈다고 하지 않소. 우리 둘이야 폐하와 황후마마 덕분에 어떻게든 못 살겠소만 우리 자손들도 대대로 조정의 중용을 받는다는 보장이 있소? 자손들을 위해 큰 나무를 심는다 생각하오! 재상도 재상 나름이지, 난 아직 자작(子爵)에 불과하오. 그것도 흑사산에서의 공로가 아니었더라면 꿈도 꾸지 못했을 거요! 작위가 있는 대신들의 자택은 그 호칭부터 다르잖소. '궁(宮)'이라고! 내가 좋아하는 글쟁이 중에 기윤(紀昀)이라고 있는데, 우리 집을 무슨 궁(宮)이라 이름하면 좋을까 물었더니 잠시 생각하더니 혼자서 배꼽을 잡고 웃는 게 아니겠소? 나중에 알고 보니 그놈이 내가 자작(子爵)이니 자궁(子宮)을 떠올렸던 거야……"

당아가 숨이 넘어갈 듯 웃어버렸다. 그 눈물 빼는 모습에 푸헝도 웃으며 그녀를 안고 벌렁 드러누워 버렸다. 워낙 웃음이 많은 당아인지라 잠시 멈췄다가도 천장을 쳐다보곤 또다시 입을 감싸쥐고 쿠욱! 쿠욱! 웃음을 터트렸다. 그러나 그녀의 마음은 이미 푸헝의 뜻에 따라 붕 떠오르기 시작했다. 단순히 '재상부인(宰相夫人)'이라기보다는 '국공부인(國公夫人)'이 훨씬 체통 있고 품격이 있다는 생각을 처음으로 해보았다. 기왕이면 다홍치마라고, 그녀는 남편을 도와 움직여보기로 했다. 나친처럼 큰 방귀 한번 못 뀌는 별 볼일 없는 치도 황금차사(黃金差使)를 낚아채려고 사타구니에 불이 일게 뛰어다닌다는데 자기는 되레 남편의 발목을 잡으려들다니! 아들의 앞날을 생각하니 더더욱 자신의 좁은 소견이 얼토당토않다고 생각했다.

　나친, 경복, 장광사 어느 누구도 만만찮은 인물들이었다. 결국에는 누가 '안에서'의 힘이 더 센지 겨뤄야 할 것이다. 자연스레 건륭을 떠올리며 당아는 얼굴을 붉혔다. 아직도 자신을 향한 마음이 여전한지? 별로 자신은 없었지만 기대는 차마 저버릴 수 없었다. 지난번 고항에게서 듣자니 국자감(國子監) 박사(博士)가 허덕합(許德合)이라는 사람으로 바뀌었다고 했다. 그 사람이 학문이 출중해서가 아니라 그 마누라 왕씨와 건륭이 그렇고 그런 사이여서 덕을 본 것이 틀림없다며 고항은 힘주어 강조했었다……. 그게 과연 사실이라면……. 당아는 상상하기조차 싫었다.

　다시금 눈을 붙였다 깨어나니 벌써 진시(辰時)가 다 된 시각이었다. 벌떡 자리를 차고 일어난 당아는 그러나 잠시 주춤했다. 태후와 황후를 배알하기엔 입궐이 이르다 생각되었기 때문이었다. 오전에는 명부(命婦)들을 접견하기 꺼려하는 두 마마인지라 조심스러운 것은 당연지사이고, 조정에서 아직 본격적으로 논의하지 않은 사안을 가지고 여자가 지레 떠들고 다닌다는 것은 아무래도 남정네의 체통에 흠이 가는 일일 터였다……. 나른하게 기지개를 켜며 돌아서니 마침 큰 거울이 자신을 비추고 있었다. 스스로도 놀랄 정도로 미모는 여전했다.

　가볍게 세안을 마치고 화장대 앞에 다가앉으니 백옥같이 투명한 얼굴에 물기 촉촉한 봉안(鳳眼)하며, 물었다 놓은 듯한 도톰한 작은 입술이 황홀했다. 분홍빛 가느다란 혀를 쏙 내밀며 앳된 소녀의 앙증맞은 표정도 지어보고, 풍만한 앞가슴을 쑥 내밀어 요염한 자태를 과시하기도 했다. 더욱 고와보이고 싶은 마음에 연지를 살짝 찍어 톡톡 치며 펴 바르니 우윳빛 얼굴에 발그레한 볼이 탐스럽기 이를 데 없었다. 입술에 장밋빛을 가볍게 물들이고 눈썹을 그릴 요량으로 미필(眉筆)을 드니 문득 그리지 않은 자연 그대로의 눈썹이 곱다고 하던 건륭의 말이 떠올랐다. 건륭에게서 선물로 받은 불란서(佛蘭西, 프랑스) 제품인 미필을 도로 곽에 집어넣고 고개를 요리조리 갸웃거리며 거울을 비춰보고 있노라니 계집종 추영(秋英)이 의상을 챙겨들고 등뒤에 와 있었다. 선녀가 따로 없다며 숨이 꼴깍 넘어갈세라 호들갑을 떠는 하녀의 시중을 받으며 화려한 복장을 차려입은 당아는 집을 나섰다.

밖에는 거위털 같은 눈꽃이 만발했다. 벌써 땅바닥을 하얗게 덮고 있어 바깥출입을 앞둔 당아는 기분이 날아갈 것 같았다. 푸헝이 유난히 눈을 좋아하는지라 서재 쪽에 있는 눈은 절대로 쓸어내지 말고 발자국도 내서는 안 된다는 당부를 잊지 않았다. 어멈과 함께 아기의 재롱에 시간가는 줄 모르던 푸헝의 세 시첩(侍妾)이 창문 너머로 외출 준비를 하는 당아를 발견하고는 부랴부랴 달려나와 문안인사를 올렸다. 하지만 당아는 그네들에게 시선 한 번 주지 않고 매정하게 끊어 말했다.

"아기씨가 수다스러운 걸 질색하니 이제 그만 쉬게 하세요. 어디 여자의 웃음소리가 담을 넘다니 그 무슨 망측한 짓이오!"

느닷없이 혼이 난 시첩들은 그만 머쓱해지고 말았다.

따라나선 하인들에게 백일잔치 준비에 차질이 없도록 지시하고 막 수레에 발을 올려놓던 당아가 중문으로 들어서는 문지기 왕씨의 아비를 불러세웠다.

"큰왕씨, 이맘때면 우리 황장(皇莊)들에서 꼭 잊지 않고 연례

(年例)를 보내오곤 하는데, 올해는 아직 소식이 없나?"

"있사옵니다. 어제 물품 목록이 올라왔사옵니다. 워낙 늦은 시각이었는지라 오늘 오후에 마님께 보고 올리려던 참이었사옵니다!"

"목록을 가져와 보게."

당아가 손을 내밀었다.

"예, 마님!"

왕씨가 부랴부랴 안주머니에서 꺼내 바친 종잇장에는 깨알같은 글씨가 적혀 있었다.

백호(白狐)가죽 12장, 원호피(元狐皮) 3백 장, 담비가죽 30장을 포함하여 각종 가죽 2천 2백 장, 화선지 5천 장, 송묵(松墨) 50정(錠), 단연(端硯) 20개, 각종 비단 1천 필, 녹용과 인삼 각각 20근, 살아있는 곰 2마리, 웅담 두 병, 곰발바닥 40개, 산토끼 60마리, 산포도주 120항아리, 황미(黃米) 5천 근, 높이 2척 6푼 짜리 옥관음상 1점······.

대충 훑어보는 것으로도 눈시울이 얼얼해졌다. 안주인의 위엄이 도도한 당아가 말했다.

"전에는 내가 몸이 안 좋아 가무(家務)를 돌보지 못했으나 오늘부터는 아무리 사소한 일일지라도 내가 직접 챙길 것이네. 그리 알고 앞으로는 나라의 막중대사에 골몰하기에도 벅차신 바깥주인께는 번잡한 가무를 아뢰지 않는 것을 원칙으로 하게."

"예, 마님!"

왕씨가 깍듯이 대답하고 한 걸음 물러서자 당아가 망토 끈을 당겨 매며 말했다.

"그리고, 일전에 흑사산으로 바깥주인을 따라 갔다가 변을 당한 집들 있지? 거의 집집마다 한창 커 가는 애들이 올망졸망할 터인데, 그 가장이 주인을 위해 피 흘리고 땀 흘리고 눈물 흘린 대가를 두둑이 챙겨줘야겠네. 그 당시 몇몇은 출전에 앞서 이런저런 핑계를 대어 꾀부리고 빠졌던 걸로 기억하고 있네. 이참에 주인에게 충성한 자와 그렇지 않은 자에 대해 확실한 차별대우가 있어야겠네. 그렇지 않으면 어찌 앞으로 주인을 위해 사력을 다해 뛰는 후계자를 찾을 수가 있겠는가?"

가무에 전혀 무관심하던 안주인의 돌연변이에 왕씨를 비롯한 하인들이 적이 놀라는 가운데 당아는 어느새 저만치 멀어져갔다.

8. 입공(入功)의 기회

　북경의 첫눈은 항상 냉우(冷雨)로 시작되어 설탕 같은 작은 입자로 변했다가 땅에 닿자마자 녹아버리고 한밤중이 되면 그대로 얼어붙기가 일쑤였다. 한마디로 첫눈은 그리 많이 내리지 않는 편이었다.
　그러나 이번만은 예외였다. 처음부터 솜털을 뜯어서 내치는 것 같은 손바닥만한 눈송이가 대지를 온통 하얗게 뒤덮기 시작했다. 수줍은 처녀같이 얌전히 내려앉던 눈꽃은 이튿날 아침이 되니 어느새 성질 급한 거친 아낙이 되어 펑펑 쏟아져 내리고 있었다. 그건 더 이상 '눈꽃'이 아닌 '눈덩이'였……. 이런 날엔 장사가 공치는 날이었다. 상인들은 집에 붙박혀 있는 것이 버는 거라며 나갔던 사람들도 줄줄이 집으로 돌아왔다. 북경성은 첫눈의 정적에 휩싸였다.
　늦잠을 자버린 푸헝은 아침도 거른 채 부랴부랴 군기처로 달려왔다. 그러나 이맘때면 항시 사람들이 일사불란하게 움직일 군기처는 방마다 몇몇 태감(太監)과 장경(章京)들을 제외하곤 텅텅 비어 있었다. 그네들의 문후를 받으며 푸헝이 의아한 기색으로 물었다.

"나친 중당께서는 아직 안 나오셨나? 오늘은 어찌된 게 외관(外官)들도 안 보이지?"

"아뢰나이다."

장경 하나가 웃음 머금은 얼굴로 입을 열었다.

"오늘은 동지(冬至)라 2품 이상의 경관(京官)들은 전부 국자감에 모여 장조(張照)의 〈역경(易經)〉, 장정옥 어른의 〈중용(中庸)〉 강의를 들으라는 폐하의 지의에 따라 그리로 갔습니다. 폐하께서도 거동하신 줄로 알고 있습니다."

푸헝이 다그쳐 물었다.

"그럼 폐하께오선 여태 국자감에 계신단 말인가?"

"예, 반시간쯤 됐습니다. 푸상(재상인 푸헝을 가리킴)께서 도착하시는 대로 들라고 하셨습니다……."

장경의 말이 끝나기도 전에 푸헝은 벌써 군기처를 나섰다.

지척에 있는 양심전과는 불과 몇 발짝 거리였다. 발자국이 조르르 찍힌 눈길을 자박자박 걸어가니 태감 왕신이 급히 달려나와 푸헝의 몸에 내려앉은 눈을 털어주느라 수선을 피웠다. 그리고는 웃으며 말했다.

"눈이 너무 많이 내려 안 오셔도 된다고 하시며 폐하께서 하명하시기에 소인이 지금 막 지의를 전하러 가려던 참이었나이다……."

푸헝이 알았노라 손사래를 치며 왕신을 앞세워 동난각으로 향

입공(入功)의 기회 141

했다. 돌계단 앞에서 외투를 벗어 왕신에게 건네니 안에서 건륭의 또렷한 음성이 들려왔다.

"푸헝인가? 어서 들게!"

"예, 폐하!"

푸헝이 흠칫 놀라며 급히 큰소리로 응답했다. 태감이 두텁고 묵직한 면렴을 걷어올리자 성큼 안으로 들어선 푸헝은 그 자리에서 무릎을 꿇고 말았다. 길게 엎드려 머리를 조아리며 푸헝이 아뢰었다.

"이같이 중요한 자리에 지각하여 죽을죄를 지었사옵니다, 폐하……."

죄를 청하는 간절한 눈빛으로 푸헝이 고개를 들어보니 온돌에 앉은 건륭은 머리맡의 용안(龍案)을 마주하고 앉아 주장을 읽느라 여념이 없었다. 주위를 둘러보니 나친, 경복, 아계는 물론 몇몇 관품이 낮은 외관들도 있었다. 나친과 경복을 제외한 나머지는 모두 무릎을 꿇고 있었다.

"푸헝, 자넨 일어나 경복 옆에 자리하게."

상주문에서 잠시 눈을 떼어 설화(雪花)가 분연한 창 밖을 일별하고는 다시 주장에 시선을 박던 건륭이 한참 후에야 고개 돌려 경복에게 물었다.

"그렇다면 과연 '일지화'네는 무안현(武安縣)에 집결하지 않았다는 말인가?"

그제야 설핏 건륭과 시선이 맞닿은 푸헝이 보기에 건륭의 안색은 대단히 지쳐 보였다. 준수한 형태의 갸름한 얼굴은 핏기가 없이 창백했고 움푹하게 꺼진 눈언저리는 어두웠다. 푸헝은 못 볼 것을 본 것처럼 이내 고개를 떨구었다. 이어 경복이 아뢰는 말소리가 들려왔다.

"예, 폐하! 당초에 접한 첩보에 의하면 그자들이 무안현에 소굴을 틀 것이라고 했사오나 소인이 형부에 명하여 한단지부(邯鄲知府), 무안현령과 합동으로 뒤를 추적한 결과 그자들이 무안현까지 간 것은 사실이오나 내홍(內訌)이 일어난 데다 무안 현지의 악호애(惡虎崖)에 둥지를 틀고 있던 비적들과 싸움이 붙어 호되게 얻어맞고는 뿔뿔이 흩어졌다고 하옵니다. 나중에 산서성에서 봤다는 제보가 있어 그곳 관부에서 쫓아갔사오나 헛물을 켜고 말았다 하옵니다……"

쿵! 건륭의 콧소리가 무거웠다. 때를 같이하여 밑에 무릎 꿇어 있던 몇몇 지방관들이 움찔하며 오그라들었다. 참기 어려운 침묵을 깨고 건륭이 다시 물어왔다.

"한단지부는 어디 있는가?"

"신, 한단지부 기국상(紀國祥)이 대령하였사옵니다!"

"직예순무 손가감(孫嘉淦)이 일전에 올린 주장에 따르면 악호애의 비적들은 고작 서른 몇 명에 불과하다고 했네. 그런데 어찌 '일지화' 같은 포악한 무리들을 그리 용이하게 물리칠 수가 있었단 말인가? 그리고 손바닥만한 한단에서 그자들이 칼놀음까지 했다는데 지부인 자네가 전혀 몰랐다니, 이게 무슨 어불성설인가! 그자들이 과연 한단 경내를 떴다는 것이 사실인지 심히 의구심을 떨칠 수가 없네. 설마 조정을 우습게 여기고 놀리려 드는 건 아니겠지?"

기국상과 그 옆자리의 무안현령은 건륭의 차디찬 서슬에 혼비백산하여 죽어라 머리를 조아렸다. 기국상이 목소리를 떨며 먼저 아뢰었다.

"'일지화(一枝花)'를 놓친 건 실로 소인의 불찰이 아닐 수 없사옵니다. 그자가 신출귀몰하다는 건 익히 알고 있었사오나 설마 소인의 경내로 숨어들었을 줄은 꿈에도 몰랐나이다……. 중죄를 물어주시옵소서, 폐하! 하오나 소인이 뒤늦게나마 경내를 이 잡듯 뒤진 결과 '일지화'가 경내를 뜬 건 확실시되고 있사옵니다."

신서에서 온 현령 하나가 건륭의 성에 낀 눈빛이 닿자 화들짝 놀라며 더듬거리며 아뢰었다.

"소인의 경내는 줄곧 태평했사오나 요즘 들어 몇몇 정체불명의 남녀가 폐묘(廢廟)에서 괴이한 사교(邪敎)를 퍼뜨리고 다닌다는 제보를 받았사옵니다. 첩보를 접하는 즉시 달려갔사오나 어느새 냄새를 맡았는지 놈들은 벌써 도망을 간 뒤였사옵니다. 소인의 무능을 엄히 책하여 주시옵소서, 폐하!"

"걱정 말게! 형부와 도찰원에 벌써 자네들을 탄핵하는 주장이 두 건이나 올라와 있으니."

건륭이 으흐음! 하고 목소리를 가다듬고 나서 다시 입을 열었다.

"그래도 손가감이 자네들을 잘 봤더군. 이제 발령받은 지 2개월밖에 안된 초보들이라 의욕만 넘쳤지 대응책이 미흡했다며 너그럽게 봐줄 것을 주청을 올렸더군. 이부에 명하여 자료를 들춰보니 전에 쌓은 고적(考績)도 괜찮았고. 어쨌든 공과(功過)는 분명히 갈라야 한다는 게 짐의 신조이네. 다잡은 천년여우, 만년우환을 놓친 죄는 결코 용사받을 수 없으나 다시 안 볼 정도로 못난 사람들은 아니니 혁직유임(革職留任)하여 자성, 분발, 도약의 교훈으로 삼길 바라네."

이같이 말하며 높다란 주장더미 속에서 두 부의 서류를 찾아낸 건륭이 푸헝에게 넘겨주었다. 그리고는 웃으며 덧붙였다.

"도로 이부에 전해주게. 청관(淸官)은 혹독한 시련을 거쳐 만들어지는 거네. 약간의 시행착오를 범했다 하여 불문곡직하고 내친다는 것은 어리석고 위태로운 짓이네."

처음과는 달리 한결 부드러워진 건륭의 이 한마디에 바늘방석에 앉았던 네 명의 외관들은 저마다 코를 훌쩍이며 연신 머리를 조아려 한층 성숙된 충성을 맹세했다.

푸헝이 받아보니 한단 지부와 무안 현령을 탄핵하는 주장에 선혈을 방불케 하는 시뻘건 주비(朱批)가 한눈 가득 안겨 왔다. 내용인즉 죄보다 가능성이 더 큰 관원들인지라 내치기에 급급하기보다는 대죄입공할 수 있는 동기는 부여해 주어야 않겠냐는 것이었다.

조심스레 접어 소매 속에 집어넣으며 푸헝이 상체를 깊게 숙이며 아뢰었다.

"청관(淸官)을 소원하시고 아끼시는 성심을 유감없이 엿볼 수 있는 자리였사옵니다. 하늘같은 성덕을 지니신 폐하의 신하로 태어난 것을 무한한 광영으로 생각하옵나이다! 외람된 말씀이오나 주비의 내용을 관보에 실어 만천하에 주지케 하는 것이 어떨까하옵니다."

"그게 무슨 말인가? 소상히 아뢰어보게."

건륭이 관심을 보이며 되물었다.

"예, 폐하!"

자리를 고쳐 앉으며 푸헝이 답했다.

"신이 아뢰고자 하는 것은 성조 때부터 늘 주창해오던 노생상담(老生常談)이라 사려되옵니다. 소신이 아뢰기에 앞서 미리 폐하의 훈회 말씀을 기대하옵니다. 폐하께오서 이관위정(以寬爲政)의 정령을 반포하시고 적극 추진해 오신 이래 크고 작은 내외 신료들은 그 드높으신 성덕에 경앙해 마지않고 있사옵고 부채탕감, 부세 감면에 이은 각종 혜택에 여태 가렴주구에 시달려온 백성들은 폐허에서 새싹이 돋는 희망을 보았다 하옵니다. 곡창(穀倉)마다엔 식량이 넘치고 밤에 빗장 잠글 필요없이 치안이 궤도에 들어섰으니 백성들은 살맛이 난다며 가는 곳마다 성송(聖頌)의 물결이 넘치옵니다. 때는 바야흐로 대청입국 이래 물질적인 풍요와 사회치안이 가장 성숙해 가는 시기라 사려되옵니다. 이럴 때일수록 이치(吏治)가 바로 서 견인차 역할을 잘 해주어야 할 것이옵니다. 이들 네 명의 지방관들이 비록 과오를 범한 죄신들이지만 여태 청렴한 외길을 걸어온 장래성이 있는 관원들이기에 그 활약상을 기대해 보기로 했다는 폐하의 뜻을 이부뿐만 아니라 만천하에 널리 알리어 청관을 향한 폐하의 목마름을 보여주실 필요가 있다고 사려되옵니다. 신하의 우견에 금쪽 같은 시간을 할애해주시어 황감하옵나이다."

건륭은 턱끝을 약간 치켜올리고 열심히 듣고 있었다. 그 중에서 몇 마디를 곱씹어 되새김질하던 건륭이 한참 후에야 웃으며 말했다.

"짧은 시간에 말을 이처럼 조리있게 말하긴 그리 용이하지 않을 것이야! 처음 말을 시작할 때 '노생상담'이라고 했는데, 너무 들어서 삼척동자도 다 아는 노생상담이 경국대도(經國大道)가 되는 경우가 허다하다네. 자고로 뜬구름처럼 사라져버린 패망국들을 보면 뻔한 도리를 간과하여 망한 경우가 십중팔구라네! 자네 의사에 따르는 게 좋겠네. 물론 자네가 말했듯이 지금이 여러 모로

볼 때 개국 이래 최고인 건 사실이네. 그러나 아직 '극성(極盛)'까지 멀었네. 이치만 보더라도 아직 관정(寬政)의 허를 찔러 자신의 탐욕을 합리화시키려는 자들이 구석구석에 똬리를 틀고 있다는 걸 짐은 알고 있네. 양렴은자(養廉銀子)를 내어준다곤 하지만 워낙 남의 돈을 물 쓰듯 하던 자들에게는 그것이 기방(妓房)에 한 번 출입하기에도 부족한 액수가 아니겠나? 언제나 정신 못 차리는 자들은 있게 마련이네. 칼을 가는 모습만 보일 게 아니라 허연 칼이 시뻘건 피를 잔뜩 묻혀 내는 장면을 보여주어야 하네."

이 같은 장편대론을 펴고 난 건륭은 가슴속 갈피갈피에 낀 묵은 때를 씻어내듯 숨을 길게 몰아 무겁게 내쉬었다. 손을 내밀어 우윳잔을 잡으려 하니 태감 고대용이 식었을 것을 우려하여 급히 새로 데워낸 우유를 따라 받쳐 올렸다.

"역대로 부패와의 전쟁에서 보면 늘 '닭 잡아 원숭이에게 보이는 격[宰鷄給猴看]'이었사옵니다."

나친이 한마디 끼어들었다.

"원숭이도 처음에 피를 볼 때는 기절하고 도망가지만 횟수가 늘면 늘수록 약발이 받지 않는다고 하옵니다. 자신들 때문에 희생양이 된 닭들에 제를 지내는 여유까지 보인다고 하오니 신의 소견으론 필히 원숭이를 잡아 원숭이들에게 보여줘야 한다고 생각하옵니다. 조정에서 칼을 뽑았을 시엔 피도 눈물도 없다는 결연함을 과시해야 할 때이옵니다. 이는 황친(皇親), 훈척(勳戚)들도 예외가 아니어야 하옵니다."

재상이자 황족이며 청렴하기로는 비견할 이가 없는 나친의 입에서 이런 말이 나왔으니 그 목소리가 클 법도 했다. 자리한 사람들 모두 별 이견없이 수긍하는 눈치였다. 푸헝과 나친이 잇따라

'영양가 있는 말'을 하고 나서자 초조해진 경복이 애간장을 비틀며 움찔거렸다.

이때 시무룩히 웃으며 이 눈치 저 눈치 놓치지 않고 있던 건륭이 우윳잔을 내려놓으며 말했다.

"오늘 다들 의미 있는 말들을 많이 쏟아놓았네. 내일 형신(衡臣, 장정옥)의 책임 하에 자네 몇몇이서 좀더 합의한 끝에 명조(明詔) 초안을 작성하도록 하게. 이치쇄신이 가시적인 성과를 거둔 건 사실이나 아직 낙관하기엔 이르다는 쪽으로 다루도록 하게."

처음 볼 때보다 건륭은 신색이 많이 밝아진 것 같았다. 목에 감긴 머리채를 살짝 어깨너머로 넘기며 이번엔 기국상 등 네 명의 외관들을 향해 말했다.

"짐에게 여러 대신들과 더불어 한 자리에 불려와 피가 되고 살이 될 것들을 많이 챙겼으리라 믿네. 자네들만 야금야금 먹지 말고 동료나 벗들에게 좋은 얘기 많이 들려주도록 하게. 호관(好官)이 되려면 먼저 성실하고 강직한 인품이 뒷받침돼야 한다는 걸 명심하게…… 오늘은 그만 물러가게!"

"망극하옵니다, 폐하!"

네 명의 외관이 완전히 물러가기를 기다렸다가 건륭이 웃으며 말했다.

"'일지화(一枝花)'를 운운하다가 어느 틈에 이치까지 거론하게 됐는지 모르겠군. 다시 본론으로 돌아오지! 누구이 강조해도 과분하지 않을 정도로 '일지화'는 반드시 빠른 시일 내에 족쳐야 할 독버섯 같은 존재라네. 단순한 생계형 비적이 아니라 민심을 고혹시킬 수 있는 사술(邪術)을 품은 조정의 적이라는 데 그 파괴력과 음해성이 심각하다고 하지 않을 수 없네. 주가왕조(朱家王朝, 명나라)의 후예들과도 관련이 있다고 들었네!"

이에 푸헝이 말을 이었다.

"옹정조(雍正朝)엔 비적들의 간담을 서늘케 하는 치도능수(治盜能手) 이위(李衛)가 있었사옵니다. 지금은 와병 중이니 유감스럽사오나 이제라도 늦지 않았사오니 이위 같은 인재를 발굴해야 할 때라고 사려되옵니다. 신의 소견으론 강직한 인품이나 임기응변에 능하고 신출귀몰하는 면면을 볼 때 류통훈(劉統勛)이 어떨까 하옵니다. 물론 형부에서 한인상서(漢人尙書)로 진가를 발휘하고 있는 사람을 느닷없이 떼어 그쪽으로 보낸다는 것이 대재소용(大材小用)이라는 아쉬움도 있사옵니다. 아니면 왕년에 이위가 양강총독을 겸했듯이 윤계선(尹繼善)에게 이 임무를 겸하게 하는 건 어떻겠사옵니까?"

"윤계선은 그런 일을 맡기엔 어깨가 너무 무거운 사람이네."

건륭이 절레절레 머리를 저었다.

"양강총독에다 해관(海關) 일에 조운(漕運), 하방(河防)까지 두루 요리하느라 하루 세 끼나 제대로 차려먹는지 모르겠네. 조정 세수(稅收)의 3분의 2를 책임지고 있는 사람이네. 절대 다른 일로 신경 쓰게 만들어선 아니 되겠네. 짐의 생각엔 아무래도 류통훈이 적임자일 것 같네. 이위가 와병 중이긴 하나 아직 사리분별력이 또렷한 데다 가까운 북경에 있으니 자주 찾아가 자문을 구하면 별 문제 없을 것이네. 흑사산에서의 개가를 계기로 강호의 흑도들은 푸헝 자네의 이름 석자만 들어도 줄행랑을 놓는다고 하네. 자네가 류통훈을 데리고 잘해보게."

푸헝은 건륭이 흑사산 대첩을 자주 거론하는 게 싫었다. 어쩐지 자신의 능력을 강호의 좀도둑들을 다스리는 데 국한시키는 것 같아 좌절감까지 느껴졌다. 자나깨나 10만 천병을 친솔하여 사방에 그 위력을 널리 떨쳐 대청(大淸) 청사(靑史)의 한 장을 멋지게 장식하고 싶은 푸헝이고 보면 그럴 법도 했다. 건륭의 말에 일순 얼굴을 붉히며 나친을 힐끗 일별한 푸헝이 대답했다.

"성명(聖命)에 기꺼이 따르겠사옵니다! 흑사산 대첩을 계기로 신은 기문취무(棄文就武)의 욕구에 불타올랐고, 그 가능성을 충분히 보았사옵니다. 신은 할 수 있사옵니다. 폐하와 조정의 안녕을 위해, 서강(西疆)과 남강(南疆)의 평화를 위해 분전입공(奮戰入功)하겠사옵니다!"

"짐은 경의 그러한 심사를 일찍이 엿보았지!"

건륭이 허허 소탈하게 웃으며 몸을 놀려 온돌을 내려섰다. 신발을 꿰고 가뿐하게 발걸음을 떼어놓으며 건륭이 말했다.

"군사(軍事)에 뜻이 없는 사람이 서부에서 상경하는 관원들을 직접 나서서 접견하고 챙기고 기후, 지리, 풍속도에서부터 산천, 하류, 도로의 방향까지 꼼꼼히 따져 연구할 리가 없지! 그리고 나친, 자네 또한 마찬가지 아닌가? 지난번 우연히 보니 서재를 서부전선의 지도로 도배했더구먼."

건륭에게 심사를 도둑 맞힌 두 사람은 당혹한 기색을 감추지 못한 채 서로를 일별하고는 자리에서 일어섰다. 그러자 건륭이 웃으며 부채 끝으로 앉으라는 시늉을 해 보이며 말했다.

"어찌 그리 죄진 사람처럼 불안해하나? 짐은 경들을 치하하고 있네. 문신(文臣)이 재물을 멀리하고 무신(武臣)이 목숨을 초개같이 여길 때라야 천하가 태평하다고 했네. 황족종친임에도 불구하고 현실에 안주하지 않고 다투어 총대를 메려고 하는 모습이 짐은 얼마나 대견스럽고 보기 좋은지 모른다네! 고향이 산동에서 주청도 올리지 않은 채 '일지화'를 소탕하러 나선 행위에 대해 짐은 성패 여부를 떠나 그 의지와 마음가짐을 높이 사고 싶네. 쥐도 살이 쪄서 밤일에 게으르다는 태평시절에 경들과 같이 비루한 행복보다 살아볼 의욕에 부풀은 열혈남아들이 있어 짐은 얼마나 다행인지 모르네! 성조 말년에 서부가 특히 불안하여 천병이 수 차례에 걸쳐 편갑(片甲) 하나 못 건지고 패망하는 치욕을 기록했었지. 그 당시 성조께서 황족종친들에게 카얼카 몽고로 출전해줄 것을 그리 간절히 호소하셨음에도 모두들 지레 겁먹고 뒷걸음치기에 바빴다고 하네. 오늘날 짐의 신하들이 이같이 의젓하고 늠름한 기상을 자랑하고 있는 것을 구천에 계신 성조께서 보신다면 얼마나 기뻐하실지 모르네!"

건륭의 두 눈에선 광채가 튀었다. 그 열기에 창문을 무겁게 덮은 눈이 그대로 녹아 버릴 것 같았다. 설광(雪光)이 눈부셔 오히려 어두워 보이는 방안에서 흥분에 겨운 그 얼굴에 발간 홍조가 피었다.

그 모습을 우러러보는 푸헝 등의 가슴에도 뜨거운 피가 솟구쳤다. 잠시 후, 나친이 자신감에 찬 어조로 선수를 쳤다.

"폐하의 기대에 어긋나지 않은 영웅으로 거듭날 것을 약조 드리옵니다. 신에게 상방보검(尙方寶劍)을 내려주시옵소서. 조정과 폐하를 위해 서부에서 이 한 몸을 불사르고 싶사옵니다!"

"신에게도 기회를……."

그러나, 푸헝이 막 입을 열었을 때 경복이 먼저 나서서 단호하게 말머리를 잘라버렸다.

"서부전선에서의 일은 어디까지나 신이 차사를 제대로 마무리짓지 못한 책임이옵니다. 두 분 재상어른에게 감히 뒤치다꺼리를 떠넘길 순 없사옵니다. 신은 곧 서행길에 올라 올해 안에 필히 대금천, 소금천을 소탕하여 서부의 우환을 깨끗이 없애버릴 것을 약조 드리옵니다!"

용단에 앞서 잠시 생각하던 건륭이 아계를 향해 물었다.

"아계! 사천녹영 장광사의 휘하에 있는 자네가 말해보게. 1년 내에 대소금천을 평정한다는 것이 가능한지 말이네. 그리고 반곤의 생사여부에 대한 장광사의 견해는 어떠한지?"

"아뢰옵니다, 폐하!"

아계가 급히 머리를 조아렸다. 느닷없이 자신에게 물어올 줄은 몰랐는지라 당황했던 것이다. 그러나 푸헝과 나친, 경복의 심사를 훤히 꿰뚫고 있는 그로선 자칫 자신의 말 한마디가 이 세 사람의 명운을 바꿔놓을 뿐더러 앞으로 자신의 앞날에도 지대한 영향을 미칠 거라는 생각에 답변에 신중하지 않을 수 없었다. 그사이 고인 침을 꿀꺽 삼키며 아계가 조심스레 입을 열었다.

"대금천, 소금천과 상첨대, 하첨대는 사실상 동일한 전장(戰場)이라고 할 수 있사옵니다. 땅이 넓어 천리이옵고, 산이 높고 숲이 우거져 미로가 따로 없사옵니다. 신의 소견으론 1년은 좀 무리가 아닌가 싶사옵니다. 반곤의 생사 여부에 대해선 풍문만으론 쉽게 단언할 수가 없사옵니다. 장광사의 추측에 따르면 반곤은 금천지역으로 도주했을 것이라 하옵니다. 물론 확증이 있는 건 아니옵니다!"

내무부 서무관 출신으로, 대장군 장광사의 휘하에서 차사를 담당하고 있는 아계는 무장들 중에서 밀주권(密奏權)이 있는 몇 안 되는 관원이었다. 여태 성실하고 소신 있는 자세로 매사에 임해왔던 터라 건륭의 신임을 듬뿍 받고 있었다. 그러나 이 대답은 건륭이 듣기에 하지 않느니만 못한 것 같았다. 어느 새에 미꾸라지처럼 미끈하게 변해버린 아계를 보며 건륭의 얼굴엔 웃음기가 가신 듯 사라졌다.

"정말 실망을 금할 길 없네, 아계!"

건륭이 얼음장같이 차디찬 눈빛으로 아계를 쓸어보며 덧붙였다.

"어쩐지 병사들의 사기가 날로 떨어진다 했지. 자네같이 물에 물 탄 듯, 술에 술 탄 듯 줏대 없는 자에게 뭘 보고 배우겠나? 자고로 장령(將領)이란 일갈에 천군(千軍)을 움직일 수 있어야 하는 법이야! 위망을 잃은 주장(主將)에게 병사들이 따라 줄 이유가 없지 않은가? 자넨 그만 물러가게! 달리 지의가 있을 때까지 차사를 내어놓게!"

이게 대체 무슨 말인가? 당황하는 바람에 아계는 머릿속이 창백하게 탈색하여 순간 아무런 생각도 떠오르지 않았다. 윙윙 벌집 터진 소란함만이 가득했다. 건륭이 원했던 답은 무엇인지 모르겠으나 아계로선 혹시나 있을 뇌구(雷區)를 비켜가느라 무척 조심스레 답했는데, 그것이 건륭의 심기를 건드려 놓을 줄이야! 달리 항변할 마음의 여유도 없었다. 안타까움과 비애로 가득찬 가슴을 애써 눅자치며 우는 듯한 목소리로 그가 말했다.

"통촉하여 주시옵소서, 폐하……! 신은 소신껏 아뢰었을 뿐이옵니다. 신의 충심을 깊이 헤아리시어 다시 군중으로 돌려보내 주시옵소서. 이놈, 사장(沙場)에 뼈를 묻고 싶사옵니다."

"으호음!"

큰기침 한번으로 본인 나름대로의 답변을 한 건륭은 창가로 걸어가 잠시 창 밖의 설경에 시선을 두었다. 그리고는 깊고 긴 한숨을 뿜어내며 거칠게 주렴을 걷고 양심전을 나섰다.

두 손을 소매 속에 찌른 채 자라 모가지를 하고 있던 태감들이 화들짝 놀라며 일제히 무릎을 꿇었다. 왕충이 달려나와 외투를 걸쳐주었다.

한편 대전 안의 네 대신은 이러지도 저러지도 못한 채 일언불발하여 목을 빼들고 정원에 서있는 건륭을 바라보았다.

하얀 햇솜 같은 눈밭에 천천히 발걸음을 찍어내며 거닐던 건륭이 갑자기 길게 기지개를 켜는가 싶더니 상체를 뒤로 뉘여 몸을 대(大)자로 만들었다. 눈꽃이 이마며 얼굴, 입술이며 코에 떨어져 녹아내렸다. 흰 입김이 왈칵왈칵 쏟아져 나오는 엄동의 추위에도 건륭은 오직 시원한 느낌뿐이었다. 피곤도 고민도 순식간에 저만치 사라져버리는 것 같았다.

그러길 한참, 건륭은 양강포정사(兩江布政使) 겸 회남양도(淮南糧道)인 진세관(陳世倌)이 뵙기를 청했다는 태감의 말에 다시 궁전 안으로 들어왔다.

"들라 하라."

찻물로 목을 축이고 난 건륭이 그제야 네 대신을 향해 웃으며 말했다.

"짐이 너무 성급했던 것 같네. 그깟 금천지역쯤이야 식은 죽 먹기라고 생각했었는데, 의외로 수만 명이 수년간 수십만 은자를 소모하면서까지도 속시원하게 때려주지 못하고 있으니 마음이 달았던 것 같네!"

경복과 아계가 얼굴을 붉히며 죄를 청하려 하자 건륭이 손사래를 쳤다.

"됐네! 짐도 적을 너무 가볍게 생각했네."

황제가 자책하고 나서자 더 이상 자리에 앉아 있을 수 없었던 나친과 푸헝이 자리에서 나와 무릎을 꿇었다. 건륭이 막 입을 열어 말하려 할 때 진세관이 난각 밖에서 머리 조아려 문후를 올리는 소리가 들려왔다.

추운 날씨에 천마가죽 장포에 고작 공작보복을 껴입은 진세관의 입성은 대단히 허술해 보였다. 설수(雪水)가 떨어져 축축해진 엎드린 등허리가 가냘프게 보였다. 터뜨리듯 웃음을 쏟아내며 건륭이 말했다.

"안 그래도 살집이 없어 추울 터인데 입성이 어찌 그리 부실한가? 설마 해녕(海寧)의 명문가 후손이 의복도 못 챙길 정도로 궁색한 건 아니겠지?"

"아뢰옵니다, 폐하!"

진세관이 코를 훌쩍 들이마셨다. 그리고는 고개를 깊숙이 숙인 채 아뢰었다.

"남쪽에서 지금 막 북경에 당도하여 설경이 하도 좋아 수레 대신 노새를 타고 왔사옵니다. 소인이 궁상을 떨어서가 아니오라 정양문(正陽門) 관제묘(關帝廟) 앞을 지나며 추위에 떠는 가여운 거인(擧人)에게 외투를 벗어 주었사옵니다…… 에에…… 에이 취!"

요란한 재채기소리에 사람들은 모두 웃음을 터트리고 말았다. 건륭이 곧 하명했다.

"짐의 원호(元狐, 검은 여우털) 외투를 가져다 진세관에게 상으로 주거라! 그래, 불쌍한 사람을 보면 그냥 스쳐 지나가지 못하는 게 참된 사람의 본성이지. 설경이 좋아 노새를 타고 왔다니 짐도 노새를 타보고 싶은 욕구가 생기네 그려!"

입공(入功)의 기회 155

건륭이 소탈하게 웃으며 진세관을 화롯불 옆자리로 옮겨 앉게 했다. 그제야 나친을 비롯한 여러 대신들을 향해 입을 열었다.

"짐이 아까부터 쭉 생각해 보았는데, 짐의 신변엔 근력이 하루가 다른 장정옥을 거들어줄 사람이 필요하네. 그 적임자가 나친과 푸헝인 걸 감안하면 짐은 아무래도 경복을 다시 금천으로 보내야겠네. 한번 가봤던 사람이니 뭐가 달라도 다르겠지. 결자해지(結者解之)라고 했네. 경복, 경은 대학사(大學士)이자 국척(國戚)이네. 당연히 매사에 자네가 위주이고 장광사는 자네의 부하일 수밖에 없네. 두 사람이 음양을 맞춰 잘 협력해 나간다면 이른 시일 안에 경사가 있지 않을까 싶네. 지금 밖에는 경에 대해 수군거리는 소리들이 많네. 다들 반곤이 아직 살아있다고 하는데 짐은 대, 소금천의 반란을 잠재우는 게 목적이지 그자의 생사엔 별로 관심이 없네. 짐의 깊은 뜻을 헤아려 부디 진력해주게. 이번에도 차사가 엉망이라면 짐의 뜻과는 무관하게 국법이 자넬 용서치 않을 것이네!"

"망극하옵니다, 폐하! 이 한 목숨 초개같이 내버리겠사옵니다!"

반곤의 생사를 묻지 않겠다는 건륭의 말에 온몸을 팽팽하게 당겼던 마음의 탕개를 풀며 경복이 연신 머리를 조아렸다.

"군향과 화약만 제대로 공급받을 수 있다면 1년 내에 필히 소기의 목적을 달성하고 오겠사옵니다!"

"세종을 따라 잔뼈가 굵은 국척으로서, 이 나라의 명운과 더불어 출렁이며 고락을 같이 해온 훈구가문(勳舊家門)의 자손으로서 짐은 경의 투지에 심히 마음의 위안을 느끼네."

건륭이 감개에 젖어 덧붙였다.

"군향이라고 해봤자 몇백만 냥씩 가져다 쏟아 부을 일은 없을 테지. 군량미는 여기 진세관과 상의하고, 화약 등의 무기는……아계한테 부탁하게. 짐이 1년 반, 아니 2년을 기다려 줄 테니 짐에게 대, 소 금천과 상, 하첨대의 안정을 선물하도록 하게. 진세관만 남고 나머지는 물러가게!"

그때 자명종은 미시(未時) 말경을 가리키고 있었다. 건륭은 궁점(宮点)이라 일컫는 각종 떡과 우유 두 사발을 내어오게 했다. 진세관에게 한 사발 상으로 내리고 떡 접시를 그 앞으로 밀어주며 건륭이 말했다.

"세 끼 밥은 못 먹을 처지가 아니고, 우유는 아무나 마실 수 있는 것이 아니니 따끈할 때 한 사발 마셔두게."

소식(小食)과 소음(小飮)을 지향하는 진세관에게 사실 우유 한 사발은 고문이었다. 그러나 군주가 내린 음식이나 물건을 사양하는 건 감히 엄두도 못 내는지라 그는 약을 마시듯 찌푸린 미간을 대접에 숨긴 채 꿀꺽꿀꺽 들이마셨다. 그리고는 손등으로 입술을 쓱 닦고 웃으며 아뢰었다.

"사실 신은 이번에 또 폐하께 주청을 올리러 왔사옵니다. 다름이 아니오라 전량(錢糧)을 면제해 주셨으면 하온데 폐하께오선 신에게 군량까지 책임지라고 하시니 신은 당황하기 그지없사옵니다!"

하얗고 부드러운 떡을 두 손으로 쪼개어 입안에 넣으며 건륭은 진세관의 말에는 아랑곳없이 물었다.

"그래, 북경엔 언제 도착했나?"

"아뢰옵니다, 폐하! 어젯밤에 당도했사옵니다."

"수로로? 아니면 육로로?"

"먼저 육로로 안휘성으로 나와서 하남성을 거쳐 북상하여 산동성 덕주에서 배를 타고 천진으로 들어왔사옵니다. 남하하는 조운선박이 많이 붐벼 족히 한 달은 걸렸사옵니다……."

떡 접시를 저만치 밀어내고 찻물로 입가심을 하고 난 건륭이 다시 물었다.

"그래 길에서 보니 올해 작물수확은 낙관할 수 있겠던가?"

"신이 올 때는 벌써 수확이 끝나 입고한 뒤였사옵니다."

진세관이 턱을 들어 기억을 더듬으며 말했다.

"강소(江蘇)는 전년대비 12할은 더 거뒀고, 절강(浙江)도 풍작이었다 하옵니다. 강서성(江西省)은 남쪽은 가물었으나 북쪽은 역시 백년불우의 풍년이었다고 들었사옵니다. 산동은 황충 피해가 심각하오나 불행 중 다행으로 동쪽이 바다와 인접하여 어획량이 풍부하고 인근에 천일염전(天日鹽田)이 많아 상대적으로 생선과 소금이 귀한 강서, 남경과 물물교환을 하면 어떨까 하옵니다. 방금 폐하께서 군향과 양초(糧草)를 언급하셨사온데, 신의 우견으론 풍재(風災)를 입어 낟알은 못 건졌으나 옥수수며 볏짚은 멀쩡한 산서 남부에서 사들이면 일석이조의 효과를 기대할 수 있지 않을까 사려되옵니다."

"그것 참 탁월한 발상이오!"

유심히 듣고 있던 건륭의 입에서 탄성이 터져 나왔다.

"짐은 경의 청렴애민(淸廉愛民)은 믿어 의심치 않았으나 두뇌 또한 이리 비상할 줄은 몰랐네. 자신의 본직에 충실하면서도 타 지역 백성들의 질고까지 헤아리는 마음은 또 얼마나 넉넉한가. 이야말로 진정한 애민사상을 지녔다고 할 수 있지. 짐은 실로 요즘엔 보기 드문 고대 대신의 풍모를 보았네! 내친 김에 자네 이번에 장광사의 군수품을 조달하는 차사도 맡아주게! 돌아가서 방금 진언했던 말을 글로 적어 주장을 올리도록 하게. 짐이 어비(御批)를 달아 부의(部議)에 넘길 것이니."

숨도 쉬지 않고 이같이 말하고 난 건륭이 잠시 숨을 돌리고는 다시 웃으며 덧붙였다.

"짐은 자네가 이번에도 해녕 백성들을 위해 눈물, 콧물을 쥐어 짜러온 줄 알았네!"

건륭의 드높은 격려와 치하를 받은 진세관은 흥분에 혼신이 활활 타오르는 것 같았다.

9. 황궁의 여인들

진세관을 보내고 난 건륭은 한동안 감개에 젖어 희비가 교차했다. 평생 건재할 줄로만 알았던 장정옥이 노환이 어제오늘이 아니고 어얼타이 또한 병이 심한 데다 1만 1한(一滿一漢) 두 재상을 추종하는 문생, 친신들간의 신경전이 날마다 파고를 더해가니 대놓고 말할 수 없는 이 은우(隱憂)는 건륭에게 있어 늘 커다란 짐이었다.

다행히 문무를 겸비한 푸헝과 근검하고 청렴한 나친이 뒤를 계승하여 성장하고 있고, 한인 중에는 류통훈이 강직한 성품과 탁월한 지혜로 건륭의 낙점을 받고 있는 실정인지라 인재의 보릿고개는 무난히 넘길 수 있을 것 같았다. 금상첨화로 이젠 진세관까지 합류했으니 그 연박한 학문과 대세를 읽을 줄 아는 혜안, 그리고 특유의 괴짜기질은 대청의 동량으로 인정받기에 충분하다고 건륭은 믿어마지 않았다. 황혼이 깃드는 만하(晚霞)는 슬프지만 그래도 아침태양은 떠오르지 않는가! 그렇게 나름대로 위안을 삼으며 건륭은 깊은 생각에 잠겼다…….

한줄기 찬바람이 집요하게 문 틈새를 비집고 들어왔다. 가볍게 소스라치며 태후에게 문후를 올리러 가야겠다는 생각에 건륭은 자리에서 일어났다. 태감들을 인솔하여 서편전에서 서화작품을 새로이 갈아 걸던 고대용이 급히 달려와 건륭의 의복을 시중들었다. 건륭의 지시로 한랭지대에 주둔하고 있는 유격(遊擊) 이상의 관원들을 위해 담요처럼 어깨에 두르게끔 특별히 제작한 망토를 먼저 착용해본 건륭이 웃으며 말했다.

"생각대로 대단히 따뜻한데? 병부더러 하루라도 지체하지 말고 어서 내려보내라고 하라. 비 그친 뒤에 우산 준비하면 뭘 해, 약이나 오르지!"

말을 마친 건륭은 곧 양심전을 나섰다.

밖은 온통 백설의 세계였다. 궁중의 홍장녹와(紅墻綠瓦) 모두 애애한 눈이불 속에서 곤히 잠들어 있었다. 이따금 광풍이 불어 적설을 쓸어 내리는 비질이 예사롭지 않아 시야가 한참 희뿌옇게 변하기도 했다. 팽그르르 선회하며 담 모퉁이에 가 박히는가 하면 문풍지를 한 창틈으로 비집고 들어가려고 아우성치기도 했다. 그러나 이 엄동설한의 순간에도 각 궁전 앞에는 시위와 친병들이 눈사람처럼 붙박여 있었다.

두텁고 무거운 군용망토를 든든히 두른 건륭은 눈 덮인 사위를 보면 언제나 피곤이 가신 듯 사라지곤 했다. 천천히 걸음을 떼어 바작바작 밟히는 눈 소리를 즐기며 영항(永巷)을 나선 건륭은 곧추 눈의 무게에 짓눌려 더욱 낮아 보이는 군기처로 향했다. 가까이 가보니 면렴이 조금 걷혀 있었다. 설광에 비친 어두컴컴한 방안에서 방금 불을 지핀 듯 가벼운 연기가 흩날리고 있었다. 몇 사람이 언뜻 보였다. 순간 건륭은 몇 년 전 이곳에서 전도(錢度)를 처음 보았던 기억을 떠올렸다. 그때도 이처럼 눈 내리고 추운 날씨였다. 황제의 신분을 드러내지 않은 채 무명소졸(無名小卒)과 화로를 사이에 두고 마주앉아 화롯불에 땅콩을 볶아먹으며 술잔을 기울였던 그 일은 관가에서 미담으로 전해지고 있으나 오늘따라 새삼스럽고 그리워졌다. 그게 어제 같은데 벌써……!

태후가 있는 자녕궁으로 간다고 나섰는데, 느닷없이 군기처에 걸음을 묶이다니! 건륭은 다시 한 번 실소하며 걸음을 옮겨 자녕궁 쪽으로 돌아섰다.

자녕궁 의문(儀門)으로 들어가 대배전(大拜殿)을 지나서 걸음을 멈춘 건륭은 따르는 태감, 궁녀들더러 명령을 기다리라 이르고는 홀로 낭하를 따라 침궁으로 향했다. 몇몇 시녀와 태감들이 처마 밑에서 화로에 부채질을 해가며 설수차(雪水茶)를 끓이고 여치의 먹이통을 바꿔 넣느라 여념이 없었다. 망토를 휘날리며 건륭이 가까이 왔을 때에야 얼떨결에 건륭을 발견한 태감 진미미가 부랴부랴 무릎을 꿇어 문후를 올렸다. 그리고는 특유의 숫오리같은 목소리를 끌어올려 아뢰었다.

"폐하께오서 의복을 조금 달리하시니 이놈의 개 눈구멍이 못 알아 뵙고 말았사옵니다! 부처님께오선 오늘 웃음소리가 명랑하시고 놀라운 식욕을 과시하셨사옵니다. 장친왕(莊親王) 복진(福晉)께서 들고 온 칠면조 다리를 다 드시고 쌀죽도 한 그릇 건뜻 비웠사옵니다. 황손들을 불러 한참 즐거움에 겨워하시더니 지금은 몇몇 태비, 귀비들과 서화작품을 감상하고 계시옵니다!"

태감이 주렴을 걷어주자 안으로 들어선 건륭은 잠시 눈앞이 캄

캄하여 아무 것도 보이지 않았다. 그 자리에 선 채로 조금 있다 다시 보니 과연 긴 주렴을 드리운 서난각에서 황태후(皇太后)가 태비(太妃) 경씨(耿氏), 제씨(齊氏), 이씨(李氏)에게 둘러싸여 서화를 감상하고 있는 모습이 눈에 띄었다. 경씨가 옆자리에 나란히 자리했고 제씨와 이씨는 태후의 등뒤에 서 있었다. 귀비(貴妃) 나라씨, 돈비(惇妃) 왕씨(汪氏)도 있었다. 원탁에 그림을 올려놓고 열심히 관상하느라 아무도 건륭이 가까이 가는 걸 느끼지 못하고 있었다.

나라씨의 어깨너머로 슬쩍 훔쳐보니 〈낙신차마도(洛神車馬圖)〉였다. 낙수(洛水) 물가에 추엽(秋葉)이 조령(凋零)하는 쓸쓸한 버드나무 밑에 숙연히 서서 시리게 푸른 주름이 지는 호수의 물에 시선을 박은 조자건(曹子建)의 옆모습이 처연했다. 호수 맞은 편엔 구름 낮은 하늘 아래로 낙신(洛神)을 호위하고 나선 만신(萬神)들의 오색찬란한 의대(衣帶)가 바람에 날리는 채색 깃발 같았다. 미간에 내 천(川)자를 그린 낙신(洛神)이 조식(曹植)에게 뭐라 준엄하게 이르는 것 같았으나 두 손을 펴들고 탄식하는 듯한 조식의 얼굴엔 온통 망연한 기색뿐이었다……. 그림은 연륜을 말해주듯 도화지가 누렇게 바래 있었다. 그에 비해 권축(卷軸)은 새로웠다. 왼쪽 끝머리의 낙관은 희미하여 알아보기 힘들었고, 아래위로 도장이 수도 없이 박혀 있었다. 대단히 귀한 고화(古畵)임은 틀림없었다.

"누구의 수필(手筆)입니까?"

건륭이 참지 못하고 물었다.

그제야 서난각에서는 건륭을 발견한 이들에 인해 자그만 소동이 벌어지고 말았다. 귀비와 돈비가 서둘러 무릎을 꿇어 내리자 몇몇 태비들은 급히 두 손을 앞에 모으고 두어 걸음 뒤로 물러났다. 태후가 돋보기를 벗으며 미소를 띤 얼굴로 말했다.

"거동하셨으면 미리 아뢰게 했어야죠! 뭐 나이 먹어 애 밸 일은 없지만 이 어미가 간 떨어지는 줄 알았지 뭡니까! 일러야 한시간은 더 있어야 오실 줄 알았는데! 이는 황제의 십육숙(十六叔)이 은자 1만 냥을 주고 사들인 그림인데, 작가는 오도자(吳道子)라는 사람이라 합니다. 말로는 이 늙은 것의 수례(壽禮)라고 하는데, 혹시 가짜는 아닌지 나더러 전문가를 불러 감별해 보라고 하네요. 하지만 내가 뭘 알아야지! 잘 됐어요, 황제가 좀 봐주세요."

이에 건륭이 웃으며 대답했다.

"소자도 골동품을 감별하는 덴 까막눈입니다. 내일 한림원의 기윤을 불러보면 진가가 밝혀질 것입니다."

이같이 말하며 돌아선 건륭은 그때까지 무릎을 꿇어 있는 왕씨와 제씨를 향해 물었다.

"그만 일어나지, 왜들 죄 지은 사람처럼 그러고 있소?"

그러나 제씨와 왕씨는 그저 머리를 조아릴 뿐이었다. 건륭의 눈치를 살피던 태후가 웃으며 말했다.

"이는 십육황숙이 정한 규칙이라고 합니다. 왕씨는 전에 무슨 일로 강등을 당해 저리 기가 죽어 있고, 태비 제씨는 황제의 셋째 형 일 때문에 면목이 없는 모양입니다……. 승면(僧面)은 보지 않아도 불면(佛面)은 본다고 했습니다. 괘씸죄가 남아 있더라도 이 늙은 어미의 체면을 봐서라도 그만 너그럽게 용서해주시죠!"

"그리하죠, 어머니."

건륭이 조용히 미소를 지었다. 그제야 내정(內廷)의 황족 사무를 담당하는 장친왕(莊親王) 윤록(允祿)이 죄지은 황자의 어머니와 역시 착오를 범하여 강등 당한 궁빈은 군주를 만날 시 외관들의 복진과 마찬가지로 무릎꿇어 예를 갖춰야 함이 마땅하다며 올린 주장을 윤허한 기억이 떠올랐다. 건륭의 셋째형이라면 바로 태비 제씨의 소생으로서 보위찬탈을 꿈꾸다 옹정에 의해 사사당한 홍시(弘時)였다. 돈비 왕씨는 사소한 일로 궁비(宮婢)를 때려죽인 죄를 물어 빈(嬪)으로 강등되었던 것이다. 다시 가련한 어깨를 들썩이며 죽은 듯 무릎 꿇어 있는 두 사람에게 시선을 돌린 건륭이 크게 측은지심이 동하여 말했다.

"이 엄동설한에 부처님(태후)을 시봉하러 입궐했다는 사실만으로도 짐은 그 효심을 엿볼 수 있네. 하늘은 스스로 돕는 자를 돕는다는 말이 이런 경우를 일컫는 것 같군. 왕씨 자넨 그 동안 충분히 잘못을 뉘우쳤으리라 믿고 이 자리에서 다시금 돈비로 승격시키는 바이네. 그리고 큰엄마는 뭐 죄라고 할 것도 없어요……. 자식을 몸뚱아리만 낳았지 속이 비뚤어야 배 아파 낳은 어민들 무슨 수가 있겠어요? 이렇게 짐이 미처 다하지 못하는 효도를 대신해주시니 짐은 그저 고마울 따름입니다. 저기 저 경씨 하면 홍주(弘晝) 아우의 생모가 아닙니까? 짐이 황태귀비(皇太貴妃)로 승격시켜 드리려고 했는데, 이참에 두 분 함께 황태귀비로 봉해드리겠습니다. 부처님을 시봉하기엔 신분이 좀 어울리지 않을 것 같아서 짐이 특별히 신경을 썼습니다."

존댓말까지 써가며 조용조용히 부드럽게 얘기하는 건륭의 언사에 그 동안의 설움이 북받쳐 둘은 눈물을 펑펑 쏟으며 소리 죽여 흐느껴 울었다. 큰 숨 한번 제대로 못 쉬고 잔뜩 주눅이 들어있던 두 사람을 보며 안쓰러운 기색을 감추지 못하던 황태후가 그제야 만면에 희색을 띄며 밝은 목소리로 말했다.

"나 같으면 덩실덩실 춤을 춰도 열두 번이겠구만! 좋은 날에 눈물은 왜 그리 비오듯 흘리나? 황제, 아직 낮 수라를 안 드셨죠? 왕씨가 둘이 먹다 하나가 죽어도 모를 음식을 만들어 왔지 뭡니까? 드시고 가세요. 긴요한 공무가 없으시다면 이렇게 서설(瑞雪)이 펑펑 내리는 날엔 상서방, 군기처, 육부 모두 휴가를 줘 가족들끼리 모처럼 화롯불 앞에 둘러앉아 설경을 감상할 수 있는 여유를 주세요. 그네들이 환호작약하면 곧 황제의 성덕이 아니십니까?"

눈치 빠른 왕씨가 주방으로 가서 칠면조 요리를 다시 만들어 오겠노라며 물러가려 하자 제씨가 거들어주겠다며 따라나섰다. 둘이 공손히 예를 갖춰 물러가자 건륭이 태후에게 말했다.

"어머니, 음식을 만드는 사이 소자는 잠깐 황후를 들여다보고 오겠습니다. 아침에 어젯밤 황후가 토악질과 어지럼증으로 고생했다는 소식을 접하고도 급히 처리해야 할 용무가 있어 미처 가보지 못했습니다. 그리고 방금 말씀하신 휴가는 지금 당장 진미미더러 의지(懿旨)를 전하라고 명하겠습니다. 다만, 군기처와 호부는 정상적인 업무를 봐야 할 것입니다. 순천부와 구문제독아문도 마찬가지고요. 사실 설경을 즐긴다는 자체가 죄스러울 만큼 일부 농가들엔 가옥이 무너지고 끼니를 못 잇는 경우가 허다할 것입니다. 인명피해가 없도록 각별히 유의해야 할 것입니다."

건륭의 말이 끝나기도 전에 태후는 벌써 두 손을 맞붙여 연신 기도를 올리며 염불을 했다.

"아미타불 관세음보살! 훌륭하신 군주, 착한 내 아들, 실로 백성을 아끼는 마음이 지극하고 대자대비하시옵니다! 그러고 보니 경씨, 아까 그게 무슨 골목이라 했지?"

이에 경씨가 웃으며 아뢰었다.

"신첩의 아들 홍주의 화친왕부(和親王府)가 있는 선화(鮮花) 골목이라 말씀 올렸습니다."

"그래, 맞아! 선화 골목이라고 했지."

태후가 손뼉을 치며 정색을 했다.

"거기서 밤새 초가집이 세 채나 무너졌다고 합니다. 다행히 인명피해는 없었으나 애고 어른이고 졸지에 길바닥에 나앉게 됐다지 뭡니까? 몇몇 코쟁이 스님들이 보다 못해 집을 지어주겠노라고 팔을 걷어붙였다는데, 고맙긴 하지만 그네들에게 맡길 순 없지 않습니까? 마치 우리 중국인들 중엔 덕을 쌓고 선을 행하는 사람이 없는 것처럼 비춰지는 건 절대 아니 됩니다. 어찌됐건 주상께서 일보 앞서 염려하시고 계셨다 하니 이 어미는 긍지로 가슴이 뿌듯할 따름입니다. 황후의 처소로 걸음을 하시는 건 그리 서두르지 않으셔도 괜찮을 듯합니다. 이 어미가 벌써 약을 지어 들여보냈습니다. 지금은 약 기운이 퍼지며 잠시 눈을 붙였다고 들었습니다. 푸헝의 안사람도 오늘 입궐하여 지금 황후를 시중들고 있다고 하니 여기서 뜨끈뜨끈하게 한 그릇 드시고 가셔도 늦지 않으실 겁니다."

"그래요?"

건륭이 두 눈에 희색을 머금고 말했다.

"그렇다면 당연히 어머님의 명에 따라야죠!"

'푸헝의 안식구'가 와서 시중든다는 말에 잠시 얼굴을 붉히며 나라씨를 힐끗 일별하던 건륭이 말했다.

"이제 막 출산하고 찬 기운에 조심스러울 텐데 입궐했다니 정성이 갸륵합니다."

두 사람의 미묘한 관계를 잘 알고 있는 나라씨가 희미한 미소를 띄우며 상체를 꺾어 공손히 아뢰었다.

"내일 아들 백일잔치를 앞두고 부처님께 문후를 올리러 온 모양이옵니다. 내친 김에 부처님께 길하고 좋은 이름을 하사해주십사하고 청을 든 걸로 알고 있사옵니다. 황후마마와는 일반 여염집 같았으면 형님, 올케 사이이온데, 이럴 때 가까이에서 시중드는 건 당연지사라 사려되옵니다. 밖에 눈도 줄기차게 내리는데 오늘 밤은 신첩의 궁전에 잠자리를 마련해 줄까 하옵니다."

건륭과 당아의 밀회장면을 목격하고 둘의 과거지사를 거울처럼 들여다보고 있는 나라씨였다. 또한 건륭으로부터 '질투'하지 말고 눈치껏 가교 역할을 잘하라는 명을 받은 나라씨였다. 그녀의 말에 흡족해진 건륭이 머리를 끄덕이며 말했다.

"그리하는 게 좋겠네. 사실은 짐이 그 아이 이름을 지어주기로 약조했었는데, 백일잔치에 정식 이름이 없는 것도 보기에 안 좋을 테지. 어머님, 소자가 생각하기에 푸헝은 이 나라의 공신이고 황친이오니 다른 신료들과는 뭔가 대우가 달라야 하지 않겠습니까? 그 아이에게 복강안(福康安)이라는 이름을 하사하는 것이 어떨까 합니다!"

이에 은쟁반 같은 얼굴에 만월같이 환한 미소를 지으며 태후가 무릎을 쳤다.

"그거 좋은 생각입니다. 복강안, 부르기도 좋고 뜻 또한 더할 나위 없는 것 같습니다. 복 있고 건강하고 평안하라고! 이보다 더 큰 축복이 어디 있겠습니까?"

그사이 제씨와 왕씨가 태감에게 식합(食盒)을 들려 앞세우고 들어왔다. 식탁 위에 한 가지씩 꺼내놓는 걸 보니 물만두며 숙주나물볶음, 닭요리에 칠면조탕까지 정갈하고 맛깔스런 상차림이 식욕을 북돋았다. 순식간에 향기가 사방으로 넘치고 김이 풀풀 피어오르는 식탁에 코를 박고 연신 콧날을 벌름거리는 건륭은 태후가 보기엔 꼭 탐욕스런 꼬마 같았다. 칠면조탕 국물을 한 숟가락씩 떠넘기며 열심히 맛을 음미하던 건륭이 긴장한 기색이 역력한 왕씨를 향해 연신 엄지를 내둘렀다.

"칠면조 요리를 처음 먹어보는 것도 아닌데 맛이 참 독특하고 좋네."

건륭이 막 물만두 하나를 집어 입가에 가져가려 할 때 태감이 알록달록하게 한껏 재주를 부린 음식을 한 접시 들고 왔다.

"이건 또 뭔가?"

건륭이 잠시 의아해하자 왕씨가 웃으며 아뢰었다.

"부처님께오서도 이런 요리는 처음이실 거라고 생각하옵니다! 두어 젓가락밖에 안될 이 요리를 만들려면 적어도 은자 5백 냥 없인 불가능하옵니다!"

순간 건륭의 얼굴에 웃음기가 점점 엷어지는 듯 싶더니 곧 연기처럼 사라지고 말았다. 방금 전과는 판이하게 굳어진 표정으로 건륭이 물었다.

"금가루라도 뿌렸단 애긴가?"

별 생각 없이 말했다가 적이 난감해진 왕씨를 대신하여 제씨가 건륭에게 답했다.

"일명 폭용수(爆龍鬚)라는 요리이온데, 잉어수염으로 만들었사옵니다. 한 접시 만들려면 적어도 잉어 몇 십 마리는 잡아야 하오니 5백 냥 아니고선 꿈도 못 꾼다는 애기인 것 같사옵니다! 돈도 돈이려니와 왕씨의 정성이 대단하다 사려되옵니다."

요리 한 접시에 은자 5백 냥이라니! 몹시 놀랍고 불쾌했지만 건륭은 애써 치밀어 오르는 화를 가라앉혔다. 저리 밝은 태후의 모습을 보기도 흔치 않은데 화기애애한 분위기를 망치고 싶진 않았던 것이다. 잠시 기분을 달랜 건륭이 웃음을 지어 보이며 말했다.

"짐은 차를 즐겨 마시니 차에 대해선 좀 까다로운 편이지만 음식은 그리 따지는 편이 아니네. 이런 음식은 한번 맛보는 것으로 족하네. 하남성 주구점(周口店)이라는 곳엔 올해 백년에 한 번 닥칠까 말까 한 수해를 입어 백성들이 주린 창자를 안고 하루하루를 죽지 못해 연명하고 있다고 하네. 그런데 짐이 한 접시에 5백 냥 짜리 요리를 먹었다고 하면 이 또한 걸주지주(桀紂之主)라 지탄받아 마땅치 않겠는가?"

쥐구멍이라도 있으면 기어 들어가고픈 모습으로 오그라드는 왕씨를 보며 태후가 웃으며 말했다.

"나름대로 정성을 기울인다는 것이 조금 과했으니 오늘 일을 교훈으로 삼으면 되겠네. 자, 비싼 음식이라니 이 늙은이도 어디 한번 먹어 볼까나? 누가 알아, 내일아침 일어나면 회춘하여 얼굴이 반질반질해질지?"

태후가 이같이 말하며 다가앉자 건륭이 급히 웃으며 젓가락으로 폭용수 요리를 집어 태후의 그릇에 놓아주었다. 자칫 빙점으로 떨어질 뻔했던 분위기가 두 모자의 노력으로 더욱 화기애애해진 마당에 건륭은 세상 만사 모든 것이 생각하기 나름임을 새삼스레 느끼며 언제나 대장부처럼 넉넉한 어머니 태후를 우러러보았다.

소곤소곤 이야기를 주고받으며 가만가만 씹어 맛을 음미하면서 평화로운 한때를 향유하던 두 모자는 마침내 하녀가 올린 물에 손을 씻고 다시 양치를 하고는 음식상을 물리고 나앉았다. 말은 그렇게 했어도 속이 거북하긴 마찬가지였던 태후가 잉어수염을 조심스레 씹으며 떠올렸던 말을 자루 풀 듯 쏟아놓았다.

"황제, 그래 주구점 상황은 요즘 어떻게 돌아가고 있습니까? 물론 황제께서 이미 발등에 떨어진 불이야 끄셨겠지만 조정과 지방이 합심하여 구제를 서둘러야겠습니다. 선제께오선 이같은 자연재해가 일부 사악한 세력들이 민변(民變)을 선동하여 난을 일으키는 데 악용됨으로써 선량한 우리 백성들을 두 번 죽이는 꼴이 된다고 하시며 각별히 관심을 기울이셨습니다. 늙은이가 노파심에서 하는 소리이니 고깝게 듣지는 마십시오. 배고픔에는 장사가 없다고 하시며 입버릇처럼 말씀하시던 성조와 선제의 말씀이 귓전에 쟁쟁합니다."

"고깝다니요! 당치도 않으십니다. 천만 지당하신 훈회이십니다!"

건륭이 몸을 숙여 답했다.

"소자가 이미 전도를 현지로 특파하여 피해상황에 대한 실사에 들어가게끔 조치했습니다. 그저께는 지의를 내려 이번 사건에 늑장 대응하여 그 피해를 배가시킨 몇몇 지부들을 백성들이 보는 앞에서 정법에 처했습니다. 소자가 관정(寬政)을 지향하는 건 사실이나 죄값은 철저히 받아낸다는 것을 보여주고 싶었습니다. 지켜봐 주십시오. 소자는 결코 자금성에 눌러앉아 조상들의 음덕만을 소모하며 고루하게 살지는 않을 것입니다. 근자에 소자는 북경을 떠나 순방을 다녀올 계획을 갖고 있습니다. 빈대 잡자고 초가삼간 태우는 격이 될지라도 소자는 은자 앞에서 지조도 목숨도 내놓은 자들과 백성들에게 기생하는 흡혈귀들의 목을 가차없이 따서 내칠 것입니다!"

그 쉿소리 나는 음성이 어찌나 소슬했던지 궁전 안에는 삽시간에 냉기가 된서리처럼 내려앉은 것 같았다. 방금 전까지 식탁을 마주하여 담소하던 부드러운 모습은 온 데 간 데 없었다. 좁쌀 돋은 소름을 떨쳐내듯 두 손으로 팔을 둘러 쓸어 내리던 태후가 한참 후에야 혼잣말처럼 중얼거렸다.

"사람의 목이란 떼었다 붙일 수 있는 게 아니거늘 신중을 기해야 할 줄로 믿습니다. 홧김에 서방질이라고 성질 나면 못할 일이 없거늘 그리되면 태평성세에 피비린내가 진동할 것이요, 원치 않는 사단이 속출할 수 있습니다. 이 어미는 참새 심장인지 살인이라는 소리만 들어도 가슴이 오그라들었습니다."

"현명하신 훈회 말씀 명심하겠습니다!"

태후의 우려를 덜어주려는 듯 건륭이 따뜻한 미소를 지으며 덧붙였다.

"심려 놓으십시오. 소자, 억울한 목숨은 절대 죽이지 않을 겁니다. 소자는 이미 진세관에게 재해복구와 군무 두 가지 차사를 맡겼습니다. 이재민들에겐 은자며 식량 그 무엇도 아낌없이 전력 지원할 것입니다. 민간 속담에 '보리가 눈이불 세 겹 덮으면 백성은 이듬해 머리에 밀가루 포대 베고 잔다[麥蓋三床被, 頭枕饃饃睡]'고 했습니다. 눈이 이리도 기를 쓰고 내리는 걸 보니 내년엔 풍작이 기대됩니다. 풍년일지라도 부세(賦稅)는 면해주어야죠. 백성들이 부유해서 우리 천가(天家)가 궁색해질 이유야 없지 않습니까?"

건륭의 말에 태후가 웃으며 말했다.

"지당하신 말씀입니다. 이 어미는 염려치 마시고 이젠 그만 황후 전에나 다녀오시지요. 아직 해가 긴데 우린 좀더 입방아찧다가

헤어져야겠습니다."

태후의 말에 건륭이 기다렸다는 듯이 웃으며 일어났다.

건륭이 자리를 뜨고 경씨, 제씨 등이 다시 지패(紙牌) 판을 벌이려하자 태후가 말했다.

"지패는 심심풀이로 맨날 노는 것이니 오늘은 거두게. 자매들은 다 온돌로 올라앉게. 우리 차를 마시며 속에 있는 말이나 서로 털어놓고 얘기해보세!"

태후의 호의가 황감하기만 한 셋은 그 말이 떨어지기 바쁘게 벌써 온돌에 올라 다소곳이 예를 행했다. 셋 중에서 품위가 가장 높은 경씨가 태후 옆자리에 앉고 제씨와 이씨는 아랫자리에 앉았다. 여유있고 부드러운 목소리로 태후가 입을 열었다.

"제씨, 이씨 두 아우는 선제께서 붕어하시던 해에 궁을 나가 창춘원에 머물러 왔던 걸로 알고 있네. 두 아우의 근황이 궁금해서 황제께 여쭈니 거처가 좀 협소한 게 흠이지 사는 데는 지장이 없다고 하시더군. 내무부에서 아침 굶은 시어미 낯짝으로 푸대접하는 경우는 없는지 말해보게."

제씨와 이씨는 잠시 멍하니 서로를 마주보았다. 청나라 제도상 황제가 붕어하면 궁중엔 태후 외의 모든 빈비와 답응(答應), 상재(常在)로 불리는 시녀들은 모두 궁 밖으로 나가 생활하게끔 되어 있었다.

말이 좋아 창춘원이지 사실 이들 후궁들은 모두 창춘원 서북쪽의 어느 편벽한 모퉁이에 기거하고 있었다. 당연히 궁중에 있을 때와는 대우가 천양지차일 수밖에 없었다. 내무부에서 때가 되면 월례를 주고 땔감을 공급한다지만 필요한 일체를 내무부 태감들이 대신 구입해주었기에 벼룩의 간 빼어먹는 일은 다반사였다.

아들 홍주가 친왕에 봉해진 경씨는 물론 처지가 이씨, 제씨에 비할 바 없이 월등했다. 배부른 사람 배고픈 사정 모르듯 경씨가 침한 모금 삼키며 먼저 입을 뗐다.

"나름대로 애들 쓰고 있는 것 같습니다. 모두 부처님의 보살핌 덕분이 아니겠습니까……."

"굳이 덮어주느라 할 거 없네. 나도 빈비였던 시절이 있네. 내무부 인간들의 그 속을 내가 모를까?"

태후가 한숨을 지으며 덧붙였다.

"자금성 안에서도 똑같은 빈비일지라도 황제의 총애를 받아 황자를 생산한 사람이 있는가 하면 일년이 가도 머리 한 번 풀어보지 못한 불행한 빈비들도 있다네!"

황후가 잠시 숨을 고르고는 말을 이었다.

"나도 심술보 고약한 주자(廚子)가 음식이랍시고 보낸 돼지죽 같은 것도 먹어봤고, 바람만 불면 너덜너덜해질 백년 묵은 연사(絹紗)를 몸에 둘러본 설움을 겪은 사람이라네. 황제께서 이제 곧 서해자(西海子), 창춘원 북쪽과 원명원(圓明園)을 하나로 묶어 그 규모가 전무한 큰 원(園)을 만들고자 벌써 실사에 들어가신 줄로 알고 있는데, 완공이 되면 내가 그쪽으로 자리를 옮길 터이니 가까운 데서 자네들을 좀 보살펴 줄 수 있으리라 믿네."

그 세 곳을 망라한다면 얼마나 규모가 어마어마할지 상상이 가는 세 태비는 눈이 휘둥그래져 연신 혀를 내둘렀다. 경씨가 먼저 두 손을 합장하며 말했다.

"아미타불 관세음보살! 방원(方圓) 백 리는 더 될 터인데, 은자를 얼마나 쏟아 부어야 할는지 상상이 아니 갑니다!"

"아방궁(阿房宮)보다 좀 작을 테지."

태후가 웃으며 덧붙였다.

"안 그래도 내가 황제의 효심이 극진함은 이 어미 뼛속 깊이 깨닫고 있으니 진시황이 아방궁을 지어 백성을 혹사시키듯 해서는 절대 아니 될 것이라고 말씀 올렸네! 그랬더니 황제께오선 손바닥만한 나라들에서도 군주랍시고 으스대는 자들은 이보다 더한 사치를 즐기고 있는데 우리 대국의 위상이 그런 자들 앞에서 실추될 순 없지 않느냐며 이 어미를 설득하시더군. 동서양의 건축미를 두루 아우른 멋진 방사(房舍)와 원림(園林)을 대국의 수도에 그대로 옮겨 만국 사절단들이 저절로 고개 꺾어 경앙하게 만들어야 한다고 하시는데, 그 말씀에 난 공감했네. 오랑캐들이 감히 범접하지 못할 천조(天朝)의 위엄을 보여줘야 함은 당연지사이니 말일세. 어미의 천년(天年)을 위한 효심이기도 하지만 황제에겐 그런 큰 뜻이 계셨다니 내가 더 이상 말릴 이유가 없을 것 같았네. 은자로 치자면 자그마치 몇 백조 냥은 쏟아 부어야겠지. 시간도 몇십 년은 잡아야 할 테고. 물론 하늘이 굽어살피시어 나라재정이 윤택해지면 공정시일이 당겨질 테고 그리 못되면 늦어질 테지. 거대한 대원(大園)에 수많은 작은 원(園)들이 서양풍, 동양풍, 강남원, 북경원 등등의 이름을 지어 그곳의 산수와 풍광을 그대로 옮긴다는데 상상해보게. 고금도서(古今圖書)가 전부 그리로 옮겨 묵향이 수려한 자연경관에 스미듯 어우러져 우리네 정서를 살찌워 주는가 하면 갖은 맹수까지 들여 엄청난 규모의 사냥터도 만든다고 하니 부른 배를 쓸어 내리며 유유자적 구경 다니는 기분이 기가 막힐 것 같지 않은가?"

서서히 달아오른 화롯불처럼 창 밖의 설경에 시선을 박으며 흥분하는 태후의 눈빛은 보석같이 빛났다. 조금은 고르지 못한 숨소리를 내며 한참 말이 없던 태후가 넋을 잃고 듣고 있던 태비들을 향해 말했다.

"방금 무슨 얘기를 하려다가 샛길로 빠지고 말았지? 늙으면 기억력이 하루가 다르다니까. 다들 창춘원에 있으니 어떤 일은 나보다 더 잘 알고 있을 것 같아서 묻는데, 요즘 무슨 괴괴한 소문이 안 돌던가?"

"그게 무슨 말씀입니까?"

아직 원명원의 황홀경에서 채 빠져 나오지 못한 제씨가 느닷없는 태후의 '괴괴한 소문'이라는 말에 흠칫 놀라는 눈치였다. 이네 과부들은 '소문'에 과민할 정도로 민감했다. 대답을 촉구하는 태후의 시선에 제씨가 서둘러 입을 열었다.

"신첩과 이씨는 담을 마주하고 가까이 살고 있습니다. 평소에 태감과 시녀들이 시중들고 시위들은 먼발치에서 지켜줄 따름입니다······."

이에 태후가 피식 웃으며 말했다.

"누가 자네들이 서방질이라도 할까봐 의심해서 그러는 줄 아는가? 내 말은 황제가 하남성에서 여자 아이 둘을 창춘원에 데려다 놓고 밤에 자주 들른다고 들었는데, 그런 소문을 자네들은 못 들었냐 이 말이야."

그 소문이라면 반년 전부터 나돌았는지라 새삼스러울 것도 없었다. 건륭이 즉위하기 전에 강남순시 도중 만난 두 한인 여자를 북경으로 데려왔고 바느질이면 바느질, 무술이면 무술 재주가 다양한 데다 미색까지 고와 건륭이 참으로 좋아한다고 했다. 옹정이 위태로울 때 병을 봐주기도 하여 임종을 앞둔 옹정이 그녀들을 기적(旗籍)으로 전적시켜줬지만 태후가 하도 지엄하여 감히 태후에게만은 알리지 못하고 있노라고 했다. 그러나 이는 소문이 아닌 엄연한 사실이었다. 국상(國喪) 기간에 한인궁녀를 들이는 건 큰 불경을 저지르는 일인지라 감히 태후에게도 고하지 못하고 두 '큰어머니'에게 절대 기밀을 지켜줄 것을 신신당부한 건륭이었다! 건륭이 직접 태후에게 고할 때까지는 무덤까지 가지고 가려던 비밀이 이젠 태후가 따지듯 캐물어 오니 이를 어쩌면 좋단 말인가. 한 쪽은 사해의 지존인 황제이고, 다른 한쪽은 그 존엄이 내정을 호통치고 그 권력이 육궁을 들썩거리게 하는 천자의 어머니였으니 자칫 쥐도 새도 모르게 먼지처럼 날려가고 연기처럼 사라질 곤욕을 당할 수도 있는 일이었다. 두 태비는 서리맞은 매미처럼 뚝 입을 다물고 얼굴을 붉힌 채 입술만 맥없이 달싹였다.

"겁먹지 말고 말해보게."

태후가 표정과 말투를 부드럽게 했다.

"아니 땐 굴뚝에서 연기 나는 걸 봤나? 다 알고 묻는 거니까 대답해보게. 선제께서 전적을 해주신 게 사실이라면 굳이 머리 싸매고 드러누울 것까진 없다고 생각하네. 애들이 무술실력이 뛰어나다고 하니 황제가 먼길 떠날 때 안심도 되고 말일세."

태후가 너그러운 반응을 보이자 그제야 제씨와 이씨는 천근 무게의 바위를 내려놓은 듯 마음이 홀가분해졌다. 이씨가 먼저 입을 열었다.

"이 일로 감히 입방아 찧는 노비들은 아직 없는 걸로 알고 있습니다. 궁녀들 중에 누군가가 폐하께서 편전으로 자주 거동하시는 걸 몇 번 보았다고 합니다. 두 여자가 살고 있는 건 분명하온데, 하나는 언홍(嫣紅)이라고 부르는 것 같았습니다."

"그게 사실이라면 됐네."

태후가 머리를 끄덕이며 덧붙였다.

"가서 나의 의지(懿旨)라고 하면서 그 아이들을 이씨 자네한테로 데려다놓게. 설을 쇠고 나서 입궐시켜 나랑 황후에게 차례로 인사시키도록 하게. 자격을 물어 서둘러 빈비로 들이든가 해야지 황제가 정체불명의 여자 처소로 드나든다는 소문이 얼마나 고약한가?"

이에 경씨가 말했다.

"요즘 기무(旗務)는 장친왕과 저희 홍주가 보고 있습니다. 소문대로 기적으로 전적된 것이 확실하다면 좋겠지만 그렇지 않은 경우엔 소리소문 없이 처리해주라고 이르겠습니다."

"이 모든 것은 황제의 체통을 지키기 위함이네."

태후가 탄식하며 말을 이었다.

"황제께선 다 좋은데 유독 여자문제에 대해서만은 장담을 못하겠네 그려. 여자의 정에 저리 약하시니 언젠가 그 화를 입진 않을까 내가 걱정이 태산같다네. 철이 들면서부터 쭉 여자 좋아하는 건 알았어도 저 정도인 줄은 몰랐네. 한림원 허씨의 마누라도 황제와 보통 사이가 아니라는 소리가 들리던데 사실인지 모르겠네! 하남에서 데려다 놓았다는 애들은 아직 처녀니 그렇다 치고 이건 남정네 있는 여자인데, ……이 어미가 조마조마해서 바늘방석에 앉은 느낌이네. 여염집도 아니니 어미가 못난 아들 회초리를 들겠나 이러지도 저러지도 못하고 참으로 난감하네. 즉위 초에 금하라는 궁녀와 수상하기에 내가 트집잡아 그 아이를 저승으로 보내버렸지. 독한 마음을 먹고 말이네. 그랬더니 몇 번씩이나 그 애가 살던 궁에 찾아가 제사를 지냈다지 뭔가……. 손에 피까지 묻히고 더 이상 자비로운 '부처님' 소리 듣는 것도 마다한 채 자신의 앞날

을 위해 그리했건만 세상에 어미 마음을 몰라줘도 이렇게 몰라
줄 수가 있을까!"
 상심한 태후는 급기야 손수건을 꺼내 눈물을 훔치고 말았다.
이에 당황한 세 태비는 급히 위로하느라 진을 뺐다. 제씨가 역시
눈물을 찍어내며 위로를 했다.
 "부처님은 그 위상에 추호도 금이 간 것이 아닙니다. 금하(錦
霞)도 폐하를 위해 죽었으니 광영으로 여기고 저승에서 잘 살고
있을 것입니다. 신첩도 처음부터 홍시에 대해 좀더 엄히 다그쳤더
라면 그런 말로까지는 안 갔을지도 모른다는 생각을 하면 요즘도
가슴이 미어집니다!"
 황제에게 사사를 당한 자신의 아들 홍시를 떠올리며 제씨는 자
기설움에 어깨를 들썩였다. 이에 이씨가 급히 나섰다.
 "그리 상심하지 마십시오, 태후마마! 열이면 열 가지 다 잘하는
사람은 없습니다. 폐하께선 효심이 지극하시고 성명하신 데다 정
무까지 잘 돌보시어 만백성이 우러러 칭송해마지 않습니다. 일각
에서는 폐하의 치적이 성조와 선제를 능가한다고 성송(聖頌)이
자자하다 합니다! 번고(藩庫)를 관장하는 신첩의 아우가 그러는
데, 지금 조정은 대청 개국 이래 최고의 부를 자랑하고 있다 합니
다. 동전에 녹이 슬고 돈궤에 먼지가 세 뼘이라고 합니다! 따귀
맞을 말이오나 신첩이 한 말씀 드리자면 세상에 열 여자 싫다는
남자 있습니까? 폐하께서 이룩하신 치적에 비해 그 과오는 실로
미미합니다."
 자식을 이기는 부모 없다고 했던가! 두 태비가 한마디씩 건네는
말에 태후는 어느새 눈물을 거두고 웃음을 보이기 시작했다. 위로
받아 한층 밝아진 표정으로 태후가 말했다.

"자네들의 말대로 한낱 어미로서의 기우에 불과하다면 좋겠네. 자매들끼리 이렇게 흉허물없이 터놓고 속엣말을 주고받으니 너무 좋네. 우리야 다 한솥밥을 먹고사는 사람들이 아닌가? 한마디로 황제가 불운하여 득될 게 없는 사람들이지. 좀 못났더라도 으쌰, 으쌰 밀어주는 게 가족이 아니겠나? 전쟁터에선 부자(父子)같아야 히고, 호랑이 잡을 때는 친형제 같아야 한다고 했네. 경씨, 자네는 가서 홍주더러 어떻게든 그 불여우 같은 허씨 여편네를 멀리멀리 내쫓으라고 하게. 눈에서 멀면 마음에서도 멀어지는 게 인지상정 이니까."

그러자 경씨가 급히 아뢰었다.

"그거야 손바닥 뒤집기처럼 쉬운 일이 아니겠습니까. 국자감(國子監)에서 별볼일 없이 코나 후비고 앉아있는 허아무개에게 도대(道臺) 자리 하나 내주어 지방으로 내려보내면 그 가솔이 북경에 남을 이유가 없죠."

경씨의 말에 태후는 한결 안도하여 일층 홀가분한 표정을 지었다.

이때 양심전 태감이 나무쟁반에 노란 보자기를 씌워 그 위에 유포(油布)까지 덮어서 양손에 들고 뜰로 들어섰다. 건륭이 있는 줄 알고 찾아온 게 틀림없다고 생각한 태후가 불렀다.

"황제를 알현하러 왔느냐? 황제께선 익곤궁(翊坤宮)으로 걸음 하셨느니라. 신주단지처럼 받쳐 들고있는 건 또 뭔가, 이리 보세!"

"문후 여쭈옵니다, 태후마마!"

태감이 간사한 눈웃음을 치며 나무쟁반을 온돌 위에 올려놓았다. 예를 갖추고 일어나 유포를 집어 올리며 태감이 공손히 아뢰었다.

"이는 구라파(歐羅巴, 유럽)의 천주교(天主敎) 신부가 올린 공품이옵니다. 폐하께오서 부처님 전에 바치라며 보내셨사옵니다. 부처님께오서 흡족하시면 곁에 두시라고 하셨습니다."

태후가 보니 보드라운 융단 깔린 목판 위에 스무 몇 점의 정교한 옥제품이 놓여 있었다. 그밖에도 무소 뿔로 갈아만든 빗이며 금십자가, 금시계가 열 몇 점씩 있었다. 태후가 빗을 꺼내어 태비들에게 하나씩 선물로 주었다. 노란 보자기를 도로 씌워 한 쪽으로 밀어놓으려던 태후가 다시 보자기를 젖히고 금시계를 꺼내더니 태비들에게 하나씩 나눠주었다. 잠시 머뭇거리던 태후가 경씨에게 금시계 하나를 더 주며 말했다.

"홍주에게 선물하는 거네. 밖에서 일하다보면 꼭 필요할 것 같아서 말이네."

흡족하고 황감하여 어찌할 바를 모르는 경씨를 힐끗 일별하던 태후가 그러나 목판 한 귀퉁이에서 누리끼리하고 약간 검정색을 띤 환약 같은 것을 발견하고는 한참 눈여겨본 끝에 물었다.

"그런데, 이건 뭐지? 처음 보는 건데?"

"이건 아편이라는 물건이옵니다, 태후마마."

태감이 즉각 덧붙여 아뢰었다.

"양귀비꽃에서 추출한 물질을 제련한 것으로서 머리 아프거나 열이 심하게 날 때 손톱만큼 떼어 복용하면 즉효를 볼 수 있다하옵니다."

태감이 이같이 말하며 등뒤에서 돌돌 감은 종이를 꺼냈다. 온돌 위에 펼쳐 보인 그것은 한 장의 서양화였다. 가슴을 아슬아슬하게 드러낸 풍만한 여인이 치마를 석자나 끌고 파란 눈을 요사스레 반들거리고 있었다. 귀에는 팔찌를 해도 좋을 둥근 귀고리를 걸고 있었다.

"아니, 아낄 걸 아껴야지 손바닥만한 천이 모자라 그래 옷을 이 지경으로 만든단 말인가? 젖통이 다 드러나겠네! 귀에 달린 저 바퀴는 또 얼마나 무거울까? 하여간 코쟁이들은 하다하다 별별 짓을 다하는구만!"

태후가 그림을 저만치 밀어내며 연신 혀를 끌끌 찼다.

10. 복강안(福康安)

　황후의 병세를 염려한 건륭이 왕씨와 나라씨를 대동하여 익곤궁에 왔을 때 시각은 술시(戌時)를 가리키고 있었다. 옅은 어둠의 장막이 서서히 내려앉기 시작했다. 먼발치에서부터 탕약 달이는 냄새가 연기처럼 퍼지고 있었다.
　동쪽 별채 뒤편의 작은 방에 불이 밝혀진 가운데 창문너머로 보니 6품정자를 드리운 중년의 태의(太醫)가 처방전을 적고 있었다. 이곳은 청정한 자녕궁과는 달라 낭하에 언뜻언뜻 사람이 자주 눈에 띄었다. 다만 서로 어깨를 스쳐갈 뿐 아무말도 주고받지 않아 뭔가 신비스러운 느낌이 들었다. 어의를 불러 황후의 병세를 묻고 싶었으나 그리하면 자칫 건륭의 인기척을 느낀 황후가 애써 의복을 정제하고 영접 나오느라 도리어 더 불편하게 만들지도 모른다는 염려 하에 건륭은 아무 말 없이 두 귀비에게 눈짓을 하여 함께 정침대전(正寢大殿)으로 향했다.

이제 막 약을 먹고 난 듯 태감 진미미와 당아가 양치질을 하는 황후를 양쪽에서 부축하고 있었다. 수건에 입을 닦고 돌아서려던 황후가 순간 건륭을 발견하고는 일어나 앉으려고 애써 몸부림 쳤다. 그제야 태감과 당아도 건륭을 발견하고는 당황하여 재빨리 무릎을 꿇었다.

"일어나게."

건륭이 당아를 힐끗 쳐다보고는 몸을 숙여 침대에 누운 황후를 유심히 들여다보며 말을 이었다.

"음…… 볼에 혈색이 도는 걸 보니 안색은 어제보다 좋아 보이는군. 그래 아직도 배가 아프고 기운이 없고 어지럽고 그러하오? 짐이 방금 들어오며 보니 태의도 바뀐 것 같더군. 먼젓번 태의의 약이 잘 안 받은 거요? 움직이지 마오. 그대로 누워있어도 누가 뭐라 하는 사람은 없소. 진미미, 베개가 좀 낮아 보인다. 까치가 수놓인 베개를 하나 더 가져다 높여드리거라. 둔하긴! 머리를 이렇게 받쳐야지. 목덜미와 침대 사이에 틈이 많이 나면 머리가 무겁지 않은가!"

진미미를 가볍게 꾸짖으며 손수 황후의 머리를 감싸듯 받쳐 베개를 베어주는 건륭의 자상한 모습을 보며 두 귀비와 당아는 여인 특유의 질투에 사로잡혔다. 그러나 짐짓 아무 내색도 하지 않고 서로를 마주보며 조용히 웃었다.

침대 모서리에 걸터앉아 부드러운 눈빛으로 뚫어지게 자신을 응시하는 건륭의 두 눈 가득한 관심과 사랑을 온몸으로 느끼며 깊은 감동을 받은 황후가 파리한 아랫입술을 살짝 깨물며 웃었다. 그리고는 수줍게 입을 열었다.

"폐하께서 그리 보시니 소인이 쑥스럽사옵니다. 얼마 전까지는 약이 소인의 몸에 맞지 않았던가 보옵니다. 어제는 상황이 최악이었던 것 같사옵니다. 오죽하면 소인이 곧 죽을 것처럼 폐하께 '효현(孝賢)'이라는 시호(諡號)를 내려주십사 하고 미리 청을 드렸겠사옵니까? 오늘 새로 온 어의(御醫)는 전에 있던 태의 하맹부(賀孟頫)의 아들이옵니다. 낮에 그 사람이 맥을 보고 지어준 약을 먹으니 몸이 한결 좋아진 것 같사옵니다. 방금 전에도 한 그릇 먹었사온데 뱃속의 차고 시고 메스껍던 기운이 차츰 사그라들고 대신 한동안 느껴보지 못했던 따뜻하면서도 시원한 느낌이 드옵니다. 의생과 환자도 궁합이 따로 있나 보옵니다."

전날에 비해 한결 밝아진 황후를 보며 건륭이 안도하여 웃으며 말했다.

"어제 시호를 운운하고 나설 땐 정말 괴롭고 야속했소! 뭘 먹으면 기운이 날까 어찌하면 즐거울까만 염두에 두고 노력하면 병마도 겁에 질려 도망간 다오. 그렇지 않고 시호니 십팔지옥이니 온통 나쁜 생각만 한다면 없던 병도 생겨나겠소!"

가볍게 나무라듯 밉지 않게 황후를 흘기는 건륭의 두 눈에는 애정이 넘쳤다. 잠시 후 "황후의 식사를 맡고 있는 정이(鄭二)와 새로온 태의를 들이라"고 명령하고 난 건륭이 그제야 여유를 갖고 당아를 눈여겨보았다. 연두색 긴치마를 입고 털외투를 길게 걸친 그녀는 아기를 출산하고 살결이 더 고와진 것 같았다. 백옥 같은 얼굴에 수줍은 미소가 여전했고, 입을 가리는 섬섬옥수가 한때 자신의 목을 감았던 그 손이라 생각하니 갑자기 온몸이 후끈후끈해지며 이름 못할 흥분이 밀려왔다. 잠시 멍하니 앉아있던 건륭이 웃으며 말했다.

"오래간만이네. 출산 후 더 좋아진 것 같은데, 그래 아이는 잘 크고?"

"망극하옵니다. 폐하! 폐하의 홍복 덕분에 윤택한 나날을 보내고 있사옵니다."

건륭이 자신에게 말을 걸어오자 황감해진 당아가 급히 몸을 낮추며 이같이 말했다. 다시 입을 열어 뭔가 말하려 하자 건륭이 손사래를 쳐 막았다. 그 사이 정이와 태의가 들어섰던 것이다.

건륭이 보기에 태의는 마흔 살 미만의 나이에 얼굴이 길쭉했다.

"자네 하 태의의 아들이라고 했나? 전에 본 기억이 없는데, 이름은 뭐라 부르나?"

건륭이 지엄하게 물어오자 태의가 소리나게 이마를 찧으며 아뢰었다.

"소인은 소명(小名)이 하요조(賀耀祖)이옵고 하맹부의 아들이옵니다. 소싯적부터 가부의 어깨너머로 의술을 익혔사오나 실은 공명에 뜻이 있었사옵니다. 글공부하여 과거에 응시를 했사오나 번번이 낙방하였사옵니다. 그후, 삼십 이립(而立)에야 겨우 효렴(孝廉)이 된 현실을 비관하여 그때부터 벼슬의 꿈을 접고 의술에 정진하게 되었사옵니다. 황산(黃山)의 왕세명(汪世銘)을 스승으로 모시고 기황술(岐黃術)을 연마하여 8년 동안 그 휘하에서 의원 노릇을 하던 중 우연히 안휘순무(安徽巡撫)인 마가화(馬家化)의 천거를 받아 태의원에 들어오게 되었사옵니다……."

"음! 공명에 불우하니 과감히 뜻을 접고 의도를 택했다는 것도 그렇고, 5대에 걸친 실력에도 불구하고 도를 찾아 심산으로 들어갔었다니 그 뜻이 가상하군!"

건륭이 덧붙였다.

"단지 짐이 좀 궁금한 것은, 자네 하씨네의 의술이라면 이미 등봉조극(登峰造極)함이 널리 인정된 가학(家學)이거늘 어찌 자넨 밖으로 떠돌았단 말인가? 자넨 조상의 의술이 아직 미흡하다 생각하는 건가?"

건륭의 질문에 하요조가 정중하게 아뢰었다.

"소인은 부명(父命)을 받아 유학(遊學)을 떠나게 되었사옵니다. 가학(家學)이 남다른 데가 있는 건 사실이오나 등봉조극까지는 못 미친다고 생각하옵니다. 선친께선 이를 미흡하고 부족한 점이 많으니 학문에 좀더 정진하라는 세인의 편달과 격려로 받아들이라고 당부하셨사옵니다. 무릇 대도(大道)의 깊이는 연심(淵深)하여 장량(丈量)할 수 없다고 생각되옵니다. 기황(岐黃)의 변증학(辨證學)은 구소(九霄)에서 삼천(三泉)까지 아우르는 거대한 학문이거늘 죽을 때까지 못다 익힐 의도에 이제 겨우 토끼 눈곱만큼 배워 감히 폐하의 면전에서 의도 두 글자를 세 치 혓바닥에 올린다는 것이 심히 죄스럽사옵니다!"

조용히 귀기울이던 건륭의 눈빛이 진지해졌다. 말은 그 사람의 심사를 대변하는 거울이라 했거늘, 하요조의 응답은 그가 가벼운 존재는 아님을 유력하게 증명해 보이고 있었던 것이다. 흡족한 기색을 보이며 건륭이 치하의 말을 했다.

"이치에 밝고 주관이 또렷한 사람이라 여겨도 그릇됨이 없을 것 같네. 허나, 짐도 의도(醫道)에 그리 어두운 건 아니네. 대도의 연심함은 세 치 구설(口舌)에 있는 것이 아니라 그 사람의 마음속에 있다 하겠네. 병증을 대함에 있어서는 적에게 하듯이 해야 하고, 약을 투여하는 데는 용병하는 마음가짐이 필요하지. 말해보게, 황후의 증세는 어떠한가?"

건륭의 한마디에 탄복하여 오체투지하며 하요조가 연신 머리를 조아렸다.

"소인은 실로 폐하의 드높으신 식견에 놀라울 따름이옵니다. 황후마마께오서 3개월 동안 경혈(經血)이 안보이시고 봉체(鳳體)가 날로 수척해지시니 일전의 어의들은 몸에 쌓인 한기가 발산되지 못하여 임맥(任脈)이 허하고 대맥(帶脈)이 음습한 기운에 막혀 밤에 신음소리가 끊기지 않고 오한에 떤다고 오진했던 것 같사옵니다. 하오나 신은 그 맥박의 진동이 고르지 않은 걸로 보아 희맥(喜脈)이 틀림없다고 생각되옵니다. 마지막으로 한번만 진맥할 수 있도록 윤허해 주시옵소서"

하요조의 말이 끝나기도 전에 건륭의 얼굴엔 어느덧 경이로움에 찬 반가운 기색이 물결쳤다.

"그게 과연 틀림없단 말인가? 윤허하고 말고! 여봐라, 어서 하태의에게 의자를 가져다주거라!"

건륭은 끓어오르는 희열에 똑같이 경황없어 하는 황후와 그 맥을 짚고 있는 태의를 번갈아 보며 어찌할 바를 몰라했다.

한편 질투에 불타 이 역시 한낱 하요조의 오진에 불과하길 간절히 바라는 나라씨의 표정은 어색하기 이를 데 없었다. 왕씨는 딸이라도 낳았으니 슬하에 한점 혈육도 없는 나라씨의 서글픔에는 비할 바 없었고, 다른 빈비들에 비해 황제의 걸음이 잦음에도 다달이 치르는 7일간의 '행사'는 멈출 줄 모르니 내심 아들 하나 점지해 주십사 하고 빌고 또 비는 그 마음이 편할 리가 없었다. 홍안(紅顔)이 하루가 다르게 변해가고 미색도 한 철인데, 단물 빠져 후줄근한 자신을 건륭이 계속 찾아줄 리가 만무하다 생각하니 조바심에 애가 탔다. 두 빈비가 황후의 회임이 사실이 아니길 간절히 기도하고 있을 때 황후의 가녀린 팔목에 손가락을 올려놓고 눈을 지그시 감고 있던 하요조가 자신에 찬 표정으로 머리를 끄덕거리며 확신에 차 말했다.

"폐하, 황후마마, 이는 분명 희맥이 틀림없사옵니다. 만복을 경하드리옵나이다! 일전에 약을 부당히 투입하여 태기(胎氣)가 조금 허해진 것 같사오나 인유(人乳)에 홍당(紅糖)을 타 자주 복용하면 곧 태중의 아기씨도 건실해지실 것이옵니다."

이같이 사뢰며 잠시 생각하던 하요조가 한마디 덧붙였다.

"말띠 여인의 젖이 가장 바람직하옵니다."

흥분하여 숨이 가빠진 건륭이 홍광이 만면하여 큰소리로 말했다.

"황후가 입궁할 때 관상을 보는 이가 의남상(宜男相)이라고 하더니, 과연 그 말 그른 데 없군! 아들은 어미의 음덕을 받아먹고 자란다고 영련(永璉)이 태자로 책봉됨은 당연지사이네. 이제 황후가 건실한 아우를 떡하니 낳아주면 태자가 얼마나 든든하겠소?"

건륭이 즉각 태감 진미미를 불러 명했다.

"내일 당장 건장한 말띠어멈 다섯을 선발하여 익곤궁에 들여보내도록 하거라. 모자라면 민간에 내려가 더 수소문하도록!"

잠시 숨을 돌리고 건륭은 다시 분부했다.

"황금 50냥을 가져와 하요조에게 상으로 내리도록 하라! 하요조에게 5품정대(五品頂戴)를 하사하여 앞으로 태후와 황후 그리고 귀비들을 전문적으로 시봉할 것이다."

'죽을병'에 걸린 줄 알고 유서까지 염두에 두고 있었던 황후로선 자신이 무사함은 물론이요, 복중(腹中)에 용종(龍種)까지 잉태하고 있다는 사실이 처음엔 도무지 믿어지지 않는 듯 얼떨떨한 표정을 지었다. 그러나 곧 벌떡 일어나 앉으며 태의와 그 동안 마음 써준 궁인들을 챙기기에 바빴다. 대견스레 그 모습을 지켜보던 건륭이 그제야 내내 엎드려있던 황후의 주자(廚子) 정이를 향해 웃으며 말했다.

"다 들었으니 짐이 굳이 시시콜콜하게 분부하지 않아도 알아서 잘하리라 믿네. 황후가 자네가 한 요리만큼은 입맛에 맞다고 하니 전처럼 하루에 고기를 적어도 한 냥은 들게끔 자네가 온갖 재주를 보여보게. 그리하면 짐이 고기 한 냥에 은자 한 냥 씩 하사할 것이네."

"황후마마와 복중의 용종을 위해 소인이 백방으로 노력하겠사옵니다!"

정이가 연신 머리를 조아리며 충성을 맹세했다.

익곤궁에는 화기애애한 분위기가 넘쳐흘렀다. 잠시 덕담어린 담소가 이어지고 그사이 잠깐 뭔가 생각하는 듯하던 건륭이 왕씨를 향해 말했다.

"먼저 궁으로 돌아가 있게. 짐이 오늘저녁은 그리로 갈 것이네."

쑥스러움과 반가움에 다소곳이 고개 떨구는 왕씨를 일별하며 건륭이 이번에는 황후를 향해 입을 열었다.

"우리 천가에 또 한번 경사가 나게 됐으니 아무쪼록 복중의 용종을 잘 지켜주기 바라오. 무슨 일이 있으면 왕씨를 통해 짐에게 전하도록 하시오. 짐은 당아와 함께 나라씨 처소에 잠깐 들를까 하오."

이에 황후가 웃으며 말했다.

"신첩이 무슨 긴요한 일이 있겠사옵니까? 전에 서장(西藏)의 활불(活佛)이 보낸 향이 거의 소모되어 가오니 인편에 기별하여 좀더 보내왔으면 하옵니다."

"앞으론 그런 자질구레한 일에까지 심려를 기울이지 마시오."
건륭이 웃으며 덧붙였다.

"짐이 양심전에 하명하여 빠른 시일 내에 보내오도록 할 것이네!"

말을 마친 건륭은 곧 나라씨와 당아를 대동하여 밖으로 나갔다.
나라씨의 처소는 어화원(御花園) 동쪽에 위치한 경화궁(景和宮)이었다. 귀비의 침궁인지라 규모나 모든 시설 면에서 익곤궁과 종수궁보다 조금 차이가 있을 뿐 대체로 비슷했다. 앞에는 오령대전(五楹大殿)이 덩실하니 산 같은 위용을 자랑했고 와실(臥室)이 있는 여섯 칸 짜리 대옥(大屋)은 동쪽으로 두 칸이 손님접견용이요, 서쪽 두 칸에는 궁녀들이 머물러 있었고, 가운데 두 칸은 나라씨가 기거하는 곳이었다.

세 사람이 정침전(正寢殿)에 들어서니 순간 아늑하고 따사로운 기운이 은은한 향기와 더불어 심신을 편하게 어루만져 주었다. 나라씨의 몸을 탐닉하게 만들었던 이름 모를 향이 건륭을 취하게 했다. 건륭과 당아의 관계를 알고부터 자신의 침실을 가끔 내주었던 나라씨였다. 당아가 출산하고 나서 처음 회포를 푸는 두 사람인지라 나라씨는 질투와 미움으로 속이 속이 아니었지만 애써 담담한 척 행동했다. 온돌에 걸터앉은 건륭의 장화를 벗기고 어깨에 걸쳤던 망토를 조심스레 떼어냈다. 쑥스러워 볼이 발갛게 익은 당아와 하룻밤 운우지정을 고대하는 듯한 건륭의 조바심을 온몸으로 느끼며 나라씨가 당아에게 말했다.

"백합향이 다 떨어졌네? 가서 가져올 테니 자네가 그 동안 폐하를 시중들게……."

묘한 여운을 남기며 물러가는 나라씨의 뒷모습을 보며 당아는 어찌할 바를 몰라했다. 그사이 눈치 빠른 궁녀들도 어느새 종적을 감추고 말았다.

침전(寢殿) 안은 잠깐 적막이 감돌았다. 싸락싸락 바람에 싸라기 이는 듯한 눈 소리와 궁전 모퉁이의 자명종 바늘이 움직이는 소리만 느리지도 빠르지도 않게 방안을 가득 채우고 있을 뿐이었다.

"당아, 짐에게로 가까이 오게……."

너울대는 촛불 밑에선 당아의 풍만한 젖무덤이 탐스러웠다. 의대(衣帶)를 만지작거리며 수줍게 고개를 떨군 곡선이 완만한 하얀 뒷덜미가 건륭의 불붙는 욕정에 키질을 했다.

"애를 낳았어도 미모는 여전하구려……. 어서 이리와 보게……."

여전히 늠름하고 의연한 건륭의 숨결을 느끼며 아래가 흥건해지는 쾌감에 오싹 떨며 당아가 다가갔다. 독수리 병아리 덮치듯 건륭은 그녀의 가녀린 허리를 꺾었다. 수줍음에 입을 꼭 다물고 있는 앵두 같은 입술을 사정없이 파헤친 건륭은 그 발갛게 날름대던 혀를 탐욕스레 빨아대며 어느새 취한 듯 흥얼대며 신음하는 여인의 속곳 안으로 손을 집어넣었다. 봉긋하고 탄력있는 젖무덤이 오똑했고, 검은 숲이 무성한 은밀한 그곳이 질펀했다. 거친 숨소리를 내며 건륭이 다그치듯 물었다.

"그 동안 짐이 많이 그리웠지? 짐과 만리장성을 쌓고 싶었지? 자넨 짐의 혼을 빼놓는 요정이야, 요정……."

눈을 살짝 감은 채로 볼우물을 파며 당아가 속삭이듯 말했다.

"그 사람과 할 때마다 폐하인 줄로 착각할 정도였나이다. 너무 너무 그리웠사옵니다……."

당아는 떨어질세라 건륭의 목을 더욱 힘주어 껴안았다.

그러나 어찌된 영문인지 건륭은 마치 냉수욕을 하고 난 사람처럼 차갑게 식어가고 있었다. 빳빳하게 일어나 그녀를 한껏 달궜던 남성도 어느새 후줄근하여 맥없이 꺾어지고 말았다. 까닭을 몰라 당황해하는 여인의 팔을 풀어내며 건륭이 말했다.

"낙양화(洛陽花)가 곱다 한들 내 것이 아님에야……! 당아, 짐이 잠깐 깜빡했던 것 같네. 일년 전 함약관(咸若館) 화원(花園) 관음정(觀音亭)에서 헤어지면서 자네한테 했던 약조를 말이네."

"신첩, 그날을 또렷이 기억하고 있사옵니다. 하오나 신첩은 폐하를 가까이에서 섬길 수만 있다면 십팔지옥에 떨어져도 여한이 없사옵니다."

"무슨 그리 흉흉한 말을 하나!"

건륭이 급히 그녀의 입을 막았다.

"짐은 더 이상 자네와 이런 자리를 가지면 안 되네. 푸헝의 체면도 지켜줘야 하고, 짐의 아들도 그늘 없이 자라게 해줘야 하네. 매일 같이하지는 못할지라도 살아만 있다면 가끔씩은 얼굴을 볼 수는 있지 않겠나? 짐은 자네가 금하의 전철을 밟게 할 순 없네……."

축축하게 젖은 목소리로 이같이 말하는 건륭의 눈가엔 간절함이 묻어났다. 높고 높은 현실의 장벽을 느끼며 소리죽여 흐느껴 우는 당아를 살포시 감싸안으며 건륭이 위로를 했다.

"그래도 자네를 향한 짐의 마음은 변치 않을 것이니 너무 슬퍼하지 말게. 황홀했던 추억을 벗하며 잘 살아주게. 그리고, 자네 이번에 입궐하여 달리 할말이 있는 것 같은데, 짐이 과연 자네의 속내를 제대로 읽었는지 모르겠군."

눈물을 닦고 옷섶을 단정히 여미고 난 당아가 다소 주름져 올라간 건륭의 장포 자락을 당겨 펴며 한숨을 지으며 대답했다.

"아이가 내일 백일잔치를 앞두고 있사온데, 아직 부를 이름이 없지 않사옵니까? 폐하께오서 전에 복강안(福康安)이라는 이름을 하사하시기로 약조하셨기에……."

당아가 말끝을 흘렸다. 이에 건륭이 대수롭지 않게 허허 소리내어 웃으며 말했다.

"그래, 아비가 돼서 이름 석자 지어주지 않을까봐 서 눈썹 휘날리며 달려왔단 말인가? 걱정 말게. 짐이 벌써 부처님께 아뢰어 복강안이라고 정했네! 내일 하객들이 운집한 마당에 짐이 태감을 파견하여 지의를 전달하도록 할 것이네! 어떠한가, 이 정도면 짐이 그리 몰인정한 건 아니겠지?"

하객들이 다 모였을 때 지의를 내려 이름을 하사한다는 말에 샐쭉해있던 당아는 금세 얼굴에 복사꽃이 피어났다.

"망극하옵니다, 폐하! 신첩, 역사적인 그 순간을 고대해 기다리겠사옵니다."

"용종이 분명함에도 황자의 명분을 당당하게 하사할 수 없다는 것이 그 아이한테는 참으로 미안하구려."

건륭이 무거운 어투로 덧붙였다.

"푸형이 별볼일 없는 무지렁이 국구(國舅)였다면 짐이 이 눈치 저 눈치 볼 것 없이 자네를 입궁시켰을 텐데! 그런데, 하필이면 호랑이에 날개 돋친 듯 잘 나가는, 종묘사직에 꼭 필요한 인물이니 자네와 강안(康安)을 빼앗아올 수가 없네. 이것도 다 팔자 소관인 것 같네!"

자신의 남정네가 황제에게 꼭 필요한 인물이라니 일단 기분만은 좋은 당아가 문득 푸헝이 서정(西征)을 소원하던 모습을 떠올렸다. 잠시 생각 끝에 당아가 입을 열었다.

"폐하께오서 신첩을 위하는 심지가 이리도 깊고 넓으시니 신첩은 이 몸을 가루로 만들어 흩뿌려도 그 성은을 다 갚지 못할 것이옵니다. 소인의 남정네도 늘 폐하 같은 주군을 섬기게 된 것이 얼마나 다행인지 모른다며 감개에 젖어 변함없는 대장부 충성을 맹서하곤 했사옵니다!"

자연스레 운을 뗀 당아는 은근슬쩍 푸헝이 군사를 이끌고 금천 지역으로 출전하고 싶어한다는 의사를 내비쳤다. 그리고는 덧붙여 아뢰었다.

"솔직히 소인의 남정네 푸헝이라면 나친보다야 체격도 실하고 전투경험이 풍부하지 않겠사옵니까? 일전에 흑사산 전투 때도 푸헝이 표고(飄高)의 소굴을 까부수었으니 망정이지 장광사의 부하 장령 범고걸(范高傑)만 믿고 있었더라면 사태는 아무도 낙관할 수 없었을 거라고 들었사옵니다!"

말을 마친 당아는 건륭을 뚫어지게 바라보았다.

"금천 전투는 조정에서 이미 적임자를 물색해 놓은 상태이네."

건륭의 목소리가 불현듯 높아졌다. 자르듯 이같이 말하며 궁전 입구로 다가간 건륭이 당직태감에게 하명했다.

"차 한잔 내어오거라. 귀비 나라씨더러 들라하라."

사뭇 무뚝뚝한 표정으로 돌아선 건륭이 당아를 향해 말했다.

"결자해지(結者解之)라고 했네. 그곳은 경복(慶復)이 발을 담궜던 곳인지라 이번에도 경복을 파견하기로 했네. 전쟁이 아이들 장난인 줄 아나? 전공(戰功)이 하늘에서 떨어지는 호떡 받아먹듯 그리 호락호락한 건 아니네. 한마디로 경복이 반곤(斑滾)을 놓쳤고 장광사(張廣泗)가 4, 5만 인마를 거느리고 수년간 죽치고 있으나 아직 이렇다 할 전과(戰果)를 올리지 못하는 실정이네. 금천지역은 이렇듯 먹자니 맛이 없고 버리자니 아쉬운 '계륵(鷄肋)' 같은 존재라네. 서장으로 통하는 길목의 안전을 확보하는 차원이 아니라면 짐도 이리 서두르진 않았을 거네. 나친과 푸헝은 전쟁을 톡 건드리면 툭 떨어지는 감처럼 쉽게 생각하고 있는 게 문제라 하겠네."

그사이 나라씨가 은병(銀甁)을 들고 들어섰다. 조용히 차 한잔을 따라 올리고는 한 발 물러나는 나라씨를 향해 건륭이 머리를 끄덕이며 웃어 보였다. 그리고는 말을 이었다.

"그밖에 이유를 굳이 말하라면 나친과 푸헝은 둘다 짐의 왼팔, 오른팔 역할을 충실히 해내고 있는 지위막중한 재상들이네. 듣기 거북하겠지만 그건 경복이 싸지른 똥을 짐의 두 고굉(股肱)들더러 치우라는 격이 아니고 뭔가? 무슨 말인지 알겠소?"

"예, 폐하!"

"더 심오한 도리를 자넨 모를 거네."

건륭이 정색하며 말을 이었다.

"짐은 비록 천자(天子)라 일컫는 천하지존(天下至尊)이지만 따지고 보면 한낱 하늘의 심부름꾼에 불과하네. 사직(社稷)은 공기(公器)로서 추호의 사심도 개입되어선 아니 되네. 얼굴 붉힐 것 없네, 당아. 짐이 가장 경중(敬重)하게 여기는 황후일지라도 정무에 관여할 권한은 없네. 정령(政令)이 천자 한 사람에게서만 나올 때라야 천하는 태평할 수 있는 것이네. 그렇지 않고 개나 소나 다 떠들고 다니면 천하는 불안할 수밖에 없지. 공과 사는 엄연히 다른 것이거늘 분명히 해야지. 방금 했던 말은 안 하느니보다 못했네. 푸헝이 자네더러 입궐하라고 등을 떠밀었나?"

건륭이 되도록 부드럽고 여유있게 말한다고는 했지만 언중유골을 감지한 당아는 얼굴이 달아오르고 가슴이 콩닥거리는 걸 주체할 수가 없었다. 애써 뛰는 가슴을 누르며 당아는 급히 건륭의 질문에 대답했다.

"소인이 괜한 말씀을 사뢰어 몰상식한 속내를 드러내고 말았사옵니다. 하오나 이는 분명 소인의 짧은 소견에서 나온 치졸한 발상일 뿐 절대 그 사람 뜻은 아니옵니다. 그 사람은 되레 절대 부처님이나 황후의 면전에서 자신의 토끼꼬리만한 정적(政績)을 운운하여 웃음거리 만들지 말라고 신신당부하였사옵니다. 그 사람은 폐하께오서 소인을 이렇게…… 단독으로 만나주실 줄은 꿈에도 생각하지 못할 것이옵니다. 모두 소인이 사려가 깊지 못하여 야기된 오해이옵니다. 부디 하해와 같은 아량으로 용사(容赦)해 주시옵소서……."

당황하고 겁에 질린 나머지 당아는 부들부들 떨며 무릎을 꿇었다.

"짐의 한마디에 고양이 앞에 잡혀온 쥐처럼 그리 공포에 떨건 없네. 어서 일어나게!"

건륭이 그녀를 일으키는 시늉을 했다. 당아가 일어나기를 기다려 건륭이 가볍게 미소를 지으며 말했다.

"그렇게 큰 잘못을 저지른 건 아니네. 푸헝은 조정을 위해 기꺼이 전쟁터로 분전(奮戰)하러 가게 해달라고 청을 하는 것이지 나가라고 명하는데도 교묘히 피해가려고 수작을 부리는 건 아니지 않은가! 짐이 그 뜻을 알고 있으니 조만간 능연각(凌煙閣)에 모습

남기고 현량사(賢良祠)에 이름 석자 박을 입신양명의 기회를 줄 것이네. 그런데, 자네 입에서 이런 말이 나와선 곤란하지 않겠나? 푸헝이 자기 마누라 앞세워 억지로 공로를 훔친 졸장부라고 사책(史冊)에 불명예를 남기길 원하는 건 아니겠지?"

이같이 말하며 건륭이 고개 떨군 당아의 어깨에 손을 얹었다. 그리고는 부드럽게 음성으로 덧붙였다.

"돌아가서 아들 탕병회(湯餠會, 백일잔치)를 잘 치르게. 짐도 내일 사람을 보낼 거네. 나라씨, 난교(暖轎)를 부르게. 아직은 산모(産母)라고 해야 하는데, 일반 수레는 너무 흔들려 안 좋을 것이네."

복강안(福康安)의 백일 탕병회를 맞아 집안은 음식을 만든다, 손님 맞을 준비를 한다 쉴 틈 없이 분주했다. 그러나 이상하게도 손님들 중에 남객(男客)은 극히 드물었다. 푸헝이 3일 전에 대문 밖에 방(榜)을 내붙였기 때문이다.

> 예물을 들고 내방한 모든 관원들은 모두 예품(禮品)에 자신의 이름을 명시하고 가격대를 제시해주기 바람. 귀가할 때 그 값어치에 해당한 은자(銀子)를 회례(回禮)로 내어줄 것임. 친지, 옛 지기도 예외는 아님!

이런 자리는 자고로 벼슬과 공명의 지름길을 기웃거리는 사람들이 바리바리 싸들고 권력에 아양떠는 은밀한 장소로 각광을 받았음은 주지하는 바였다. 이제 푸헝이 미리 선수를 치고 나섰으니 주머니 사정이 빈약한 경관소리(京官小吏)들이 남의 애 재롱이나

보려고 찾아올 리는 없었다.
 그러다 보니 몇 안 되는 남객들은 대부분 푸헝이 내무부에서 산질대신(散秩大臣)으로 일할 때 사귀었던 가난한 서무관들이었다. 간혹 고차헌교(高車軒轎)의 고관대작들도 눈에 띄었으나 모두가 홀가분하게 빈손으로 들어와 덕담을 건네는 것으로 예를 갖추고 있었다. 화려한 상차림은 아니었어도 부지런히 음식을 준비하는 가인들의 가랑이엔 바람이 일었다.
 한편 당아에게서 건륭이 자신의 출정을 윤허하지 않았다는 전후자초지종을 전해들은 푸헝은 당아가 괜한 짓을 했다며 나무랐다. 건륭이 무슨 말을 어떻게 하였으며 표정이며 말투는 어떠했는지를 다그치듯 물었다. 고운 얼굴에 뾰로통한 기색이 완연한 당아의 입에서 홱 집어던지듯 튀어나온 말들을 반복하여 곱씹고 되새김질하며 푸헝은 건륭의 자신에 대한 기대가 어느 정도인지를 알 수 있었다. 그러나 자신의 허락도 없이 일을 저지른 당아에 대한 원망은 쉬이 그치지 않았다.
 "경복이 금천으로 되돌아가는 건 이미 성지(聖旨)까지 내려진 상태인데, 여자가 뭘 안다고 가서 잿더미 들쑤시고 그래? 그런 식으로 성심을 되돌릴 수 있다면 내가 우리 누이를 찾아가도 열두 번은 찾았을 거 아니야? 다행히 폐하께오서 하해와 같은 도량으로 너그러이 이해해주시니 망정이지 쇠꼬챙이에 콱 찍혀버렸더라면 내 인생 어찌될 뻔했어?"
 "저도 당신 인생 종치게 만들려고 작정한 건 아니잖아요!"
 가까스로 감정을 눅자치는 듯 가슴이 오르락내리락하던 당아가 신경질적으로 발을 탕 구르고는 휭하니 안방으로 들어가 버렸다. 당아의 울음 섞인 그 한마디가 뒤늦게나마 마음에 와 닿은 푸헝이

복강안(福康安) 199

이불을 뒤집어 쓴 부인을 달래느라 밤이 깊도록 진땀을 뺐음은 자명한 일이었다.

이튿날 이른 새벽에 태감 왕충이 달려왔다. 푸헝이 허겁지겁 맞이하니 뜰에 선 채로 태감은 지의를 선독(宣讀)했다.

"푸헝은 짐의 고굉이자 근척(近戚)이며, 이 나라의 훈구(勳舊)이다. 득남을 진심으로 경하하여 황태후의 의지(懿旨)에 따라 푸헝의 장자에게 '복강안(福康安)' 이름 석자를 하사하는 바이다. 아울러 차기교위(車騎校尉)직을 세습하여 양신(良臣)의 변함없는 충직을 고무한다!"

황감해 마지않아 하며 푸헝 부부는 연신 머리를 조아려 지의를 받았다. 왕충에게 상을 내린 다음 푸헝은 입궐 차비를 서둘렀다. 태후와 황제를 면견(面見)하여 사은을 표하려는 것이었다.

가슴 벅찬 감동에 푸헝이 정신없이 중문을 나서니 뜰엔 빗자루를 든 하인들이 눈을 치우느라 여념이 없었다. 벌써 하객들이 흰 입김을 내뿜으며 하나둘씩 들어서고 있었다. 갈길 바쁜 푸헝이 가벼운 인사만 건네고 서둘러 밖으로 나가려 할 때 골목길에서 두 사람이 어깨를 나란히 한 채 성큼성큼 걸어오고 있었다. 푸헝이 힐끗 쳐다보니 내무부 동료였던 돈민(敦敏), 돈성(敦誠)형제였다.

대뜸 반색하며 푸헝이 몇 걸음 재우쳐 다가가 말했다.

"어서 오오, 반갑소! 그래도 이 사람을 잊지 않고 와주니 참으로 고맙소! 그래 아직 종학(宗學)에서 교습(教習)으로 있고?"

두 사람의 손을 양손에 하나씩 잡고 푸헝이 이것저것 관심 있게 물었다.

"빈손으로 억센 입만 쳐들고 왔는데, 뭐가 그리 반갑소!"

조용한 돈민과는 달리 성격이 시원시원하고 호탕한 돈성이 격의없이 웃으며 말했다. 푸헝이 갈길이 급하다며 두 사람더러 먼저 술잔 기울이고 있으라며 등 떠밀고 있을 때 대문 밖이 갑자기 소란스러웠다. 문지기가 누군가를 밀치며 거칠게 내모는 소리가 들려왔다.

"이게 무슨 소리야? 오늘이 무슨 날인데 아침부터 큰 소리내고 그래?"

푸헝이 마름 왕씨를 불러 대뜸 고함을 질렀다.

"행색이 꾀죄죄한 여자가 애까지 안고…… 아기씨의 백일을 축하하러 왔다고 하옵니다."

왕씨가 급히 아뢰었다.

"황제에게도 궁친(窮親)이 셋은 있다고 했어!"

푸헝이 안색을 흐리며 말을 이었다.

"외양만 보고 자초지종도 묻지 않은 채 사람을 문전박대하다니! 어서 들이지 못할까!"

푸헝의 호통에 왕씨가 연신 굽실거리며 뒷걸음쳐 대문 밖으로 나갔다. 잠시 숨 돌리는 사이 스무 살 가량의 젊은 부인이 등에 곤하게 잠든 어린아이를 업고 들어섰다. 왼팔에 대나무 바구니를 끼고 조심조심 다가오는 여인의 하얗게 바랜 솜저고리에 천을 덧대어 기운자리가 더덕더덕했다. 한눈에 남루해 보이긴 했지만 꾀죄죄한 인상은 아니었다.

한편 첫눈에 어딘가 눈에 익어 눈시울을 좁히며 고개를 내밀어 열심히 뜯어보던 푸헝은 여인이 좀더 가까이 다가오는 순간 그만 깜짝 놀라 큰소리로 외치고 말았다.

"아니 이게 누군가? 방경(芳卿), 자네가 그 먼 서산(西山)에서 여기까지 찾아오다니! 이 추운 날에 애까지 업고!"

놀란 나머지 연신 혀를 차며 푸헝이 멍하니 서 있는 하인에게 명했다.

"어서 바구니를 받아주지 않고 뭘 해!"

바구니를 내려놓으니 한결 홀가분해진 듯한 방경이 파리한 얼굴에 미소를 띠우는 모습을 안쓰럽게 바라보던 푸헝이 그제야 돈민과 돈성 형제에게 소개를 했다.

"자네들 우리 집에서〈석두기(石頭記)〉를 빌려보고 조설근(曹雪芹)을 침이 마르게 칭찬했었지. 이 사람이 바로 조설근 선생의 안사람이오. 가내(家內)와도 잘 아는 사이지. 날도 추운데 없는 살림에 이렇게 수선떨고 나설까봐 일부러 알리지 않았는데 어찌 알고……."

조설근이라면 문명(文名)이 하이(遐邇)한지라 엄청난 부호는 아니어도 적어서 소강(小康) 수준은 될 줄 알았던 돈민, 돈성 두 사람은 빈한하기 이를 데 없어 보이는 방경의 행색에 그만 억이 막혀 할말을 잃고 말았다. 잠시 멍해있던 돈성이 급히 예를 갖춰 방경에게 인사하며 말했다.

"처음 뵙겠습니다, 부인! 설근 선생은 근자에 평안하십니까? 여전히 북경에 계시고요?"

행색이 초라하다 하여 밖에서 문전박대를 당했던 방경은 그러나 자신의 남정네 이름을 듣자마자 깍듯이 예를 갖추는 두 귀공자를 보며 부담스러운 듯 몸을 비스듬히 틀어 예를 피하려 했다. 그러자 푸헝이 웃으며 말했다.

"이 둘은 정종(正宗) 금지옥엽이오. 태조(太祖) 때 영친왕(英親王)의 5세 적손(五世嫡孫)이니 명실상부한 종실 귀공자들이지! 둘 다 종학에서 글공부를 하며 글재주 또한 비상하다오. 설근의 글이라면 끔뻑 죽는 설근의 충실한 '주구(走狗)'라고 해도 과언이 아니오!"

시무룩하게 웃고만 있는 돈민과 달리 돈성은 푸헝의 농을 받아넘겼다.

"설근 선생은 내가 탄복하여 오체투지(五體投地)라도 할 판인데, '주구(走狗)'면 어떻고 '우마(牛馬)'면 어떻겠어요. 여기서 이렇게 사모님을 만난 것도 연분이네요, 자, 무거우실 텐데 아기는 제게 맡기세요, 괜찮죠?"

"고맙긴 하지만 미안해서 어찌……."

몇 십리 눈길을 아기를 업고 걸어오느라 기진맥진해 있던 방경이 다짜고짜 아이를 받아 안으려는 돈성에게 못 이기는 척하며 띠를 풀었다. 그리고는 난감한 기색이 역력한 표정으로 말했다.

"나중에 여가를 타서 누추하나 저희 한사(寒舍)에 걸음을 해주시면 따뜻한 차 한잔이라도 올리고 싶사옵니다. 그 사람도 대단히 반가워하실 것이옵니다!"

말을 마친 방경이 이번에는 푸헝을 향해 입을 열었다.

"아시다시피 하루 세 끼 때우는 것이 전쟁인 저희 궁색한 살림살이에 마음뿐이지 달리 들고 올만한 물건이 없었사옵니다. 소인이 한 땀 한 땀 정성을 담아 아기씨의 백일의복과 호두화(虎頭靴) 한 켤레를 만들어 보았사옵니다. 천리 길에 거위털이라고, 예경정의중(禮輕情義重, 물건은 가벼우나 정만은 무겁다)이라 여겨주시면 고맙겠사옵니다."

이에 푸헝이 그 속에 담긴 깊은 뜻을 알고도 남음이 있다는 듯 웃으며 머리를 끄덕였다.

"난 급한 일이 있어 입궐해야 하니 들어가서 희주(喜酒) 한잔 받아 마시고 맛있는 것도 많이 먹고 가게. 회례(回禮)도 준비됐으니 가져가고. 이봐, 왕씨! 여기는 회례를 배로 들려 보내도록 하게!"

"그리하겠사옵니다!"

방경의 가녀린 어깨를 살짝 잡아 주고 난 푸헝은 서둘러 문 밖으로 나갔다.

하객은 갈수록 밀려들고 낭하(廊下)며 전당(前堂), 중당(中堂) 어디나 연회석이 즐비했고, 제자리를 찾아가느라 웅성웅성거리는 사람소리로 떠나갈 듯했다. 후당(後堂)에는 남의 집 홍백사(紅白事)를 기가 막히게 알고 찾아온 동네 풍각쟁이들이 신들린 듯 연주에 열을 올리고 있었다. 폭죽연기가 매캐한 가운데 금옥잠두(金玉蠶頭) 현란한 고명부인(誥命婦人)들이 품위 있게 예를 주고받으며 들어섰다.

자신이 가져온 선물을 대바구니째로 마름 왕씨에게 넘겨주고 뭐라뭐라 몇 마디 귀엣말을 하며 돌아선 방경이 자신의 아이를 숨넘어가게 까르르 웃기며 데리고 노는 돈성, 돈민 두 형제에게로 다가갔다. 아이를 받아 등에 업으며 방경이 말했다.

"전 그만 가봐야겠어요. 오늘 같은 날은 있어봤자 부인을 따로 뵐 수도 없고, 그렇다고 별 도움도 안될 것 같네요. 한사(寒舍)가 서산 너머 괴수(槐樹) 마을에 있사오니 괜찮으시다면 언제든지 들러주세요!"

등돌려 두어 발짝 걸어가는 방경을 아쉬운 눈매로 바라보던 돈민이 급히 불러 세웠다.

"사모님, 굳이 따로 시간을 내느라 하지 말고 지금 사모님을 따라가면 안 될까요? 자연스레 이어지는 만남이 배로 즐겁거든요. 여기 있어봤자 술밖에 더 마시겠어요? 우리가 타고 온 타교(馱轎)에 사모님과 아기씨가 타고 가시고, 우리 둘은 말을 빌려 타고 뒤따라가도록 할게요. 눈길에 말을 타고 벗 만나러 가는 것도 일대 쾌사가 아니겠어요?"

"그러시죠!"

잠시 생각하여 방경이 흔쾌히 대답했다.

"그이의 벗들을 보면 하나같이 취향이 비슷한 것 같아요! 그럼 염치없으나 저희 모자 호강 한번 해보겠습니다."

그렇게 말을 탄 돈민, 돈성 형제는 조설근을 찾아 서산을 향했다.

11. 풍류남아(風流男兒)

　청나라 때의 타교(馱轎)는 '전삼후사중오척(前三後四中五尺)' 이라고 하여 앞부분이 3척, 뒷부분이 4척이고, 두 마리의 노새가 끄는 중간수레는 길이가 5척이었다. 안에는 서로 마주보고 네 명은 넉넉히 앉을 수 있게 의자가 두 개 놓여 있었다. 돈민의 이 타교는 오동나무로 만들었고, 비바람을 막기 위한 유포(油布)가 빈틈없이 둘러져 있었다. 이같이 추운 겨울에는 묵직하고 따뜻한 방한용 털 담요도 씌워져 있어 한겨울임에도 전혀 추위를 느낄 수 없었다. 신새벽부터 추위에 떨고 나선 방경은 수레에 타자마자 흔들흔들 품위있는 움직임에 그네를 탄 듯 편히 잠들어버리고 말았다.
　한편 수레와 멀지 않은 거리를 두고 가며 시조를 읊기도 하고 함께 음창하기도 하던 돈민 형제는 저만치 괴수마을이 시야에 들어오자 쾌마가편(快馬加鞭)하여 방경이 탄 수레를 따라잡았다.

마을에 들어 어느 집인지 몰라 잠시 멈춰선 수레꾼들을 대신하여 돈성이 수레의 면렴(綿簾)을 걷어올리며 나직이 불렀다.
"사모님! 다 왔습니다, 사모님!"
"어머!"
그 부름소리에 눈을 번쩍 뜬 방경이 눈에 익은 창 밖의 정경을 보며 쑥스럽게 웃으며 말했다.
"깜빡 졸았어요……. 저기 저 꺾어진 과수나무가 보이시죠. 그 오두막이에요."
조금 더 가서 돈민 형제의 부축을 받으며 조심스레 수레에서 내려선 방경이 허름한 울타리를 밀고 안으로 들어갔다. 잠시 후 거적문이 열리는 소리와 함께 굵직하고 시원스런 웃음소리와 함께 사내의 음성이 들려왔다.
"시문(柴門)에 수레소리가 웬일인가 했더니 귀한 손님이 거동하셨군! 누추한 거처를 찾아주시어 참으로 고맙소!"
맨발로 뛰쳐나와 두 사람과 서로 예를 갖춰 인사하며 조설근이 후덕한 미소를 지었다.
"날도 추운데 어서 안으로 드시오. 귀한 손님이 오실 줄 알았으면 좀 치웠을 텐데, 너무 누추해서 미안하게 됐소."
"별 말씀을요! 선생의 우레 같은 대명(大名)은 익히 들어 경앙해마지 않았소."
돈민이 점잖게 웃으며 말을 이었다.
"〈석두기〉 11장 원고를 빌려서 읽었는데, 어찌나 감명이 깊었던지 몇 날 며칠 잠을 못 잤다는 거 아니오. 꼭 한 번 뵙고 싶었는데 오늘 소원성취를 했으니 실로 삼생(三生)의 행운이 아닌가 싶소!"

점잔을 빼는 형과는 달리 주위를 두리번거리며 고개를 기웃기웃하던 아우 돈성이 사람 좋게 웃으며 말을 받았다.
"배산임수(背山臨水)의 절경이신데, 누추하다니 웬 말씀이오! 양춘가절(陽春佳節) 봄이 오면 졸졸졸 시냇물 소리에 귀를 씻고, 도림(桃林)의 꽃향기에 마음 갈피를 헹구어내며 서산의 만하(晚霞)에 안주하여 술잔 기울이는 기분이 그대로 죽어도 여한이 없을 것 같은데!"
돈성의 너스레 아닌 너스레에 조설근이 호탕하게 웃으며 답했다.
"하기야 서리(胥吏)들의 세금독촉에 주점(酒店)의 외상값 아우성만 아니라면 풍류의 묘미는 이를 데 없는 곳이지."
격의 없는 세 사람의 앙천대소가 찬 공기를 가르며 멀리멀리 퍼져나갔다. 첫 대면의 어색함이 흰 입김과 더불어 가뭇없이 날아가버리는 순간이었다.
아우 돈성에 비해 차분하고 꼼꼼한 돈민이 방안을 유심히 둘러보았다. 서쪽으로 서까래를 깐 커다란 구들이 있었고, 더덕더덕 덧기운 이불과 요때기가 덩그러니 초라했다. 그 옆에 강보에 싸여 쌔근대는 갓난아이가 서 발 막대기 휘둘러도 걸릴 게 없는 적막강산에 넉넉한 마음의 여유를 느끼게 했다. 구들 한가운데는 낮은 탁자에 붓이며 벼루, 먹이며 화선지가 어지러이 널려 있었다.
"추운데 어서 구들에 올라앉으시죠."
조설근이 반쯤 넋이 나간 채 방안을 두리번거리고 있는 형제를 보며 급급히 어지러운 것들을 탁자 째로 한 편에 밀어놓으며 말했다.
"앉을 자리도 없이 어질러놓아도 돈이 되는 건 없소. 웃지 마오,

설이 빌모레인데 고기냄새라도 맡아볼까 해서 여기저기 부탁을 받고 동네 영련(楹聯)이나 써주려던 참이오."

방경이 건네는 찻잔을 받아든 후 자세히 뜯어본 조설근은 건장한 체구에 걸맞게 검실검실 모난 얼굴에 싸리나무 빗자루 같은 눈썹이 인상적이었다. 하얗게 바랜 면 두루마기를 입은 넓은 어깨에 굵게 땋은 까만 머리채가 길게 드리워져 있었다. 자신이 상상했던 외양과는 판이하게 다른 조설근을 보며 돈성이 피식 웃으며 입을 열었다.

"설근 선생, 내가 그대를 〈홍루몽〉의 남자 주인공 가보옥(賈寶玉)처럼 어딘가 아녀자의 청순함을 닮은 책만 읽는 서생의 향취가 다분한 미남으로 생각해 왔다면 웃기겠죠? 설근 선생이 산 같은 거구의 부리부리한 장군상(將軍相)일 거라곤 꿈에도 그려본 적이 없었소!"

돈성의 말에 돈민과 조설근은 크게 웃었다. 솥에 쌀을 일어 안치던 방경도 웃음을 금치 못했다.

잠시 후 설근이 말했다.

"그런 오해는 종종 받았소. 옛날에 사마천(司馬遷)이 장량(張良)의 대영웅, 대장부 명성만 듣고는 틀림없이 사자 덩치에 호안(虎眼)이 부리부리한 7척 사내일 거라 상상했다고 하지 않소! 그런데 막상 대면해 보니 곱기가 미부(美婦)같고 온화하기가 처녀 같은 사람이었다지 뭐요. 또 전에 어떤 재상의 딸은 연극에 미친 나머지 장원급제한 수재들은 모두가 재모를 겸비한 줄로 착각하고 그 어떤 만석부자도 외면한 채 오로지 장원만을 고집하여 날을 잡았다고 하지 않소. 그런데 화촉을 밝힌 동방에서 붉은 천을 벗겨준 장원신랑을 보는 순간 허리는 십위(十圍) 장독대요, 얼굴은 석삼년 묵은 돼지인지라 그 자리에서 그만 혼절해버렸다고 하……."

조설근의 말이 이어지는 동안 돈성, 돈민 형제는 배꼽을 잡고 뒤로 넘어갔다. 고즈넉한 절을 방불케 하던 가난한 뜰에는 모처럼 화기애애한 분위기가 넘쳤다.

이때 동쪽 주방에서 방경이 몰래 손짓을 했다. 조설근이 다가가 물었다.

"돈이 없어 그러오?"

"쉿! 뭐가 자랑거리라고 그리 큰소리로 말해요?"

방경이 밉지 않게 나무라며 말을 이었다.

"푸헝 어른 집에서 은자 다섯 냥을 회례로 받아온 게 있어요! 술을 받으러 당신이 다녀오시죠? 제가 오늘은 좀 기운이 없네요……."

"그래, 그렇다면 내가 갔다올게. 집에 절인 고기가 좀 있었던 것 같던데!"

"작년에 절인 거예요. 소금덩이가 따로 없는 데다 이상한 냄새까지 나서 우리나 먹지 손님상에 어찌 그걸 올려놔요?"

이같이 말하며 잠시 망설이던 방경이 말했다.

"아무래도 제가 다녀와야겠어요. 아무리 없이 살아도 나중에라도 웃음거리는 되지 않아야 하지 않겠어요?"

방경이 막 돌아서 나가려 할 때 갑자기 "응애!" 하고 선잠을 깬 아이의 울음소리가 터져 나왔다. 어찌할까 망설이는 조설근과 방경을 향해 벌써 눈치를 챈 돈민이 웃으며 말했다.

"아무래도 빈손으로 오는 게 도리가 아니지 싶어 오늘은 우리가 주안상을 보기로 했소. 벌써 일행을 보냈으니 따로 서두를 거 없이 담소나 즐기며 기다리면 되겠소."

이에 조설근이 웃으며 입을 열었다.

"하도 사람 사는 꼴이 아니니 멀건 죽에 절인 배추조각이나 내 놓을까봐 그랬나본데, 사실 이번에 남경(南京)에서 올 때 윤계선 어른이 노자에 보태라며 주신 은자 50냥이 아직은 많이 남아있는 걸! 아무리 내외할 사람들이 아니라고는 하지만 어찌 처음 걸음을 하는 손님더러 주안상을 차리게 할 수 있겠소?"

그러자 돈성이 말했다.

"우리야 누가 목매어 끌고 온 것도 아니고 좋아서 제 발로 찾아 왔는데, 자기 먹을 건 챙겨갖고 다니는 게 도리죠. 천하에 그 이름도 유명한〈석두기〉의 기인을 면견(面見)하는데, 염치도 없이 빈 손으로 와서 한 보따리 챙겨갈 순 없지 않겠소? 공자(孔子)도 문생(門生)을 들일 때는 근채(芹菜)에 건육(乾肉)은 받았다고 하지 않소? 설마 우리가 '문하주구(門下走狗)'가 될 자격이 없다는 뜻은 아니겠죠?"

잠시 영문을 몰라 어리둥절해 있던 조설근이 호탕하게 너털웃음을 터트렸다.

"난데없이 난 또 무슨 소리라고. 당치도 않소, '문하주구'라니! 그저 좋은 벗으로, 지기(知己)로 격의없이 지냈으면 하오!"

조설근의 진심어린 말에 환희를 감추지 못하며 두 형제는 좋아라 했다.

"과연 그리 생각해주신다면 우리야 더할 나위가 없죠! 그렇다면 이제부터는 더욱 격식 차릴 필요가 없겠군요. 윤계선이라면 아랫사람일지언정 깍듯이 대하고 재물을 가벼이 여겨 나누길 좋아하는 명사(名士)이거늘 어찌 남경에서 북경으로 오는데, 노자로 겨우 은자 50냥밖에 보태주지 않았단 말이오!"

아우의 말에 돈민이 웃으며 거들었다.

"엄청 부자이면서도 회례로 다섯 냥밖에 안 준 사람도 있는데, 뭘 그래!"

두 사람의 입방아에 난감해진 조설근이 나섰다.

"절대 돈 액수로 사람을 재단하려 들지 마오. 얼마를 주든 그 사람의 성의가 아니겠소? 윤계선 어른도 하루 세 끼 채소, 두부가 고작인 날들이 많았소. 점잖은 집안 자손이라 재물에 담담한 데다 문하에 청객을 수십 명씩 두고 있으니 가난한 서생들을 구제하는 것도 예삿일이 아니라오. 푸헝 어른도 나한테 야박한 사람이 아니오. 말이란 잘못 전해지면 화근이 되니 하는 사람이나 전하는 사람 모두 각별히 조심해야 하오."

조설근의 말이 이어지고 있을 때 밖에서 누군가의 웃음 섞인 큰 목소리가 들려왔다.

"설근 공(公)…… 안에 있소?"

조설근이 급히 문을 열고 밖으로 나와보니 말에서 내리고 있는 두 사람은 다름 아닌 러민과 아계(阿桂)였다.

"오늘은 어쩐 일인가! 아침에 까치소리도 못 들었는데, 모인다고 하니 귀객(貴客)들이 가득 모였군!"

조설근이 반색하며 맞이하자 말 잔등에서 자루 하나를 내려놓으며 아계가 웃으며 말했다.

"까치소리는 못 들었다고 해도 백년 묵은 까마귀가 지붕 세 바퀴 도는 소리는 들었겠지. 아니면 내가 올 리 없으니까."

와자지껄 웃으며 방안에 들어선 조설근이 미처 소개하기도 전에 돈민이 입을 열었다.

"아까 조설근이 곰 같은 장원(壯元)이 색시 기절시킨 애기를 하더니, 이번에는 제대로 된 장원이 행차했구려!"

서로 흉허물이 없는 사이인 듯 아계가 돈민 형제에게 문안인사를 올리고는 웃으며 농담을 했다.

"두 분 어른께선 오늘 또 일을 저질러서 영감마님께 쫓겨난 건 아니죠?"

그러자 돈성이 답했다.

"노인네도 이젠 우릴 포기하신 것 같아! 다들 러민처럼 장원급제하면 누가 수레를 끌겠어? 그리고 요즘 〈석두기〉에 홀딱 반해 우리더러 베껴보내라고 성화라네. 우리가 이렇게 설근 형을 만나고 있는 줄 아시면 더덩실 춤이라도 추실 걸?"

돈성이 이같이 말하며 아계가 끌고 들어온 자루를 앞으로 당겼다. 꽤나 무거웠다.

호기심에 끈을 풀자 갑자기 "욱!" 하는 비린내와 함께 팔뚝만 한 잉어가 허공으로 치솟아 공중회전을 하며 꼬리로 아계의 얼굴을 때리고 떨어졌다.

땅에 떨어져 숨을 할딱이며 죽어가는 잉어를 보며 아계가 얼얼한 뺨을 소매로 닦아냈다. 그리고는 웃으며 말했다.

"전쟁터 나가기 전에 한방 얻어맞았으니 가서 총구멍 하나 덜 뚫리겠지!"

아계의 우스갯소리에 사람들이 배꼽을 잡고 웃고 말았다. 방경이 자루를 끌어보았지만 자루가 움직이지도 않자 러민이 급히 달려가 자신이 주방까지 들어다 주겠노라고 했다.

"잉어 네댓 마리, 돼지기름 10근, 언 쇠고기와 돼지고기 2, 30근, 그밖에도 돼지의 간에 소 천엽에 닭 대여섯 마리⋯⋯ 100근은 더

될 걸!"

러민과 아계라면 전혀 낯설지 않은 사이인지라 방경이 웃으며 말했다.

"우리가 정육점 할 것도 아닌데 무슨 고기를 이렇게 대책없이 많이 가져오셨어요?"

"오늘 못 먹으면 내일 먹고, 내일도 못 먹으면 모레 먹으면 되지! 많아도 걱정이오? 날이 추워 상할 염려는 없으니 복에 겨운 소리 좀 그만하시오."

'정육점' 세 글자에 문득 한때 혼삿말까지 오갔던 장씨네 부녀가 떠올라 잠시 마음이 아팠던 러민이 이내 마음을 다잡고 미소를 지으며 입을 열었다.

"며칠 뒤면 우리 둘은 북경을 떠나야 하오. 아무래도 둘째의 백일 때는 돌아오지 못할 것 같아 약소하지만 미리 성의 표시를 하는 거니까, 너무 구박하지는 마오."

그사이 안주거리를 마련하러갔던 교부가 식합을 한아름 안고 왔다. 방경이 식탁에 올려놓는 걸 보니 닭찜, 양고기볶음, 소고기 버섯볶음, 돼지껍질요리며 곁들여 먹을 각종 무침요리가 가득했다.

아직 흰 김이 모락모락 피어오르는 식탁을 둘러보던 조설근이 아내 방경에게 말했다.

"다 좋은데, 옥에 티라면 생선이 없네? 당신, 잉어요리 끝내주게 잘하지? 두어 마리 맛있게 끓여서 올리면 금상첨화일 텐데! 말대로 우리 둘째를 위해 백일잔치를 미리 쇠는 거라면 칼국수도 좀 만들어놓고."

조설근의 주문에 러민이 웃으며 말했다.

"됐소, 뭘 또 만들라고 성화요! 이것도 다 먹지 못하겠는데! 두 아이만 해도 경황이 없을 텐데, 큰애까지 보채면 안 되지!"

이에 조설근이 웃으며 농담조로 말했다.

"형수가 바쁜 걸 알면 요리까지 만들어 올 일이지, 왜 하필 살아서 펄떡대는 걸 가져와 가지고 가정불화나 일으키나! 정말 못 쓰겠네!"

그 말에 아계와 돈민 형제가 맞장구를 치며 합세하여 방경에게 잘 보이려던 러민을 구석으로 몰고 갔다. 지기(知己)간에 화기애애한 모습을 정겹게 지켜보며 방경은 입을 막고 웃었다.

"캬, 술맛 좋다!"

성격이 급해 번갯불에 콩 볶아 먹는다는 아계가 방경이 데워 올려보낸 술주전자를 기울여 먼저 한 모금 꿀꺽 마시고는 목구멍이 타는 뜨거움에 인상을 찡그리면서도 엄지를 내둘렀다.

"술은 역시 회안노곡(淮安老麴)이야! 순하면서도 어딘가 강한 여운이 남는단 말이야! 술이란 역시 끝맛이 중요한 거야…… 2년 동안 서부 사막에서 말 오줌만 마시다 왔더니 이거 완전히 환장을 하겠구만!"

사람들이 그 구수한 입담에 빙그레 웃으며 모두 술잔을 꺾었다.

"음! 같은 회안노곡일지라도 어딘가 좀 색다른 맛이 첨가된 것 같은데!"

꼼꼼히 그 맛을 음미하는 돈민의 말이었다. 그러자 조설근이 웃으며 답했다.

"역시 술꾼들이라서 다르구만! 작년에 복팽(福彭)이 회안주(淮安酒) 만드는 재료를 보내왔길래 손수 만들어봤지. 뒤뜰에 몇 항아리 파묻어 놓았으니 양껏 마시오!"

"말이 나왔으니 말인데……."

큰 사발로 연신 두 잔을 들이붓고는 얼굴에 홍광이 피기 시작한 러민이 감개에 젖어 한숨을 지으며 말을 이었다.

"설근, 자네가 사는 모습을 보면 내 가슴이 찢어진다오! 복팽이라면 정변장군(定邊將軍) 복팽을 말할 텐데, 자네와는 고종사촌 사이가 아니오? 자기는 북경에 없다고 하지만 다른 가족들은 다 있는데, 지척에 사는 사촌아우가 어찌 살고 있는지 들여다보지도 않는다는 게 말이나 되오? 자네 고모부도 요즘 내무부 총관대신에 정람기(正藍旗) 도통(都統)까지 하늘 높은 줄 모르고 승승장구하데? 재물이 산더미같이 쌓여 좀먹게 생겼는데, 곁에서 삼시 세 끼 걱정하는 조카를 외면하다니 그 사람들도 어지간하네! 내가 보기엔 자네의 그 고오(高傲)한 성정도 친지간에 소원해지는데 한몫 했을 것 같애."

이에 조설근은 히죽 웃기만 했다.

"난 이렇게 사는 현실에 만족하는 사람이오. 굳이 선을 대려면 사돈에 팔촌까지 찾아갈 수 있지만 그렇게까지 비굴해지고 싶진 않소. 성명하신 천자 덕분에 이 정도라도 안거낙업(安居樂業)이니 됐소. 자, 주흥(酒興) 깨는 얘기는 그만하고 우리 술이나 마시지!"

조설근이 손사래를 치며 주전자를 들어 러민에게 한 잔 따르고 있을 때 갑자기 흰 수염이 석자나 되는 노인이 주렴을 걷고 안으로 들어섰다.

"왜 바쁘게 가는 사람을 자꾸 부르고 그러오? 술이라면 오금 못 펴는 사람이 주향(酒香) 한 번 유별나서 이끌려오다 보니 여기까지 왔지 뭐요!"

조설근이 보니 하지(何之)가 류소림(柳嘯林)을 달고 들어섰다. 언제나 빈손으로 오는 법 없이 오늘도 돼지머리며 쇠고기 한 덩어리를 들어다 주방에 내려놓고 손을 닦으며 다가오는 두 사람의 얼굴에는 넉넉한 웃음이 가득했다.

조설근이 급히 돈민 형제를 소개시켜주고는 얼굴 가득 웃음을 머금었다.

"이렇게 자다가 나온 사람처럼 푸시시해 보여도 한때는 잘 나가는 탐화랑(探花郎)이었다오! 여기 이 분은 하지(何之) 선생이라고, 한마디로 멋쟁이지! 앞으로는 한꺼번에 몰려들지 말고 당번을 정해서 오도록!"

조설근의 농에 하지가 웃으며 화답했다.

"이보게, 근포(芹圃, 조설근의 호)! 우리가 무슨 '선생'이오. 이 댁의 문하주구(門下走狗)이지!"

너나없이 솔직하고 격의없는 모습에 돈민형제도 마주보며 크게 웃었다.

뒤늦게 합석한 하지와 류소림을 위해 석 잔을 연신 건배하고 난 아계가 한숨을 내쉬었다.

"이보게, 근포! 내가 자꾸 이런 얘기를 꺼내 귀에 거슬리겠지만 솔직히 난 그대의 재학(才學)에는 오체투지를 하고 싶소. 그러나, 성정이 지나치게 고오(高傲)하여 삼교구류(三敎九流)를 수렴하지 못하는데는 유감이오. 그 좋은 재주에 눈높이를 조금만 낮춘다면 어느 문을 두드려도 들어오라고 하지 않겠소? 너무 대가 꼿꼿하면 부러지게 돼 있고, 너무 교교(皎皎)하면 쉬이 더러워지게 되는 법이오. 하늘의 조화를 범하기 때문이지. 관가(官家)의 생리에 혐오감을 느껴서 그런다고는 하지만 탁한 물에 있어도 오염되지 않는 연꽃 같은 사람이 왜 없소? 물이 깨끗하면 머리를 감고, 탁하면 발을 씻으면 되지!"

벌겋게 흥분하는 아계의 진심을 헤아리고도 남음이 있는 조설근이 방경이 막 볶아낸 돼지간을 식탁 가운데로 밀어놓으며 나지막한 목소리로 답했다.

"관가의 생리는 그대들이 더 잘 알겠지만 그곳은 일단 인간의 '상성(常性)'을 박탈하는 곳이라네. 칠정육욕(七情六慾)이 있는 사람이 윗사람의 눈치만 보고 호곡하고 싶을 때 꾹꾹 눌러 참고, 박장대소하고 싶을 때 생살을 꼬집어 참아야 한다면 그보다 불행한 경우가 또 어디 있겠소! 하늘이 내리고 부모로부터 받은 인간 본연의 감정을 말살하면서 무골충 같은 삶을 산다는 건 내겐 곧 죽음이나 매일반이오……."

설근이 이같이 말하면서 웃어보였다. 이에 아계가 연신 도리질을 하며 말을 받았다.

"그래도 대장부 일생에 한번은 출장입상(出將入相)하여 군주와 사직을 위해 재능을 꽃 피우며 살아보는 것이 더 바람직하지 않겠소?"

아계와 조설근의 입장 차이는 좀처럼 좁혀질 기미가 보이지 않았다.

"아계의 말도 일리는 있소. 하지만 꿈과 현실 사이에는 언제나 엄청난 괴리가 존재하기 마련이오. 진한(秦漢) 이래로 한 시대를 주름잡은 풍운아들치고 전시전종(全始全終)한 사람은 극히 드물었소."

사색에 잠겨있던 류소림이 흰 수염을 매만지며 감개에 젖어 말을 이었다.

"왜냐하면 제(齊) 위왕(威王)처럼 자신의 체통에 손상이 갈 줄 뻔히 알면서도 아랫사람의 담대한 진언에 손을 들어주는 군왕이 없고 진(晉) 문공(文公)처럼 부하로부터 얼굴에 가래침을 뱉는 모욕을 당하고서도 그 충용(忠勇)을 장려하는 제왕이 지금은 없기 때문이오. 먼 얘기 끄집어낼 것도 없이 가까운 우리 대청(大淸)만 보더라도 소위 명상(名相)이었다는 소어투, 명주(明珠), 웅사이(熊賜履), 고사기(高士奇)를 비롯하여 명장 오배(鰲拜), 도해(圖海), 주배공(周培公), 연갱요(年羹堯), 조양동(趙良棟), 채육영(蔡毓榮), 악종기(岳鍾麒) 등등 모두가 그 공로에 비해 제대로 된 종말을 고한 사람이 없다는 현실이 얼마나 서글프오. 병들어 죽고, 파직당하고, 유배당하고, 패가망신하여 한 점 이슬로 사라져 버렸지만 그 사람들도 한때는 이 나라의 초석을 세우는 데 공헌한 영웅들이었음은 반드시 인정해줘야 하오!"

연장자로서의 류소림의 일장연설에 연신 머리를 끄덕이던 조설근이 젓가락으로 접시 모서리를 두드리며 한 곡조 뽑기 시작했다.

    지금은 누실공당(陋室空堂)이지만 한때는 홀로 만상(滿床)이었지!
    지금은 쇠락한 풀들이 처량하나 가무(歌舞)가 현란하던 그 시절 엊그제 같구나.
    대들보에 얽힌 저 거미줄, 오늘따라 아리게 서글프구나.

그 누구를 향한 하소연처럼 눈물겹게 들리던 목소리가 갑자기 높이 치솟아 격앙에 들끓었다.

금은이 넘치고 양곡이 그득할 땐 문지방이 열두 번 닳더니
　눈깜짝할 사이에 걸인이 되니 개미새끼 하나 얼씬거리지 않는구나.
　타인의 길지 않은 명을 탄식하며 돌아앉으니, 내 앞에 죽음이 드리운 줄은 몰랐네…….

어느덧 슬픈 기색이 아련한 두 눈에 커다란 눈물이 방울처럼 흘러내렸다. 처절한 하소연에 산천도 울고 초목도 울고 사람들 모두가 숙연해지고 말았다.

　어차피 인생은 만화방창, 일장춘몽이니, 술에 취해 타향을 고향 삼아 사는 것도 나쁘진 않지!
　분묵등장(粉墨登場)하여 밀치고 닥쳐봤자 어차피 주인공은 따로 있는 법!
　칼날 쥔 자 이기는 걸 누가 봤더냐…….

콧물을 훌쩍이며 조설근이 애써 웃으며 가락을 멈췄을 때 좌중은 눈물로 얼룩져 있었다.
　잠시 후, 바위같이 무거운 침묵을 밀쳐내며 하지가 천천히 입을 열었다.
　"슬프긴 하지만 가사가 너무 좋았소! 자, 그런 뜻에서 우리 건배나 하지!"
　주전자를 기울여 출렁출렁 물소리를 내며 따른 술에 여섯은 힘껏 고개를 꺾었다.
　"여보게, 설근!"

벗을 위하는 마음이 극진한 러민이 입가를 쓱 문질러 닦으며 말했다.

"울타리 밑에 심은 국화꽃을 동무하여 유유자적 남산을 바라본다던 도연명처럼 세상과 동류합오(同流合汚)하지 않고 담백하게 살고 싶어하는 그대의 소박한 꿈을 난 백번 이해하오. 그 또한 나의 이상이오. 하지만 매미가 아닌 이상 어찌 이슬만 먹고 바람만 마시며 살 수 있겠소? 저 깊은 절간의 중들도 땅뙈기 얼마간은 숨겨두고 있다오. 까맣게 생겼다고 다 까마귀는 아니잖소! 관가도 한번쯤은 뒹굴어볼 만한 곳이라오."

"나도 그런 도리를 몰라서 이러는 게 아니오. 옹정 6년에 쑤허더가 우리 집을 수색하여 죄 없는 남녀노소 열네 명을 마구 짓밟아버리는 걸 목격하고부터는 정나미가 떨어져서 그러오. 그래놓고 자기는 승승장구만 할 것같이 안하무인이던 쑤허더가 옹정 11년에 똑같이 당하는 걸 보며 아무리 돌고 도는 물레방아 같은 인생이라고 하지만 기막힌 인생유전에 소름이 끼치는 걸 어찌 할 수 없었소. 내가 융통성 없이 앞뒤가 꽉 막힌 사람이라서 이러고 있는 건 아니오."

조설근이 조용조용히 자신의 생각을 털어 놓았다.

"설근 선생, 그러지 말고 두 마리 토끼를 한꺼번에 다 잡는 게 어떻겠소?"

웃으며 운을 뗀 돈민이 정색하며 말을 이었다.

"내가 종학(宗學)에 가서 알아보니 그 차사(差使)를 아예 그만둔 것이 아니라 장기간 휴가를 낸 걸로 되어 있더구만. 원한다면 언제든지 다시 종학에서 글공부를 가르칠 수 있으니 우선 성(城) 안으로 이사를 하는 게 좋겠소. 여기는 너무 멀어 이것저것 챙겨주고 싶어도 편장막급(鞭長莫及)이란 말이오."

조설근은 감격 어린 눈매로 초면에 구면이 된 친구를 바라보았다. 분명한 것은 종학의 차사를 그는 그만둔 것이지 결코 휴가를 낸 게 아니었다. 그렇다면 이 두 형제가 필히 사전에 종학을 찾아 조설근이 여차할 경우 다시 차사를 맡게끔 조치해 놓았을 것이다. 경천동지(驚天動地)의 거사(巨事)는 아니지만 이로써 자신을 향한 그들의 진심을 엿볼 수 있어 조설근은 끓어오르는 감격에 목이 메었다……

12. 전운(戰雲)

건륭 6년의 겨울은 유난히 길고 추웠다. 그러나 지지리도 긴 겨울의 끝자락에서도 봄은 어김없이 찾아오고 있었다.

전날 건륭의 밀유(密諭)를 받은 강남순무(江南巡撫) 윤계선(尹繼善)은 새벽같이 자리를 박차고 일어났다. 경복(慶復)과 장광사(張廣泗)가 이미 대영(大營)을 성도(成都)에서 강정(康定)으로 옮겼다. 군사는 두 갈래로 나누어 북로군(北路軍)은 순무 기산(紀山)이 인솔하여 송반(松潘)에서 동남쪽으로 남진하고, 남로군(南路軍)은 제독 정문환(鄭文煥)이 이끌고 이당(里塘)에서 서북으로 공격하기로 했으며, 경복과 장광사는 중군을 친히 이끌고 강정에 주둔키로 했다는 것이다.

그렇게 남, 북로군이 대금천(大金川)에서 합류하면 자연스레 소금천(小金川)과 청해(青海), 서장(西藏), 상첨대(上瞻對), 하첨대(下瞻對)로 이어지는 통로를 차단하게 되어 설령 전세(戰勢)

가 다소 불리하게 되더라도 적들은 고립무원의 경지에 빠지게 되어 굶어죽어도 열두 번일 거라는 계산이었다. 문제는 대규모의 군대가 이미 출동한 마당에 북로군은 양초(糧草)가 5만 석 가량 부족하고, 개펄을 통과해야 하는 남로군은 각종 독충(毒蟲)의 피해가 심각하여 패독산(敗毒散)을 비롯한 약품들이 급히 필요하다고 했다. 이미 건륭은 "사천성 포정사 러민을 피견했으니, 양초와 약품을 급히 구하여 각 진영에 보내라"고 윤계선에게 지의를 내렸던 것이다. 사태의 중요성을 명시하듯 건륭은 "절대 차질을 빚어선 안 된다"는 부분에 주필(朱筆)로 동그라미를 몇 번이고 그려 보냈다.

지의를 받는 즉시 윤계선은 친히 약품명을 적어 소주(蘇州), 항주(杭州), 양주(揚州) 등지의 약국마다 내려보내 평균시가로 팔 것을 지시했다. 비상시기에 약품을 은닉하거나 사재기하는 자들에 대해선 법에 따라 엄히 처한다고 덧붙이기도 했다. 열흘 내에 반드시 필요한 약품을 준비하게끔 지시하고 난 윤계선은 동시에 8백리 긴급문서를 하남, 안휘에 띄워 각각 고은(庫銀) 65만 냥씩을 지원하여 식량을 구입하게끔 했다.

건륭의 밀유에 따라 동분서주하는 와중에도 그는 여가를 내어 원매(袁枚), 황숭(黃嵩) 등 8대산인(八大山人)들과 더불어 막수호(莫愁湖)를 유람하는 여유를 보이기도 했다. 바쁜 중에서도 느긋함을 즐길 줄 아는 윤계선이었다. 막수호에서 돌아오는 대로 전체 막료회의를 소집하고 하공(河工)에 보태라며 은자 1만냥씩을 기부한 염상(鹽商)들을 접견하고 난 그는 공문결재처에서 불침번을 서는 막료에게 사천, 하남, 안휘, 북경에서 오는 사람들과 문서는 모두 밤을 넘기지 말고 내침(內寢)으로 건네도록 지시했다. 이 때문에 몸은 비록 와실(臥室)에 있어도 러민, 아계, 전도, 고항 그리고 돌쇠(초로)가 남경에 당도했다는 사실을 윤계선은 벌써 알고 있었다. 이들이 각각 무슨 일로 왔으며 어찌 대처할지 이미 속에 밑그림이 그려져 있는 그는 차분히 기다리는 일만 남아 있었다.

이튿날 먼동이 떠오르자 평소와 다름없이 아문 뒤켠에 자리한 자신의 택원(宅園)에서 등골에 땀이 줄줄 흐르도록 태극검(太極劍)을 휘두르고 난 윤계선은 서재로 돌아와 당시(唐詩) 몇 편을 소리내어 읊었다. 그리고는 두 하인을 앞세우고 공문결재처로 향했다.

희끄무레한 천색(天色)을 빌어 궁등을 끄고 비질을 하던 몇몇 불침번 아역들이 달려와 문안을 올렸다. 그리고는 아뢰었다.

"고항, 러민 두 어른께서 아침나절에 함께 아문을 방문하실 뜻을 알려 왔습니다. 이밖에 사천에서 온 양도행주(糧道行走) 초로(省路) 어른은 어젯밤 역관에 들지 않고 아문 객방(客房)에 머물렀는지라 벌써 일어나 서재에서 기다리고 있습니다. 지금 접견하실 수 있으시다면 소인이 달려가 불러오도록 하겠습니다."

"그럴 거 없네!"

윤계선이 잠시 생각하더니 손사래를 치며 곧장 서재로 꺾어 들었다.

"누군지 본의 아니게 오래 기다리게 해서 안 됐소!"

문을 밀고 들어서며 이같이 말하는 윤계선에게로 급히 다가온 초로가 공손히 자신의 수본(手本)을 건넸다. 그리고는 배시시 웃으며 말했다.

"순무 어른께오선 하관을 모르시겠지만 하관은 중승 어른을 알

전운(戰雲) 225

고 있습니다. 전에 군기처에서 장상(張相, 장정옥)의 필묵을 시중들며 중승 어른을 자주 뵀거든요."

그럼에도 인상에 남는 게 없는 윤계선이 그저 가볍게 머리를 끄덕이며 엷은 미소를 띤 얼굴로 답했다.

"과연 그런 인연이 있었다면 이런저런 격식차릴 필요는 없겠소. 자리에 앉으시오!"

초로가 건넨 수본을 두어 장 넘기던 윤계선이 물었다.

"객잔(客棧) 사환 출신이 군기처의 문지방을 넘었다는 건 대단한 일이 아닐 수 없소. 왕공들도 적당히 이마를 낮추고 허리 굽혀야 하는 어마어마한 곳이지. 내로라 하는 대관도 자꾸만 이유없이 작아지는 게 그곳이고. 해마다 외관들이 효도하는 빙경(氷敬), 탄경(炭敬)도 적지 않을 텐데, 자넨 뭐가 아쉬워 돈주고 관직을 사서 밖으로 나와 헤매는 거요?"

윤계선의 무뚝뚝한 얼굴엔 어이가 없다는 미소가 가득 번지고 있었다. 초로가 보기에 이 재주가 뛰어난 총독(總督)은 자신을 무시하고 있는 게 분명했다. 태연스레 몸을 등받이에 걸치며 초로가 웃으며 입을 열었다.

"백번 지당하신 지적입니다. 돈을 좇았다면 굳이 밖으로 나와 설칠 이유가 없겠죠! 다른 사람들은 어떤지 몰라도 전 돈 때문에 관직에 있는 건 아닙니다. 호랑이는 죽어서 가죽을 남기고, 사람은 죽어서 이름을 남긴다[虎死留皮, 人死留名]라고, 칠척 사내로 태어나 조상의 이름을 한번 광채롭게 해드려야 할 사명같은 게 있지 않겠습니까!"

그리 길지 않은 바깥생활에 닳고닳은 초로는 윤계선의 속내를 미뤄 짐작하여 건륭이 자신을 접견했던 정형(情形)이며 덕담과 격려의 일언일어(一言一語)까지 빼놓지 않고 쏟아놓았다.

과연 윤계선의 낯빛이 조금씩 달라지기 시작했다. 다리를 꼬아 몸을 의자에 완전히 기대고 있던 자세를 고치며 윤계선이 다그치듯 묻는 것이었다.

"혹시 그쪽 조상 어른은 생전에 어떤 벼슬을 하셨다 하오?"

천년 바위에도 틈은 있구나, 하고 윤계선의 흔들리는 표정을 간파한 초로가 짐짓 아무렇지도 않은 듯 대답했다.

"국조(國朝)엔 그리 공명을 떨친 조상이 없고, 전대(前代)에 굳이 꼽으라면 한 분이 계시긴 합니다. 양계성(楊繼盛) 공이 저의 6세조(六世祖)입니다."

가만히 듣고만 있던 윤계선은 순간 가슴이 뜨끔하고 말았다. '양계성'이라면 전명(前明) 만력(萬曆) 연간의 명신(名臣)으로서 그 이름도 유명한 '3양(三楊)'의 수뇌였다. 위충현(魏忠賢)을 탄핵하였다 하여 투옥당해 죽은 그 위용과 의지의 사내가 바로 이 보잘것없는 군기처 졸병의 조상이라니! 세상엔 실로 불가사의한 일들이 많기도 했다. 이쯤하여 윤계선은 절로 숙연해지지 않을 수 없었다. 급히 자세를 고쳐 앉으며 공수(拱手)를 했다.

"귀인의 자손을 몰라보았다니, 대단한 실경(失敬)이었소! 폐하의 은총을 받을 법도 하오."

그사이 초로는 어깨가 으쓱하여 부채를 꺼내 설레설레 부치고 있었다. 설핏 부채의 하단에 선연한 '자지(紫芝)' 낙관을 본 윤계선이 손을 내밀어 웃으며 말했다.

"그 부채 한 번 볼 수 없겠소?"

초로가 씨익 웃으며 두 손으로 부채를 고이 받쳐 건넸다.

"북경을 떠나올 때 황감하게도 장형신 공이 이걸 하사하시지 뭡니까? 일필휘지하시어 좌우명도 적어주시고……. 제가 잘나서 그러시겠습니까? 충렬(忠烈)의 후예라는 명색 덕을 본 거죠. 그러니 하관이 어찌 정진하지 않을 수 있겠습니까?"

윤계선이 부채를 펴보니 오강연우도(吳江煙雨圖)가 펼쳐진 가운데 예서체의 몇 글자가 한눈에 안겨왔다.

河山之固在德不在險

그 밑에 '자지(紫芝)' 낙관은 장정옥의 서재 이름이었다. 장정옥으로부터 서화를 선물로 받은 적은 없으나 공문왕래가 빈번하여 그 필체를 한눈에 알아볼 수 있는 윤계선이었다. 자타가 공인하는 달필임에도 필묵에 인색하기로 소문난 장정옥이 눈앞의 이 '새우'에게 서화를 선물했다는 사실에 윤계선은 속으로 적이 놀랐다.

"사천으로 대기발령을 받았다고 하는 것 같던데, 어느 현의 무슨 자리요?"

어느새 말투가 한결 부드러워져 슬슬 관심을 보이기 시작하는 윤계선을 향해 초로가 답했다.

"그건 아직 미결사항입니다. 금천 지역의 전사(戰事)로 인해 사천으로 대기발령을 받은 모든 관원은 일률적으로 종군하여 충성심을 다지라는 지시가 내려진 상태입니다. 하관은 남로군에 배치를 받았으나 정문환 제독의 배려로 아계 어른을 따라 군량미를 조달하는 업무를 맡게 되었습니다. 그래서 남경에도 내려오게 됐고요."

"오, 그랬었군!"

불학무술(不學無術)하지만 사람은 나쁘지 않아 장광사의 두터운 신임을 받고 있는 말[馬]과 비슷한 인상의 정문환을 떠올린 윤계선이 저도 모르게 피식 웃음을 흘렸다.
"알고 보니 자넨 아직 마땅한 자리가 없는 게로군!"
윤계선이 막 운을 떼었을 때 밖에서 문지기가 아뢰는 소리가 들렸다.
"러민 어른과 여러분들이 당도하셨습니다. 서재로 모실까요, 아니면 공문결재처로 들일까요?"
나중에 따로 시간을 내어 깊은 얘기를 나누자고 하며 초로더러 함께 자리할 것을 권하며 윤계선이 웃으며 일어섰다. 초로는 내심 황감하여 연신 그리 하겠노라며 윤계선을 따라나섰다.
러민, 아계와 고항이 벌써 중문을 지나 계단 앞에 당도해 있었다. 뜰에 선 채로 인사를 마치고 난 고항이 희색이 가득하여 다가와 부채 끝으로 윤계선의 허리를 살짝 찌르며 유들유들한 표정으로 말했다.
"요즘은 영계 맛을 통 못 봤더니, 입에 가시가 돋으려 하는구만!"
색마(色魔)의 기질이 다분한 고항을 보며 윤계선이 웃으며 말했다.
"영계야 시장통에 가면 얼마든지 먹을 수 있지. 전에 보니 우리 집 교미(巧媚)가 욕심이 나 침이 석 자던데······, 어쩌지? 지난달 고향에 가고 없는데!"
러민 등의 존재는 깜빡 잊고 고항과 흉허물없는 대화를 주고받던 윤계선이 급기야 뚝 시치미를 떼며 사람들을 공문결재처로 안내했다. 그리고 말했다.
"오늘은 허심탄회하게 군사문제를 상의코자 마련한 자리요. 서

먹한 분위기 풀어보려고 엉뚱한 소리 좀 해봤으니 괘념치 말았으면 하오."

씽긋 웃어 보이며 자리에 앉은 아계가 말이 고팠던 듯 단도직입적으로 입을 열었다.

"북로군은 식량 때문에 고생이 이만저만이 아니고, 남로군은 약재가 급히 필요한 실정입니다. 무더위가 기승을 부리는 데다 다습한 숲속에서 유격전을 펴야 하니 한순간도 독충의 위협에서 자유롭지 못하다고 합니다. 벌레에 물려 독이 올라 죽은 사람도 여럿 있고 말들도 독사에 물려 죽었다고 하는데, 오기 전에 경복 어른을 찾아뵈었더니 크게 흥분하시며 '20일 이내에 약품이 도착하지 않으면 몇십 년 우정이고 뭐고 없다'라고 하셨습니다."

윤계선이 연신 머리를 끄덕였다.

"나도 그 사정을 어찌 모르겠소. 나름대로 약재를 구하느라 발바닥이 게 껍질이 되도록 여기저기 뛰어다녔지만 부족한 은자를 위에서 지원을 받지 못해 이러고 있는 게 아니오."

"윤 중승!"

잠자코 듣고만 있던 러민이 앉은자리에서 윗몸을 숙여 보이며 말했다.

"은자는 걱정하지 않으셔도 될 겁니다. 호부에서 65만 냥을 내려보낸 지 일주일째라고 하니 아무리 늦어도 지금쯤 하남성 신양부(信陽府)까지는 도착했을 겁니다. 이밖에도 폐하께서 강남의 재정에 큰 영향을 미치지 않는 선에서 지원하라고 하명하셨으니 곧 좋은 소식이 있을 겁니다. 문제는 남로군의 식량과 약재가 반드시 열흘 내에 군중(軍中)에 조달되어야 할 정도로 화급한 실정이라는 겁니다!"

윤계선의 검은 눈썹이 한곳으로 뭉쳐졌다. 그 동안 청해대첩(靑海大捷)이니 커뿌둬 궤패(潰敗)니 하여 이름을 널리 알린 장광사는 그 자자한 명성만큼이나 오만불손했다. 경복 또한 고집스럽고 제멋대로인 데는 옹정도 한 쪽 눈을 감아버릴 정도였다. 이제 두 황소 고집이 만났으니 수레가 산으로 가지 말란 법이 없었으니, 윤계선으로선 러민의 말이 대체 누구의 뜻인지를 파악하는 것이 시급했다. 잠시 생각하던 윤계선이 천천히 입을 열었다.

"올 때 경복 어른을 뵈었다고 하니 이는 그분의 뜻일 거라고 짐작되는데, 그래 장광사 장군께선 아무런 분부도 안 계셨소?"

이에 러민이 답했다.

"그 자리엔 장광사 장군도 함께 계셨으나 달리 지령은 없었습니다."

"한 치의 실수도 있어선 안 되겠다는 생각에서 여쭤보았소."

윤계선이 웃으며 말을 이었다.

"이미 구한 약재는 연자기(燕子磯) 부두로 실어다 놓았소. 온 김에 직접 운반을 감독하여 금천 전선까지 가면 되겠네."

순간 러민이 자신의 귀를 의심하는 듯한 놀란 표정을 지으며 아계를 바라보았다. 강정(康定)에서 이곳까지 동행하며 순간순간이 돌이키기조차 끔찍한 고생길이었던 두 사람이었다. 수년간 방치되어 홍수에 씻겨 내려간 노면은 울퉁불퉁한 데다 심각한 산사태로 산천 하류가 방향을 달리하는 바람에 길을 분별하기조차 여간 힘든 게 아니었다. 산을 등진 곳은 아직 빙천설지(氷天雪地)가 그대로이나 양지바른 산자락은 정수리에 불이 날 지경으로 햇볕이 뜨거워 감기로 인한 발열이 목숨을 위협할 정도였다. 홀몸도 가누기 힘든 험난한 노정을 촉박한 기일에 맞춰 천만 마필을 이끌어 식량을 운반하라니, 열흘 내에 당도하라는 군령을 엄수하기는 백번 글렀고 객사의 위험도 배제할 수 없었다.

러민이 어찌할 바를 몰라 하고 있을 때 아계가 입을 열었다.

"본의 아니게 중승 어른의 심기를 불편하게 해드렸다면 정말 죄송합니다. 열흘 내에 식량과 약재가 당도해야 한다는 건 러민공의 주장이 아니오라 경복 어른의 지령입니다. 하관은 직선적인 성격이라 천성이 속에 없는 소리는 못합니다. 솔직히 주변 여건을 감안할 때 열흘 안이라고 못박는다는 것은 얼토당토하지 않은 주장입니다! 하관이 윤 중승이라도 화가 났을 법합니다. 그러나, 어쩌겠습니까? 무지막지한 윗사람을 만난 것도 하관들의 복이에야! 누가 뭐라고 해도 중승께선 천자의 신신(信臣)이시니 하해와 같은 아량으로 저희들의 난처한 입장을 헤아려 주셨으면 합니다."

아계의 진심어린 하소연에 윤계선이 웃으며 답했다.

"그래, 진작 그렇게 나왔더라면 우린 좀더 일찍 거리를 좁혔을 텐데 말이오! 그럼 이 일은 고항 형이 맡는 게 어떻겠소?"

무슨 생각을 그리 깊이 하는지 눈동자가 풀려 멍하니 앉아있던 고항이 윤계선의 부름에 흠칫 놀라며 손가락으로 자신의 코를 가리키며 물었다.

"나 말이오?"

"그렇소!"

윤계선이 희미한 웃음을 머금으며 덧붙였다.

"경복이 누굴 잡으려고 앙심을 품어 이러는 게 아니라 그 길의 험난함을 모르기 때문이라 생각되오. 설령 뭔가 아귀가 맞지 않더라도 그 딸이 그대의 형수이고, 그대가 흠차 신분을 겸하고 있기 때문에 다른 사람을 대하는 것보단 좀 너그럽지 않을까 하오. 내가 알기로 경복은 고집스러운 반면에 정견(定見)이 없는 사람이오. 방금 장광사의 지령이 있었는지의 유무를 물은 것도 그 때문이오. 오늘 저녁 안으로 낙타 스무 마리에 약재를 실어 일단 출발하오. 그사이 내가 발문한 6백리 긴급 자문(咨文)도 도착할 것이오. 존귀한 국구(國舅)가 재 넘고 물 건너 험산준령을 타며 목숨걸고 약재를 운반하여 노군(勞軍)차 적지를 밟았다는 사실을 폐하께서 아신다면 얼마나 대견스러워하시겠소? 그대에게 점수를 몰아주기 위한 이 사람의 진심을 어찌 받아들였는지 모르겠소."

고항의 얼굴엔 어느새 희열이 물결쳤다. 산동에서 비적들을 소탕하는 데 앞장서서 두고두고 우려먹을 전공을 이룩하여 사람들이 괄목하는 데다 말도 많고 탈도 많은 금천 전선에까지 발을 담궈 몸값을 올리는 날엔 만주족 황친, 귀족들 중 어느 누구도 자신의 용맹함에 비견할 인물이 없을 거라는 생각이 뇌리를 쳤던 것이다. 공로는 차치하고라도 당장 곤경에 빠진 러민과 아계를 건져주었다는 뜻에서 이 둘은 아마 두고두고 자신에게 고마워해야 할 것이다.

그러나, 그 험난하고 요원한 노정을 떠올리며 일순 마음이 무거워진 고항이 조롱 섞인 표정으로 내뱉듯 말했다.

"세 살 때부터 칼을 들고 다녔다는 장광사도 그렇고 서부에서 잔뼈가 굵었다는 경복도 그렇고 말짱 허수아비야! 장님이 코끼리 다리 만지듯 해서야 어찌 간교한 적들에게 대적할 수 있겠소?"

잠시 머뭇하던 고항이 윤계선에게 말했다.

"나 혼자선 힘에 부칠지 모르니 누구 한 사람을 딸려보내 주는 게 어떻겠소."

"그러게……."

턱끝을 잡고 잠시 생각하던 윤계선이 초로를 향해 고개를 돌리며 웃는 낯빛으로 말했다.

"큰 무리가 없다면 자네가 흠차 어른을 수행하도록 하지. 전에 운남에서 양명시를 시중들어왔다니 그 길이 처음인 흠차 어른보다야 그곳 지리에 밝을 게 아닌가."

이에 초로가 대답했다.

"이 또한 중승 어른의 크나큰 배려라 생각하고 기꺼이 응하겠습니다! 그러나 하관의 직분(職分)은 사천에 있는지라……."

초로가 말을 끝맺기도 전에 윤계선이 손사래를 쳤다.

"그거야 내가 사천에 발문하여 자네를 강남으로 전근시키면 되는 거지. 대사는 흠차 어른이 알아서 결정하겠지만 명색이 종군차사(從軍差使)를 맡은 사람이 아무런 직함도 없어선 곤란하니 일단 즉석에서 자네를 지부(知府)로 임명하겠네. 차사가 끝나면 문직(文職)이든 무직(武職)이든 원하는 곳으로 보내줄 테니 차질이 없도록 해주게."

초로의 눈빛은 보석처럼 빛났다. 은근히 장정옥이라는 큰손을 내세운 효과를 보는구나 하고 생각하며 속으로 쾌재를 부르던 초로가 연신 허리를 굽실거리며 아첨어린 웃음을 발라 말했다.

"중승의 은혜를 결코 잊지 않을 겁니다. 뼛가루를 빻아서라도 반드시 보답하겠습니다!"

성격과 행동이 원만하여 삼교구류(三敎九流)와 두루 어울릴 수 있는 윤계선이라고는 하지만 환한 미소 이면엔 천골(賤骨)의 기질이 다분한 초로에 대한 혐오감이 가득했다. 황제와 장정옥이 이 화상을 점지한 이유가 궁금하지 않을 수 없었다.

안개는 언젠가 걷히기 마련이라 생각하며 윤계선은 이들이 염두에 두어야 할 사항을 조목조목 짚어가며 준엄한 당부를 잊지 않았다. 저마다 다리가 뻐근하고 허리가 시큰할 정도로 장시간이 흘러서야 윤계선은 비로소 찻잔을 들어 손님을 배웅했다.

러민과 아계가 말을 타고 저만치 사라질 때까지 머뭇머뭇 시간을 끌고 있던 고항이 말했다.

"내일 아침 새벽같이 길을 떠나면 고생문이 훤할 텐데, 오늘밤은 그냥 보낼 수 없지. 술은 내가 살 테니, 우리 오늘 날밤을 새며 즐겨보는 게 어떻겠소?"

"마음은 자나깨나 채봉루(彩鳳樓)에 가 있구만!"

윤계선이 웃으며 말을 이었다.

"혼을 쏙 빼놓는 계집이라도 있으면 속량(贖良)시켜 집으로 데려다놓지 그래, 당당하게! 관원들은 업무수행 중에 기방출입을 못하게 되어 있잖소. 이는 성조 때부터 내려온 규칙인데, 자칫 세상 조용한 꼴을 못 보는 어사 놈들이 붓을 들고 설치는 날엔 골 때린다고! 아니 그렇소?"

윤계선의 진심어린 충고에 고항이 헤식은 웃음을 흘리며 말했다.

"나도 그런 생각을 해보지 않은 건 아닌데 고년의 고주망태기 기생어멈이 '양로전(養老錢)'인가 뭔가 해 가지고 자그마치 은자 5만 냥을 내놓으라는 거 아니겠소? 형도 알다시피 우리 마누라 까마귀눈 치켜 뜨면 좀 무섭소? 집안 대소사 다 챙기고 파리채 하나를 사도 장부에 적는 사람이니 내가 무슨 수로 거금을 빼돌리겠소! 규범을 어겨 어사들에게 얻어맞는 것쯤은 감안해야지. 지난번 화친왕(和親王)의 세자(世子)를 보니 종인부(宗人府)에 끌려가 곤장 40대 맞더니, 그걸로 끝이데?"

윤계선이 어이가 없다는 표정으로 고개를 절레절레 저으며 뭔가 말하려 할 때 저만치 쪽문 께에 전도의 모습이 보였다. 입가에 맴돌던 말을 되삼키며 전도가 가까이 오길 기다려 윤계선이 웃으며 말했다.

"좀 일찍 올 줄 알았는데, 예상보다 늦었네?"

전도가 두 사람을 향해 읍하여 예를 갖추며 입을 열었다.

"어젯밤 역관에서 늦게까지 술을 퍼마셨더니 지금도 머리가 지끈지끈합니다! 사실 여기 도착한 지는 한참 됐습니다만 군무를 논하고 계실 것 같아 제가 입 뻥긋할 일이 아닌지라 밖에서 기다리고 있었습니다."

격식을 차리면서도 할말은 다하는 전도를 가리키며 윤계선이 웃으며 고항에게 말했다.

"이 친구한테서 돈 냄새가 안 나오? 이렇게 보여도 지금은 운남성 동정사(銅政司)에서 한 목소리를 내는 차사를 맡았다오. 자네의 염정(鹽政)보다야 생기는 것도 많고 권력도 무시 못하지. 정법권(正法權)이 있으니 누구 모가지를 따도 지방에선 간섭할 수 없다고 하지 뭐요! 주머니 사정이 궁색하다며 이 친구에게 빈대 붙지 그래?"

"농담도 잘 하시네요, 윤 중승!"

고항이 말을 붙일세라 전도가 웃으며 말했다.

"제아무리 금은보화를 산더미처럼 쌓아두고 있다고 해도 소인은 어디까지나 폐하를 위해 금고를 수호하는 금고지기에 불과할 뿐입니다. 아무리 밟히는게 돈이라지만 정작 소인의 소유는 한 푼도 없습니다. 소인이 중승을 뵙고자 하는 이유는 남경 주전국(鑄錢局)에서 도안이나 주조에 능한 장인을 몇 사람 빌려주십사

해서입니다. 하관이 아직은 이 분야에 어리숙한지라 눈에 돈독이 오른 교활한 아랫것들을 부리려면 곁에 든든한 장인들을 심어야겠습니다!"
 전도의 말에 고항이 잽싸게 끼여들어 낚아채듯 말했다.
 "그쪽이라면 내가 도와줄게. 내게 주판알 퉁기는 데는 타의 추종을 불허하는 고수들이 몇 사람 있는데, 필요하다면 내가 보내주지!"
 고항의 속내를 미뤄 짐작하고도 남는 전도가 웃으며 말했다.
 "전 주조에 능한 장인이 필요하지 주판 다루는 사람은 얼마든지 있습니다. 하관도 주판이라면 어느 정도는 자신 있고요."
 담담하게 웃으며 윤계선의 답변을 기다리는 전도의 눈매에 결연한 의지가 묻어났다. 이에 윤계선이 웃으며 말했다.
 "그 일이라면 금명간 장인들의 이력을 작성하여 보내줄 테니 자네가 알아서 선발하되 셋 이상은 곤란하겠네!"
 말을 마친 윤계선은 할말이 끝났다는 듯 손사래를 치며 방안으로 들어갔다.
 전도에게서 보기 좋게 엿먹은 고항이 내심 불쾌하여 의문 밖에서 여태 자신을 기다리고 서 있는 초로를 불러오라고 지시했다.
 "역관으로 가서 문서를 정리하여 떠날 채비를 서두르게. 날이 밝기 전에 떠나야겠네!"
 말을 마친 고항은 옆에 있는 전도에겐 시선 한 번 주지 않은 채 쌀쌀맞게 휙 소매를 털며 돌아섰다. 그러자 눈치 빠른 전도가 급히 뒤쫓아갔다.
 "소인의 처사가 고깝게 느껴지셨다면 그만 화를 푸십시오! 낮은 처마 밑에서 머리 숙이지 않을 수 없는 소인의 처지를……."

"됐네, 화나고 자시고 할 것도 없어! 내가 돈을 구하려면 어디 가서 못 찾아 자네 틈새를 파고들겠어? 우리 애들 거기서 고생 좀 시켜보려고 그랬더니 생사람 잡으려고 드네?"

화난 어투와는 달리 낯빛이 그리 흉하지는 않은 고항을 보며 내심 안도하여 전도가 종종걸음으로 뒤따라갔다. 그리고는 얼굴 가득 진지한 표정을 지어 어느새 발걸음을 늦춘 고항과 나란히 총독아문을 나서며 입을 열었다.

"고 어른의 깊은 뜻을 소인이 어찌 모르겠습니까? 사실은 소인이 이 차사를 맡고 난 이후부터 여러 왕공들에서부터 육부의 관원에 이르기까지 자기 사람을 심으려고 청탁넣는 사람들로 문지방이 닳다 보니 천거의 '천(薦)'자만 들어도 머리가 지끈지끈합니다!"

정면으로 불어닥치는 찬바람에 흐느끼며 전도가 말을 이었다.

"워낙 너그러우신 분이라 밑에서 보면 수박 같고, 위에서 보면 깨알같은 소인의 처지를 널리 이해해 주시리라 믿습니다! 북경에 가면 길에 밟히는 게 3품관이고, 똥개보다 못한 게 4품관이라고 하지 않습니까……."

"푸훗!"

마침내 고항이 양볼 가득 부은 웃음을 토해내고 말았다.

"알았어, 알았어! 사내가 수다스럽기는!"

전도가 마치 쓴 담즙을 삼킨 얼굴을 하고 애써 웃으며 덧붙였다.

"흠차 어른께서 너그러이 이해해주시니 소인도 너무 박절하게 할 수는 없을 것 같습니다. 두어 명만 보내어 서재에서 필묵을 시중들게 해주십시오, 하는 걸 봐서 팍팍 밀어줄 테니깐요!"

"그럼, 그렇지! 통쾌해서 좋군!"

전도의 병 주고 약 주는 행동에 방금 전의 불쾌함은 흔적도 없이 날려보낸 고항이 전도의 어깨를 힘껏 잡고 웃으며 떠들어댔다.

"자, 비온 뒤에 땅이 굳는다고, 자네와는 좋은 사이가 될 것 같은 예감이 드네. 오늘은 내가 낼 테니, 채봉루로 가서 몸 한번 풀어보지!"

두 사람은 각자 자신의 관교(官轎)로 돌아가 의복을 갈아입었다. 미색 비단 두루마기에 자주색 띠를 멋스레 두르고 굽이 높은 검정 포화(布靴)를 신은 고항은 희고 갸름한 얼굴이 준수하여 천상 귀공자였다. 그에 비해 거무튀튀한 차림으로 휘감은 전도는 까무잡잡한 얼굴에 오랫동안 손보지 않은 듯한 까까머리가 고슴도치가 벗하자고 찾아오지는 않을까 싶었다. 딴에는 자신만만하여 관교에서 나오는 전도를 향해 쿡 입을 싸쥐고 웃으며 고항이 말했다.

"명색이 돈 주무르는 게 일이라는 사람이 행색이 그게 뭔가! 속이 꽉 차 외모엔 신경도 쓰지 않는 겐가?"

이에 전도가 웃으며 화답했다.

"사람이 근본을 잊어선 안 되죠. 천골(賤骨)인 소인이 어찌 천가(天家)의 귀척(貴戚)인 흠차 어른에 비하겠습니까? 호박에 줄 긋는다고 수박이 되는 것도 아니고."

"자네는 기생년들한테 푸대접받는 것도 기분 더럽다는 걸 뼈저리게 느껴야 돼!"

고항이 고개를 절레절레 저었다.

두 사람이 수레를 타는 대신 걸어서 청량산(淸涼山), 도엽도(桃葉渡), 성황묘(城隍廟) 일대를 누비며 이것저것 지방 특색의 진미를 맛보는 사이 어느덧 진회하(秦淮河)가 눈앞에 애잔한 모습을 드러냈다. 때는 춘색(春色)이 짙어가는 봄날인지라 강가엔 연두색 버드나무가 하느작거리고 시리게 푸른 쪽빛 물결에 물고기 노니는 몸짓이 한가로웠다. 한줌의 잔양(殘陽)이 서산에 걸터앉아 지친 날개를 퍼득이며 집을 찾아가는 새들을 그윽하게 바라보는 이 순간의 여유가 진회하의 가장 매혹적인 한때였다. 황홀한 홍등이 점점이 명멸하는 즐비한 홍루(紅樓)들에서 새어나오는 긴드리진 노랫소리가 걸신들린 듯 두 눈이 붉은 고항을 흥분에 떨게 했다.

"이 금릉(金陵) 지역엔 그 옛날의 왕손들 모습은 가뭇없고 여인들의 연지분 향이 코끝을 간지럽히는군!"

고항이 웃으며 대꾸했다.

"대신 색기(色氣)가 날로 성하니 나쁠 건 없지. 이 모든 것이 이위(李衛)의 공로라는 거 아니오? 웅사이가 밥통 싸들고 반대했어도 결국엔 두 손, 두 발 다 들었잖소. 이위가 이곳 세수(稅收)를 두 배로 늘려 국가재정에 크게 기여했으니 누가 뭐라 하겠소?"

전도가 멍하니 생각에 잠겨 있는 모습을 본 고항이 팔꿈치로 툭 치며 물었다.

"벌써 황홀경에 빠져버린 건 아니겠지? 원래 그만그만하면 술 석 잔이라는 말도 있소."

전에 전문경의 휘하에서 막료로 있을 때도 그랬고, 나중에 북경에서 류통훈을 섬겼을 때도 그랬듯이 이처럼 아무렇지도 않게 홍루를 찾는다는 건 엄두도 못 낼 일이었다. 두 사람이 솔선수범하여 법도를 지키니 한창 나이에 기생 한 번 품어본 적 없는 전도가 호기심 반, 걱정 반에 생각을 놓아버릴 법도 했다 홀로 역관으로 돌아가자니 고항에게 미운 털 박히는 게 두려웠고, 솔직히 물고기

비린내만 맡고 간다는 것도 여간 고문이 아닐 것 같아 망설이고 있던 전도가 고항이 말을 걸어오자 흠칫 놀라며 주섬주섬 얼버무렸다.
"아! 저…… 그냥 이것저것 생각해 봤습니다. 거칠고 제멋대로인 동광(銅鑛)의 수만 광부들을 어찌 다스릴까 걱정도 되고……."
"아휴, 내숭은!"
고항이 조롱하는 듯한 미소를 지은 채 입가를 치켜올렸다.
"물고기는 먹고 싶지만 비린내는 무섭고, 그런 거 아닌가! 걱정 붙들어매셔! 개국 이래로 이 동네 물에 빠져죽은 대신(大臣)은 아직 없으니!"
자신의 행동을 합리화시키느라 안간힘을 쓰는 고항과 입씨름을 벌이기엔 이미 늦은 전도가 헤식게 웃으며 뭔가 물으려 할 때 상류 쪽에서 등불이 휘황찬란한 화방(畫舫) 한 척이 애수에 젖은 노랫소리를 강바람에 가늘게 날리며 이쪽으로 미끄러지듯 달려오고 있었다.

　　향주(香舟)에 그리움 담아 넘실넘실 띄워보내니,
　　거울에 발갛게 익은 이내 얼굴 어느새 춘심이 가득하구나.
　　언제 보고 뜸한 발길 야속하다 원망하니,
　　등화 등지고 미소 짓는 저 나그네 오늘밤 쉬어가면 어떠하오?

술 한 잔 마시지 않은 마음이 저절로 취하는 건 무엇 때문인가. 가까이 다가온 화방에서 '봉채(鳳彩)'라고 쓰여진 미색 등롱(燈籠)을 발견하고 고항은 어린애처럼 방방 뛰며 손나팔을 불어댔다.
"조어멈, 여기야 여기! 나 고영(高永)이란 말이오!"

"어머, 이게 뉘시오? 보고싶어 눈까지 다 멀었건만 그래, 여태 북경에 있었던 거예요? 자기(瓷器) 장사는 잘 되고요?"

자신의 신상을 철저히 숨긴 고항(高恒)의 빈틈없는 모습에 은근히 존경어린 시선을 보내며 전도가 눈여겨보니 말이 '어멈'이지 여인은 풍만하고 탄력 있는 몸매가 그만인 미색이었다. 화방에 성큼 올라타자마자 '어멈'을 껴안고 입을 맞추는 고항을 보며 전도는 못 볼 것을 본 것처럼 황급히 고개를 외로 꼬아버리고 말았다.

13. 봉채루(鳳彩樓)

　머리털 생긴 이래 난생 처음 기방(妓房)이라는 곳에 발을 들여 놓은 전도는 칠보단장을 하고 갖은 아양을 떨어대는 여인네들이 그저 부담스럽기만 했다. 진땀을 철철 흘리며 고항에게 애원어린 눈길을 주니 고항은 코를 감싸쥐고 킥킥거릴 뿐이었다.
　떠밀리듯 여인네에 둘러싸여 보니 경황이 없는 와중에도 오입진경(誤入眞境)의 느낌은 그야말로 황홀했다. 저마다 화용월태(花容月態)를 뽐내고 있었고, 풍만한 몸매가 탐스러웠다. 그사이 고항은 물 만난 고기가 따로 없이 이 가슴 움켜쥐고, 저 볼 꼬집어 비틀며 누군가를 찾아 눈동자를 돌리기에 바빴다.
　요염한 눈 꼬리를 치뜨고 샐쭉하여 그 모습을 밉지 않게 흘기던 기생 하나가 술 한 잔을 따라서 손에 들고 다가왔다. 그리고는 간드러지게 웃으며 말했다.
　"절세의 요정을 곁에 두고 뭘 그리 두리번거리시나이까! 교미

(巧媚)를 찾으시는 모양인데, 우리가 교미년보다 못한 게 뭐예요? 못 생긴 것도 아니고 잠자리 솜씨가 서툰 것도 아니고. 오늘밤은 이년의 맛 좀 보시죠. 입안에서 살살 녹을 테니까. 교미년의 그것보다 훨씬 맛있을걸요?"

"공짜면 양잿물도 마신다는데, 거저 준다면 그야 당연히 먹어야지!"

게슴츠레 미간을 좁힌 고항의 얼굴에 홍광이 빛났다.

"그래, 이참에 우리 떼거지로 한 번 해보자! 어멈, 교미년까지 두어 명 더 붙여줘! 아랫도리가 근질거려 벗고 덤비는 년들 한번 요절을 내어줄 테니까!"

신분을 숨긴 채 시정잡배에 가까운 언행을 서슴지 않는 고항을 보며 몸둘 바를 몰라하던 전도가 뒷간을 핑계로 밖으로 빠져나왔다. 벌겋게 상기된 얼굴에 스치는 찬바람이 시원하게 느껴졌다. 그제야 눈여겨보니 봉채루(鳳彩樓)는 사면이 벽이 없이 탁 트인 2층 홍루였다. 날아갈 듯한 처마며 우람한 붉은 기둥에 새겨진 각종 문양이 멋스러워 보였다. 낭하에 대롱대롱 매달려 있는 각양각색의 채색등(彩色燈)이 황홀한 색깔을 발하고 있었다. 쟁반에 술이며 차를 받쳐들고 종종걸음을 떼는 계집종들의 발걸음소리가 가뿐했다. 시원한 공기 속에 어우러져 있는 주향(酒香), 육향(肉香), 분향(粉香)을 크게 들이마셔 너울너울 흰 입김을 토해내며 전도가 구석자리에서 서성일 때 홀연 2층에서 "교미처녀 당도하셨나이다!"고 하는 하인의 째지는 듯한 소리가 들려왔다.

전도가 고개를 들어보니 머리를 두 갈래로 땋은 하녀가 조심스레 한 여인을 부축하여 서쪽 별채에서 걸어나오고 있었다 이와 때를 같이하여 주렴(珠簾)이 걷히는 소리가 들렸고, 귀객(貴客)

을 맞듯 달려나온 고항의 허둥대는 모습이 불빛에 아른거렸다. 여인을 껴안고 얼굴에 뻑뻑 소리나게 입을 맞추며 북쪽 끝방으로 들어가는 고항을 일별하며 전도가 막 계단을 올라가려 할 때 어디선가 갑자기 와당탕! 하고 물대야 엎지르는 소리가 들려왔다. 잇따라 거친 사내의 악에 받친 욕설이 터져 나왔다.

"이 쌍년아! 어떤 거지새끼 × 빨던 생각하느라 물을 엎질렀어? 어제 깐 양탄자가 다 망가졌잖아! 어쩔 거야? 네년을 팔아도 못 산다, 못 사!"

씩씩 황소 숨을 내쉬며 뭔가 걷어차는 소리가 들렸다. 곧이어 손수건으로 얼굴을 가린 가냘픈 여자가 봉두난발(蓬頭亂髮)을 한 그대로 엉엉 울며 뛰쳐나왔다. 흠칫 놀란 전도가 영문을 물으려 할 때 절구통 같은 상체를 훤히 드러낸 험상궂은 사내가 덮치듯 쫓아나와 여인의 목덜미를 덥석 움켜잡았다. 그리고는 겁에 질려 바들바들 떨고 있는 여인을 종잇장 구기듯 힘껏 먼발치에 내치며 이를 갈았다.

"이 갈보 같은 년아, 손님을 안 받겠다니? 네년이 무슨 열녀라도 되는 줄 알아? 한 번만 더 앙탈을 부렸다간 가랑이를 쫙쫙 찢어버릴 거야!"

이같이 으르렁대며 사내는 또다시 발길질을 해댔다. 땅바닥에 쓰러진 채 반항 한 번 못하는 여인과 그럼에도 성에 차지 않아 솥뚜껑만한 주먹이 오르락내리락 하는 사내를 번갈아 보던 전도가 끝내 그냥 보아 넘기지 못하고 나섰다.

"어찌 사람을 그리 개 패듯 할 수가 있단 말이오? 그것도 사내가 돼서 가냘픈 여자를 말이오!"

"그게 말입니다……."

봉채루(鳳彩樓) 245

전도의 일거수일투족에 묻어나는 위엄을 느끼며 사내는 체구에 어울리지 않게 배시시 웃었다.

"얘는 저의 수양딸입니다. 계집애가 하도 고집이 세서…… 다른 애들은 열여섯이면 알아서 척척 손님도 받고 하더구만, 이년은 어찌 된 게 열아홉을 넘기고도 그저 밍숭맹숭하기만 하니, 나 참! 재수가 없으려니 별 게 다 속을 썩이네. 내가 땅 파서 장사하는 것도 아니고 제까짓 년을 고이고이 모셔놓고 우러러 볼 일이 있나요? 안 그렇습니까, 어르신?"

"술시중은 들어도 몸은 안 팔아도 된다고 했지 않소!"

죽은 듯 찬 바닥에 쓰러져 있던 여인이 분노에 찬 두 눈을 모로 세우며 악에 받쳐 대들었다.

"아비규환의 지옥이 따로 없는 이놈의 봉채루, 확 불살라버릴 거야! 여자가 한을 품으면 오뉴월에도 서리 내리는 걸 알지? 두고 봐라, 너 죽고 나 죽고 결단나는 날이 오지 않는가……."

여인이 바드득바드득 이를 가는 소리가 소름이 끼칠 정도였다. 그사이 어느새 달려나온 어멈이 게거품을 허옇게 문 사내를 힐끗 째려보고는 무릎을 낮춰 여인을 일으켜 세웠다.

"채운(彩雲)아, 웬만하면 저 인간 건드리지 말라고 내가 그랬지? 똥이 더러워서 피하지 무서워서 피하냐? 저게 노름을 해서 다 털어먹고는 누구 탓만 해서 저러는 거야. 어서 일어나……."

사내를 향해 "퉤!" 하고 침을 내뱉으며 어멈이 그제야 웃는 낯빛을 보이며 전도를 향해 코맹맹이 소리를 했다.

"우리 전 어른, 괜히 기분 잡치게 해서 어떡하나? 어서 올라가세요…… 이년이 성심 성의껏 모실게요!"

어멈의 부축을 받아 일어섰어도 어지러운 듯 한 손으로 이마를 짚고 휘청거리는 채운은 갸름한 얼굴에 눈썹이 가늘고 입술이 앵두만 했다. 화장기 없는 얼굴이 그리 미색은 아니었어도 부드러운 턱의 선이 고왔다.

몽롱한 등불 빛을 빌어 여인을 응시하며 전도가 입을 열더니 나직이 말했다.

"조어멈, 처녀가 양순하고 얌전해 보이는데, 이런 판에서 거칠게 굴리기엔 아까운 것 같소. 일년 동안 데리고 있으려면 얼마나 필요하겠소? 내게 그만한 돈이 있을지는 몰라도 아무튼 들어나 봅시다."

"아휴! 전 어른, 왜 이러세요? 난 채운이를 배 아파 낳은 내 새끼처럼 생각하는데! 사람을 어찌 돈주고 사고팔겠어요?"

어멈은 말은 그같이 하면서도 살살 눈웃음을 치며 덧붙였다.

"인간으로서의 도리가 그렇다는 것이고요. 사람이 사람을 좋아하는데는 어찌할 도리가 없지 않겠어요? 전 어른께서 정 우리 채운이를 맘에 들어하신다면 사올 때 본전만 내고 데려가세요! 그게 얼마였더라? 아마 1천5백 냥이었을 거예요! 전 어른께서 당장 주머니 사정이 여의치 않으시다면 조금 에누리해 드릴 수도 있고요!"

"고맙소, 그럼 1천 5백 냥이오? 한 입으로 두 말 하기 없소."

전도가 통쾌하게 이같이 말하고는 다가가 채운의 팔을 잡으며 말했다.

"자, 두 번 다시 얻어터지는 일은 없을 테니 위층으로 올라가 보시오!"

"아니에요……."

까맣고 비쩍 마른 전도의 얼굴을 힐끗 훔쳐보던 채운의 고갯짓

봉채루(鳳彩樓)　247

이 결연했다.

"전 죽어도 몸은 허락할 수 없어요!"

마지막 길까지 각오한 듯 처연해 보이는 채운의 얼굴을 찬찬히 뜯어보며 전도가 어깨를 다독거려 주었다.

"내가 다른 흑심이 있어 자네를 속신(贖身)시킨 건 아니네. 두고보면 알 거요. 이삼일 내에 난 운남(雲南)으로 떠나고 없을 거네. 내가 곁에 없어도 누구든 더 이상 자넬 괴롭히는 일은 없을 테니 마음놓고 잘 있어줬으면 하네. 감지덕지하여 큰절까지 할 건 없고, 나를 따라 올라가 그저 노래나 한 곡조 불러주면 좋겠는데······."

후덕하고 인정미 넘치는 전도의 말에 딱딱하기만 하던 채운의 얼굴이 부드럽게 풀리기 시작했다. 고개를 떨구고 발끝만 내려다보고 있던 채운이 한참 후에야 살며시 고개를 끄덕였다. 어멈이 기다렸다는 듯이 함박웃음을 지으며 다가와 8대 조상의 음덕을 입었다느니, 황천보살 덕에 출세했다느니 한바탕 수다를 떨어댔다.

세 사람이 2층으로 올라가 북루(北樓)로 들어가니 동쪽으로 생황적소(笙篁笛簫)를 손에 든 네 여자가 다정하게 앉아있는 고항과 한 떨기 연꽃 같은 여인을 마주하고 있었다. 하얀 달빛 같은 비단으로 감은 몸이 보기 좋게 풍만한 여인의 살포시 숙인 뒷덜미가 우윳빛 유혹으로 다가왔다. 그녀는 다름 아닌 고항이 꿈에도 그리는 여인, 교미였다.

미리 한 곡조를 뽑은 듯 안색이 발그스레하여 품에 안긴 여인을 흡족한 표정으로 들여다보고 있던 고항이 뒤늦게 들어선 전도와 채운을 향해 반색하여 손짓했다.

"이봐, 전씨! 오늘 보니 여자 후리는 재주가 이만저만이 아닌데? 내가 백방으로 먹어보려고 했어도 못 먹은 걸 오자마자 뚝 따먹어버렸으니 말이야!"

고항의 말에 여인들이 입을 감싸쥐고 웃었다. 그러나 샐쭉해진 교미는 어느새 토라지고 말았다.

"농담도 못하나? 아휴, 우리 교미는 토라지니까 더 예쁘게 보이네……."

다급해진 고항이 교미를 다독이기에 바쁠 때 밖에서 수행원이 들어왔다. 무슨 일이 있을 것 같은 예감에 고항이 물었다.

"무슨 일이야?"

"남창(南昌) 류 장궤(劉掌櫃)가 조운(漕運)을 통해 실어온 소금배 20척이 그동안 무사하더니 남경해관(南京海關)에서 오 수비(吳守備)한테 압류당했다고 합니다. 소금 운반에 필요한 서류를 챙기지 않아 생긴 오해라며 류 장궤가 발을 동동 구르고 있습니다. 꼭 좀 도와주십사 하고 간청을 해왔습니다……."

그러자 고항이 말했다.

"내가 직접 움직일 것까진 없잖아? 몇 글자 적어줄 테니 갖고 가서 사람을 먼저 풀어주고 나중에 서류를 보충하면 되지 않겠어?"

그리 하겠노라고 연신 대답하고 난 수행원이 주춤하더니 다시 말을 이었다.

"어르신, 그리고 병부와 형부에서 사관(司官) 두 분이 내려오셨습니다. 지금 역관에서 어르신을 기다리고 있습니다……."

"내 말을 전해!"

고항이 말허리를 툭 잘라버렸다.

봉채루(鳳彩樓) 249

"난 내일이면 사천(四川)으로 떠날 사람이니 이곳 일은 더 이상 나랑 무관하니 발걸음을 돌리시라고 말이야."

그러자 난감해진 수행원이 마른침을 꿀꺽 삼키더니 덧붙여 아뢰었다.

"소인이 그리 말씀 올렸습니다. 그럼에도 두 사람은 가타부타 응답 없이 자리를 꿰차고 앉아 있습니다. 뭐…… '일지화(一枝花)'가 창덕부(彰德府)에서 고은(庫銀)을 털려다가 실패하고 어디론가 종적을 감췄다는 것 같았습니다. 또 직예 번고에서 은자 65만 냥을 사천으로 운송하려고 하는데, 길에서의 안전을 도모하기 위해 어르신더러 친히 호위를 맡으시라는 지시가 내려왔다는 것 같기도 했습니다……."

"그만하지 못해!"

들을수록 짜증이 난 고항이 버럭 고함을 지르고 말았다. 분명히 기밀에 속하는 사안임에도 주둥아리가 천리마인 기생년들 앞에서 아무 거리낌없이 쏟아 놓았다는 사실에 화가 났던 것이다…….

벌떡 일어나 옷매무새를 다듬으며 고항이 조어멈과 교미를 향해 겸연쩍은 미소를 지어 보이며 말했다.

"등신 같은 부하 덕에 신분이 들통나버렸구만! 놀랄 건 없어, 그리 어마어마한 벼슬아치는 아니니까……."

던지듯 이같이 말하고 난 고항은 횅하니 밖으로 나가버렸다.

고항이 돌연 온다간다 언질도 없이 밖으로 사라지자 당황해진 전도가 급히 주머니에서 은표 두 장을 꺼냈다. 그리고는 채운에게 건네며 덧붙였다.

"2백 냥 짜리는 내가 없는 동안 용돈으로 쓰고, 1천 냥 짜리는 속신(贖身)하는데 필요한 것이니까 잘 챙겨두게. 내일 사람을 시켜 5백 냥을 더 보낼 테니, 합쳐서 어멈한테 주게. 다신 하기 싫은 일을 강요받는 경우는 없을 거요. 그리고, 혹 내일 떠나기 전에 시간이 있으면 잠깐 들르겠네……."

어느새 긴 눈초리에 눈물이 그렁그렁 맺힌 채운을 애써 외면하며 밖으로 나서는 전도의 발걸음이 무거웠다.

한편 산동(山東)에서 모역(謀逆)을 꾀하다 패하고 줄곧 쫓긴 '일지화' 역영(易瑛)의 반군들은 갈수록 기진맥진해지고 있었다. 크게 패망한 적은 없었지만 가는 곳마다 얻어맞다 보니 그 많던 인마는 이제 겨우 56명밖에 남지 않았다. 설상가상으로 그 속에는 흑풍채(黑風寨) 류대머리의 사람이 열 몇 명이나 들어있어 언제 등을 돌릴지 장담할 수가 없었다.

앞으로의 진로를 상의하는 자리에서 어떤 사람은 승리를 거두고 경계가 상대적으로 느슨할 관병들의 약점을 노려 다시 산동으로 쳐들어가자고 했고, 연입운(燕入雲)은 예동(豫東, 하남성의 동쪽)에서 대별산(大別山)으로 진입하여 동백산(桐柏山)에 들어가 둥지를 틀어 역량을 재정비하자고 했다. 류대머리의 부하였지만 이미 사이가 벌어진 호인중(胡印中)은 아무 말도 없었다.

결국 일지화는 어디 머리카락 숨길 곳 하나 없이 펼쳐진 예동의 대평원을 지나가다가는 자칫 대별산에 진입하기도 전에 관군에 꼬리가 잡혀 낭패를 보기 십상이라는 황보수강(皇甫水强)의 의견을 좇아 무안(武安)에서 북쪽으로 방향을 틀어 태행산(太行山) 깊숙한 곳에 들어가 전열을 재정비하며 대계(大計)를 도모하기로 했다.

그러나 그 어디에도 관군으로부터 안전한 지대는 없었다. 첩천

령(鉆天嶺)을 넘을 때 미리 매복하고 있던 관군에 돌연 습격을 당한 데다 류대머리가 총대를 돌려 메는 내홍까지 겹쳐 역영은 스무 명 안팎에 불과한 인마를 거느리고 황급히 부석산(浮石山)의 여와낭낭묘(女媧娘娘廟)로 퇴각하기에 이르렀다. 말들이며 은자, 그리고 얼마 남지 않은 건량(乾糧)까지 내던지고 도망쳐온 일지화의 비참한 기분은 이루 형언할 수 없었다.

밤이 깊어 여와낭낭묘는 숨막히는 적막감에 휩싸였다. 씻은 듯 맑은 검푸른 하늘에 잔월(殘月)이 걸려 하얀 돌계단 여기저기에 송장같이 널브러져 있는 무리들을 비추고 있었다. 재를 넘는 산바람의 오열을 온몸으로 느끼며 역영은 좀처럼 잠을 이룰 수가 없었다.

하남(河南) 동백현(桐栢縣) 태생인 그녀는 열여덟 소녀처럼 앳되어 보이지만 실은 불혹의 나이가 가까운 나이였다. 여섯 살에 조실부모하여 떠돌아다니며 이 집 저 집 밥을 먹으며 홀로 자란 역영은 우여곡절 끝에 백의암(白衣庵)의 비구니 정공(靜空)을 만나면서 '무색(無色)'이라는 법명을 얻게 됐다. 그러나 '무색'이라는 이름을 무색케 할 정도로 역영은 갈수록 미색이 돋보여 동백현의 남정네들은 물론 멀리 경화(京華)에서까지 어마어마한 권문세도가들이 '부처님 참배'를 핑계로 암자를 찾곤 했다.

강희 59년 원적(圓寂)에 들기 직전 비구니 정공이 그녀의 손을 잡고 말했다.

"내가 누누이 관음보살님께 여쭤도 그분의 응답은 하나였어. 넌 이 물에서 놀 사람이 아니고 달리 해야 할 일이 있을 것이니 미련 없이 널 풀어주라는구나. 내가 죽으면 넌 여기서 버텨낼 수 없을 것이니, 일찌감치 적당한 사람을 만나 혼인을 하거라. 이는 너의 팔자이니 거부해도 허사니라!"

 과연 정공이 원적에 들자 역영의 하루하루는 괴로움의 연속이었다. 오가는 온갖 사내들이 밤낮 따로 없이 집적대고 급기야는 한밤중에 귀신놀음까지 심심찮게 벌어졌다. 역영은 베개 밑에 암기(暗器)를 숨기고도 악귀들에 숨통이 졸리는 악몽에 시달려 등골을 흥건히 적시기가 일쑤였다.

 그러던 어느 날, 암자 어귀에 가사방(賈士芳)이라는 도사가 나타났다. 늙은이와 소년을 각각 한 명씩 데리고 공터에서 재주를 선보이자 구경꾼들이 꾸역꾸역 몰려들었다. 여러 가지 마술에 가까운 묘기에 손바닥이 얼얼하게 박수를 쳐대면서도 정작 가사방이 장내를 돌며 화연(化緣)을 요구하자 사람들은 뿔뿔이 흩어져 도망가기에 바빴다.

 그때 유독 역영만이 자리를 지켜 주머니를 털어 동전 몇 닢 꺼내놓았다. 그러자 순간 역영을 유심히 뜯어보던 가사방이 철대문 같은 입을 열더니 말하는 것이었다.

 "낭자는 여와낭낭이 낳은 금동(金童)이 여신(女身)으로 환골탈태한 경우라오. 험난한 인간세상에서 인간의 고뇌를 경험한 뒤에 제자리로 돌아가게 될 것이니, 그 어떠한 고난이 있더라도 참고 견뎌야 할 것이오!"

 ……한줄기 찬바람이 등허리를 휘젓고 나간 자리에 섬뜩함이 묻어났다. 서쪽으로 멀어져 가는 달빛에 비쳐진 멀고 가까운 기암괴석들이 시뻘건 피를 머금은 호랑이의 아가리를 방불케 했다. 우연의 일치라고 하기엔 너무나 기묘한 인연이었다. 이곳 부석산이 바로 여와낭낭이 돌을 녹여 하늘을 기웠던 곳이고 보면 가사방의 말이 아주 허튼 소리는 아닌 것 같았다. 산 위의 백색 부석(浮

石)들은 모두 둥지처럼 움푹하게 파인 모양을 하고 있었고 물에 던지면 수면 위로 떠오르는데, 이는 여와씨가 하늘을 기울 때 녹아 내린 석액(石液)이 응고되어 만들어졌기 때문이라고 했다. 이제 앞을 보니 절벽이요, 뒤를 보니 천길 낭떠러지인 막다른 골목에 다다랐으니. 그곳이 바로 여와가 하늘을 기웠던 곳임에야 명명(冥冥) 중에 그 무슨 천의(天意)가 있는 건 아닐까……! 여기시 한줄기 연기가 되어 흔적도 없이 사라져갈 것인가, 아니면 기사회생의 천기(天氣)를 받아 용틀임하여 일어설 것인가! 그녀는 의식적으로 앞가슴을 가만히 쓸어 내렸다. 그 속엔 가사방이 던져주고 간 '천서(天書)'가 들어있었던 것이다.

가사방에 의해 〈만법비장(萬法秘藏)〉이라고 명명된 이 책은 거의 30년 동안 역영을 살찌웠고 어려운 고비, 고비를 넘겨주었다고 해도 과언이 아니었다. 음양의 전도(顚倒)에서부터 갖가지 둔갑술이 세세히 기록된 이 책을 역영은 서슴없이 '천서'라 우러러 모셨고, 이 순간에도 자신이 신봉하는 '진주(眞主)'가 그 무슨 돈오(頓悟)의 계시를 내리길 간절히 기도했다. 그러나 높고 먼 하늘에서 밤새워 깜빡이는 별들은 그 어느 것도 시원하게 그녀의 소원을 풀어주지 못했다.

"성사(聖使)……."

갑자기 등뒤에서 나직한 여자의 말소리가 들려왔다. 깊은 사색을 거둬들이며 역영이 고개를 돌려보니 팔에 화살을 맞아 붕대를 감은 뇌검(雷劍)이었다. 역영이 심드렁한 표정으로 말했다.

"좀더 눈을 붙이지 그랬어? 여긴 내가 지키고 있잖아! 추우면 불을 지피든가."

"견딜만합니다."

뇌검이 말을 이었다.

"저 밑에서 한매(韓梅)와 엄국(嚴菊)이 날이 밝기 전에 우리의 동향을 묻고 있습니다."

뇌검이 이같이 말하며 손가락으로 왼쪽 산자락을 가리켰다.

"저 횃불을 보세요!"

역영이 굽어보니 과연 아스라한 골짜기에서 바람에 명멸하는 횃불이 호형(弧形)을 그리고 있었다. 미리 정한 암호였다. 그 불빛을 본 연입운, 황보수강, 호인중 등도 하나둘씩 모여들었다.

14. 그물에 걸려들다!

　연입운이 횃불을 보더니 입을 열었다.
　"방금 성사(聖使)께서 추우면 불을 지피라고 하셨는데, 그건 호랑이를 안방으로 끌어들이는 천만 위태로운 발상이 아닐 수 없습니다. 두 눈에 쌍심지를 돋구고 우리 종적을 찾아다니는 관병들이 몇 십리 밖에서도 우리를 발견할 수 있습니다. 사람을 보내 저네들을 데려오는 게 낫겠습니다."
　그러자 황보수강이 말을 받았다.
　"저 아래까지 내려가자면 적어도 이십 리 길은 실히 될 텐데, 우리가 아무런 반응을 보이지 않으면 그사이 우릴 찾아 헤매고 다니지 말란 법이 없지 않소. 사방 몇 십리 인근에는 온통 부석(浮石)뿐인가 하나 없는데, 길이 어긋나면 굶어죽기 십상이란 말이오. 관군(官軍)의 주력부대는 아직 장치(長治) 남쪽에 있으니…… 성사(聖使), 주저하지 마시고 점화하여 저네들과 연락을 취하십시오!"

 연입운은 사사건건 자신의 말에 토를 다는 황보수강이 아니꼬 왔다. 하지만 역영의 눈치를 보지 않을 수 없는 그는 간신히 화를 억누르며 성에가 무겁게 낀 얼굴로 쌀쌀하게 내뱉었다.

 "점화해서 적군의 주력을 불러오기만 해봐라, 내가 그 목을 쳐 버리지 않나!"

 황보수강은 '일지화' 세력의 초기 수령(首領)으로서 동백산 대채(大寨)에서의 명성과 위엄은 연입운에 비할 바가 아니었다. 그러나 나이가 몇 년 연장자인 연입운의 무예실력이 한 수 높고, 강호(江湖)에서 동네 개들마저 알아주는 팔방미인이다 보니 역영의 믿음과 관심을 한 몸에 받게 되는 것은 자명했다.

 역영에 대한 연입운의 불이(不二)의 충성 또한 자타가 공인하는 바였고, 둘 사이엔 사뭇 남다른 정마저 느껴졌기에 매사에 양보하여 긁어 부스럼을 피해온 황보수강이었다. 그러나 갈수록 객기와 횡포로 일관하는 연입운을 보며 분을 삭일 길 없는 황보가 가볍게 코웃음을 치며 대꾸했다.

 "뼈대있는 가문에서 귀하게 자란 사람이 동에 번쩍, 서에 번쩍 시골(屍骨)이 어디에 나뒹굴지도 모를 우리 무리에 들어와 쉽진 않겠다 싶어서 그 동안 참고 봐줬더니 이젠 아주 기어올라 한방 갈기려고 드는구만! 동백산에서 몇 천 명이 떡 버티고 있으니 관군이 번번이 털끝 하나 못 건드리고 쫓겨갔지, 그런데 바로 당신이 성사께 바람을 넣어 강서로 가자는 바람에 우린 지금 집도 절도 없이 이 생고생을 하고 있지 않은가! 그래 놓고도 뭐가 그리 잘났다고 누구 목을 따네 마네 하는 것이야! 성사의 체면만 아니라면 나야말로 진작에 네놈의 명줄을 따버렸을 것이야!"

그물에 걸려들다 257

"지금도 늦지 않았어, 명줄을 따 보라고, 어디!"

살기가 등등하여 고개를 홱 돌린 연입운이 독기 어린 세모 눈에 시퍼렇게 날을 세우며 으르렁댔다.

"별볼일 없는 건달 같은 놈!"

"그만하지 못해?"

참다 못한 역영이 버럭 고함을 질렀다. 뚝 입씨름을 멈춘 두 사람을 째려보며 역영이 호통을 쳤다.

"너나없이 합심해도 될까 말까 한데, 지금이 어느 때라고 자기 편끼리 물고 뜯고 하는 거야! 둘 다 쫓겨나지 못해서 그래? 호형의 견해는 어떠하오?"

호인중은 내내 침묵을 지키고 있었다. 매사에 신중한 결단력이 돋보여 역영의 두터운 신임을 받고 있었지만 연입운과 황보수강 그 어느 쪽에게도 밉보이기엔 아직 세력이 미약한 호인중이었다. 오랫동안 깊은 생각에 잠겨있던 호인중이 가볍게 한숨을 지으며 말했다.

"저의 생각엔 아무래도 산 아래와 연락을 취하는 것이 바람직할 것 같습니다. 얼마 남지도 않은 형제자매들이 산지사방으로 흩어지는 걸 막아야겠고, 산 아래의 정세를 분석하여 다음 행보를 정하는 데도 도움이 될 것 같습니다."

"그래, 절의 창틀을 뜯어 불을 지펴 산 아래에 신호를 보내거라!"

역영이 두 말 없이 지시를 내렸다.

타닥타닥 콩 볶는 소리를 내며 얼기설기 던져놓은 창틀이 타들어가기 시작했다. 어둠의 장막이 두터운 부석산 정상은 화염이 충천했다.

장검을 멘 채 무릎을 껴안고 돌에 기대어 물끄러미 불꽃을 들여다보고 있는 반군 두목들은 저마다의 심사에 빠져 마치 석고상을 방불케 했다.
　그렇게 시간이 얼마나 흘렀을까. 마침내 연입운이 거칠고 무거운 한숨을 토해냈다.
　"뭐니뭐니해도 우리가 이 지경에까지 이른 데는 은자(銀子)가 부족한 것이 결정타였어. 산동(山東)에서 하루아침에 뜻 있는 무리들을 2천명씩이나 불러모았어도 농사꾼도 아닌데 무기라고 해봤자 호미, 낫이 고작이니 결과는 불 보듯 뻔한 게 아니겠소? 도둑이 아닌 이상 민가를 털어서는 안 된다는 성사의 지시가 계셨으니, 맨주먹으로 그 어떤 위험도 불사했다지만 이제라도 숭고한 우리 세상의 도래를 위해서 가진 자들을 끌어들여야겠습니다."
　"아무리 36계 줄행랑이라고는 하지만 이렇게 대책없이 쫓겨만 다니는 것도 한계가 있습니다. 어디든 정박해 있을 곳이 시급하다고 생각됩니다."
　호인중은 계속 말을 이어나갔다.
　"양산(梁山)의 호한(好漢)들도 한때는 고배를 마셨지만 수박(水泊)에 진입하여 터를 잡으니 관군들도 주춤할 수밖에 없지 않았습니까."
　그러자 이번에는 연입운이 나섰다.
　"툭 깨놓고 사실 우린 지금까지 정박할 곳을 찾아 헤맸다고 봐야지. 다만 힘이 딸려 여태 이러지도 저러지도 못하고 있었을 뿐이지."
　하지만, 연입운과 입씨름을 벌이기로 작심이라도 한 듯 황보수강이 연입운의 말꼬리를 짓이겨버렸다.

"가는 곳마다 남의 둥지만 탐냈으니 힘이 딸릴 수밖에!"

잠시 목청을 가다듬더니 황보가 다시 말을 이었다.

"내 생각에 우린 황하를 건너면서부터 별 재미를 못 본 것 같소! 사실 돌이켜보면 강서(江西)에서 판단을 잘못했던 것 같소. 비록 수세에 몰리긴 했지만 수뇌부가 건재했으니 그때 관군이 물러가기를 기다렸다가 흩어진 무리들을 불러 다시 채(寨)를 세웠더라면 좋았을 거요. 현지인들이 성사(聖使)를 신선(神仙)으로 경배했었는데……."

부하들의 설왕설래에 귀를 열어 놓고 있으면서 역영은 나름대로 깊은 생각에 잠겼다. 그의 느낌은 이네들과 조금 달랐다. 자신이 법술(法術)로 전경포도(傳經布道)하고 재앙이 있는 곳에서 이재민들과 함께 하면서 신도를 많이 긁어모은 건 사실이었다. 그러나 진정으로 홍양교(紅陽敎)의 취지를 아는 백성들이 별로 없다는 게 문제였다.

근래에는 각종 부세 감면과 의약품, 구호품 양곡지원 등 이재민들에 대한 조정의 혜택이 잇따르면서 역영이 비집고 들어갈 틈새는 갈수록 좁아져 갔다. 제세의인(濟世醫人)의 기치를 내걸고 밤새워 무료로 질병을 치료해줄 때는 하나같이 열광을 하던 백성들이었다. 그러나 조정에서 손을 내밀자 곧바로 역영에게서 등돌려 버리기가 일쑤였다.

자신의 웅심(雄心)을 따라주지 않는 백성들이 야속한 걸 생각하면 의기소침하여 모든 것을 놓아버리고 싶은 마음이 굴뚝같았다. 그럼에도 뭔가 이루고 싶은 그 무엇이 있었다.

고개를 떨구고 잠시 이런저런 궁리를 하던 역영이 갑자기 고개를 번쩍 쳐들었다.

"하늘의 계시를 받고 하늘의 뜻에 따라 도(道)를 행하는 살적제요(殺賊除妖)의 성사(聖使)가 코털 만한 난관에 뿌리째 흔들리다니!"

말도 안 된다는 듯 결연히 고개를 저으며 그녀는 이를 악물어 느슨해지는 마음의 고삐를 힘껏 낚아챘다. 그리고는 천천히 좌중을 향해 입을 열었다.

"여러분들의 주장이 모두 일리가 있다고 생각하네. 현재 주삼태자(朱三太子)의 세자(世子)가 아직 여송국(呂宋國)에서 먼지를 뒤집어 쓴 채 본위(本位)로 돌아오지 못하시어 진주(眞主)의 계시를 못 받고 우리끼리 더듬어 길을 찾아가니 시행착오는 당연지사이지. 그렇다고 모두가 손놓아버리면 세자께서 돌아오셨을 때 마땅히 안거할 곳도 없다는 것은 우리 모두의 치욕이 아닐 수 없어. 이런 연유에서 나도 마음이 지나치게 성급했던 것 같네······. 우리로선 견고하고 안전한 둥지를 점령하는 것이 급선무라 생각되네. 동백산(桐柏山)과 정강산(井崗山)에서 고배를 마신 건 본가가 털렸을 때 흩어진 형제들이 다시 모일 수 있는 제2의 장소가 없었기 때문이지. 아무래도 동백산으로 돌아가는 게 나을 것 같네. 대별산(大別山)과 이웃해 있고, 복우산(伏牛山)과도 통해있으니 유사시 교토삼굴(狡兎三窟)의 지혜를 발휘하는데 일조를 할 것이네. 오늘 이 자리에는 총대를 거꾸로 멜 사람은 없을 거라 믿어마지 않네. 대채(大寨)가 정해지면 한 살림씩 나게 해줄 테니, 앞으로는 일이 터지면 나에게만 의존할 생각일랑 말게. 군향(軍餉)은 직예, 산서 일대에서 몇몇 대호(大戶)를 털어 은자는 우리가 챙기고, 나머지는 현지 백성들에게 나눠주면 되니까 걱정하지 말게. 가진 자가 무슨 죄인가? 대호를 괴롭히는 것도 처음이자 마지막이

어야겠고 앞으로 부족한 군향은 관부(官府)를 털어 충당해야겠네. 우린 비록 조정과 뜻을 같이 할 순 없지만 물불 가리지 않는 비적들이 아니라 엄연히 격이 있는 오왕사(王師)들이라는 걸 명심하게!"

연패를 당하고 의기소침해 있던 부하들은 주장의 허심탄회한 고백에 깊은 감동을 받았다. 하면 될 것 같은 희망이 다시금 용솟음쳤다.

연입운이 웃으며 먼저 입을 열었다.

"대호를 터는 일이라면 제게 맡겨주십시오. 큰소리 한 번 안내고 순순히 바치게 할 테니깐요! 전에 태평진(太平鎭)에서도 저의 주장대로 요모조모 잴 거 없이 무작정 마가네를 들이쳤더라면 지금쯤 우리는 흑풍채에서 술잔이나 기울이며 밤을 즐기고 있을지 모르죠!"

흥분하여 벌떡 일어선 연입운을 보며 황보수강이 으흠! 하고 큰기침을 하여 딴지를 걸었다.

"다른 곳에선 날고 길지 몰라도 태평진만큼은 그쯤 한 게 다행이라 생각되오. 엎어지면 코 닿을 곳에 북경을 두고 술잔을 기울이기는커녕 총알이나 먹지 않으면 조상 전에 큰절할 일이 아니오……."

어둠에 가려진 역영의 모습을 힐끗 바라보던 황보수강이 돌연 입을 다물어버렸다. 어떻게든 자신을 깎아내리려고 하는 황보수강을 보며 장검자루를 힘껏 움켜쥐는 연입운의 울퉁불퉁한 손등이 하얗게 변했다.

무겁고 긴장된 분위기에 숨이 막히는 가운데 병사 하나가 달려들어와 아뢰었다.

"한매, 당하(唐荷) 일행이 서른 명 정도 데리고 정상까지 올라 왔습니다!"

"서른 명을 데리고 왔단 말이지?"

역영이 순간 경이로움을 감추지 못하며 반문했다. 그러나 곧 웃음을 거둬들이며 되물었다.

"뜨내기들은 아니지?"

"예! 전부 흩어졌던 우리 형제들입니다!"

"잘 됐어!"

역영이 자신감에 차 웃으며 덧붙였다.

"누구 말대로 여와낭낭묘는 내게 특별한 곳일지도 몰라! 꺼져 가던 잿불이 때마침 불어온 한줄기 바람에 요원(遼遠)을 불태울 지 누가 알아! 자, 우리 다함께 가보자고!"

역영이 자리를 박차고 일어났을 때 한매와 당하 두 사람은 어느새 비틀거리며 코앞에 모습을 드러냈다. 활활 타오르는 장작불을 빌어서 보니 둘은 머리가 검불 같고, 의복이 남루하여 거지가 따로 없었다. 역영을 보자마자 털썩 허물어지며 두 사람은 "우우" 목을 놓아 울기 시작했다.

"성사…… 저희들이 성사의 기대를 저버렸습니다. 70명을 데리고 가서 고작 서른 명밖에 데리고 오지 못했습니다……."

오열을 터뜨리는 한매의 온몸은 사시나무 떨듯 했다.

"……성사를 뵈올 면목은 없으나 여기까지 오느라 6일 동안 낮에는 숨어 지내고, 밤에만 길을 재촉했습니다……. 다행히 나무꾼 노인을 만나 성사께서 이 방향으로 움직이셨다는 소식을 듣게 됐습니다. 길에서 몇 명 도망가버리고…… 성사를 뵙지 못하면 자결하려고 마음을 먹었었습니다……."

"살아서 돌아왔으면 됐네."

공과를 따지기 전에 관군에 쫓겨 처절하게 몸부림치며 어미품에 파고드는 새끼처럼 자신을 찾아 나섰을 광경을 떠올리며 눈시울이 붉어진 역영이 길게 탄식하며 두 사람을 부축하여 일으켰다. 그리고 말했다.

"동백산으로 돌아가 역량을 재정비하여 조정과 다시 붙어보기로 했네!"

허리에 두 손을 지른 역영의 반짝이는 눈빛이 장작불과 더불어 빨갛게 타올랐다.

"여긴 오래 머물 곳이 못 되네. 조금 휴식을 취하고 풍릉도(風陵渡)에서 황하를 건널 준비에 착수하자고. 하남은 우리의 근거지이니 은자만 충족하면 인마 끌어 모으는 일은 손바닥 뒤집기일 테지!"

은자에 대한 얘기가 나오자 한매의 눈빛이 반짝거렸다.

"성사, 반갑고 상심이 크다보니 깜빡했습니다. 긴히 아뢸 말씀이 있습니다! 남경에서 사람을 파견하여 전하는 바에 의하면 어마어마한 갑부가 은자 65만 냥을 석가장(石家莊)에서부터 사천(四川)으로 운송해간다는 첩보였습니다. 목적지가 사천인 걸로 미뤄 보아 관군의 군향이 분명한데, 비밀이 누설될세라 대대적인 호송작전은 삼가는 것 같습니다. 성사께서 사람을 파견하여 선수를 치면 충분히 승산이 있을 거라고 온 사람이 귀띔을 해주었다 합니다."

역영이 미처 뭐라 말하기도 전에 입이 근질거려 안달이 난 연입운이 끼어들었다.

"그쪽에서 운송을 책임진 자는 누구라고 하던가? 그 사람은 누구기에 이 같은 기밀정보를 입수할 수 있었지?"
 생각나는 대로 툭툭 내뱉던 연입운이 문득 자신의 실수를 깨닫고는 뚝 입을 다물었다.
 역영이 거들었다.
 "그 사람은 어딨어?"
 "전 보진 못했습니다. 노무객잔(老茂客棧)으로 성사의 행방을 물으러갔다가 그곳 절름발이한테서 들었습니다."
 "은자가 어느 지점까지 와 있다는 얘긴 없고?"
 "아직은 석가장에서 출발하지 않았을 거라고 합니다. 객잔에서 이미 염탐꾼을 보냈다고 합니다!"
 "운송을 책임맡은 자는 누구고?"
 "한 개 성(省)을 경유할 때마다 비밀리에 운송을 맡은 자들이 바뀌지 않을까 사려됩니다. 일단은 고향이 하남성(河南省) 정주(鄭洲)에 가서 은자를 받는 모양입니다. 운송을 책임진 자는 황천패(黃天覇)라고, 직예(直隷)에서 유명한 황가네 자손인 걸로 알고 있습니다……."
 역영의 미간이 좁혀졌다. 손사래를 쳐 말허리를 자르며 그가 말했다.
 "됐어, 무슨 말인지 알겠어! 저리 가서 좀 쉬게."
 "예!"
 한매와 당하가 물러가고 뇌검도 따라가려 하자 역영이 그를 불러 세웠다.
 "내 곁에 아무도 없어서는 안 되겠으니, 자넨 남게."
 이같이 말하며 역영이 좌중을 향해 물었다.
 "다들 들었으니 이 은자를 취해야 할지 말아야 할지 의사를 말해보게."

이번에도 연입운이 기다렸다는 듯이 가슴을 떡하니 내밀고 먼저 입을 열었다.

"당연히 빼앗아야죠! 한탕만 하면 몇 년 동안은 요긴하게 쓸 것입니다. 60만 냥이 아니라 10만 냥만 있어도 밥 한 끼에 목을 메는 자들이 우리문전에 득실댈 겁니다! 은자만 있으면 만사대길인데, 두부찌꺼기 같은 그깟 팔기(八旗)놈들을 쳐부수고 우리 깃발을 꽂는 건 일도 아닙니다."

천문학적인 숫자에 혹해버리긴 황보수강도 마찬가지였다.

"저도 공감입니다! 하늘에서 천재일우의 기회를 내리신 것 같습니다. 관병들이 대거 출동한 것도 아니고, 그쪽 길이 워낙 험하고 멀어 우리가 치고 빠지기엔 안성맞춤입니다."

다시 연입운이 입맛을 쩝쩝 다시며 말을 이었다.

"은자, 그놈의 개도 안 먹는 은자만 있다면 이마가 딱딱 퉁겨가면서 인마를 골라도 잠깐일 테지!"

그러나 한 편에 없는 듯 앉아있던 호인중은 보는 시각이 달랐다. 누구 말대로 천문학적인 거액을 운반하며 조정에서 경계를 그리 소홀히 하진 않을 거라는 생각이 앞섰다. 조정은 자기들이 손쉽게 은자를 빼앗아 인마를 사들여 파죽지세로 쳐들어올 때까지 좌시할 종이호랑이가 아니라는 것이었다.

그러나 합류한 지 얼마 되지 않아 아직은 빈대 붙어서 있는 처지에 함부로 왈가왈부할 수 없는 입장인지라 호인중은 그저 잠자코 있었다.

"지혜롭게 해야 돼."

역영이 강조하며 덧붙였다.

"반드시, 기필코 빼앗아야 해. 이번에 냄새만 잔뜩 풍기고 패하는 날엔 우린 정말 숨을 곳도 없을 거야!"

안주머니에서 검은콩 한줌을 꺼내 손바닥에 받쳐들고 역영은 북두칠성을 향해 걸어가며 중얼거렸다.

"내가 기대고 있는 부석산아, 부디 날 도와주오. 여와낭낭의 가호가 진주의 뜻 높이 받들어 새 세상 만들 이 사람을 성공으로 이끌어 주기를 비나니……!"

경건한 마음으로 천지신께 빌고 또 빌어 각오를 다진 무리는 곧 하산하여 산비탈에 자리한 노무객잔에 숨어들었다. 무예실력이 뛰어나 날아다니는 잠자리도 타고 다닌다는 연입운은 이번 기회에 큰 공로를 세울 의욕에 불타 황천패가 나타나기만을 학수고대했다.

한편 황천패는 전명 천계(天啓) 연간부터 조정의 군향을 안전히 운송하기로 소문난 명가(名家)의 자손답지 않게 출발을 앞두고 한껏 가슴을 졸이고 있었다. 백년동안 거의 실수란 없어 호부(戶部)로부터 '금표황가(金鏢黃家)'라는 편액까지 증정받은 황씨네의 운향(運餉) 명성은 4대째인 황천패 때에 와서 극에 달했다.

철저한 기밀보장과 뛰어난 무예로 목숨 내걸고 국은(國恩)을 사수하는 의지가 타의 추종을 불허하는 황천패였다. 발이 넓고 인맥이 든든하여 녹림호걸들이 한 수 거들어주는 경우도 있고 사람 좋은 덕분에 지방관들이 기꺼이 협조해주는 것도 황천패가 만무일실(萬無一失)하는데 한몫을 하곤 했다.

그런데, 자신의 문하에 일명 '십삼태보(十三太保)'라 일컬어지는 열세 명의 불사조들을 두어 웬만한 경우가 아니면 친히 손발을 걷어붙이지 않고 멀찌감치 비켜서 지켜보는 황천패가 이번만은 정장대발(整裝待發)하는 어깨가 무겁다 못해 바스러질 것 같았다.

말이 은자 65만 냥이지 그건 웬만한 성에서 상납하는 1년의 세수총액과 같았다. 무게만 해도 4만 근을 웃돌아 노새 2백 마리가 동원되어야 했다. 아무리 철통같은 기밀이라고는 하지만 워낙 덩치가 커 쥐도 새도 모르게 몇 개 성을 경유한다는 건 도저히 불가능했다.

약재와 식량으로 위장하여 허름한 포대에 담아 싣고 빗물에 젖지 않게 유포로 단단히 도배를 했다. 그럼에도 불구하고 어딘가 석연치 않아 수레 주위를 빙빙 돌며 고개를 갸웃하는 황천패의 이마는 수심으로 내 천(川)자가 깊이 파였다. 끝내 짚단을 가져다 유포(油布) 위에 아무렇게나 던져놓고서야 황천패는 긴 숨을 토해냈다. 떠나기에 앞서 평소에 친분 있던 녹림호걸들에게 발문하여 유사시를 대비해줄 것을 요청하는 것도 잊지 않았다.

모든 준비가 끝나고 이제 떠나는 일만 남았다. 그러나 진두지휘를 맡은 고항은 이제나 저네나 기다려도 도무지 모습을 드러내지 않고 있었다.

다급해진 황천패가 호부에 독촉장을 보내니 호부에서는 이미 고항 본인에게 지의가 내려졌으니 인내하여 좀더 기다려보라는 말뿐이었다. 장인 제삿날도 아니고 미룰 일이 따로 있지, 이게 어디 코흘리개 장난인가? 일각이 여삼추인데 언제까지 기약 없는 사람을 기다려야 한단 말인가?

황천패는 속이 타서 좌불안석이었다. 다시 남경에 발문하여 독촉하니 고항은 이미 염무차사(鹽務差事) 때문에 과주도(瓜洲渡)

로 떠나고 없으니 기다림이 지루하면 먼저 출발하여 나중에 정주에서 회합하자는 내용의 답신이 날아왔다.

서신을 든 손이 땀에 흥건하여 황천패가 치를 떨고 있으니 십삼태보들이 한마디씩 지혜를 모았다. 결국 은자의 안전도 그렇고 고항에게 밉보이는 것도 득이 될 일은 없으니 석가장에서 고항이 올 때까지 기다리자는 쪽으로 의견이 모아졌다. 십삼태보 중에서 여섯째까지만 황천패를 호위하여 현장에 남고 나머지는 경유지의 접선에 문제가 되는 건 없는지 다시 살펴보기로 했다.

그렇게 60년같이 장구한 6일이 더 흘러서야 고항은 비로소 황천패 앞에 모습을 드러냈다. 빈틈을 찾으려고 해도 찾을 길이 없는 황천패의 주도면밀함에 연신 감탄하며 고항이 말했다.

"황천패, 역시 자넨 대단한 인물이오! 난 발벗고 쫓아가도 못 따라가겠소. 이 일이 무사히 마무리되는 대로 폐하께 아뢰어 그대의 공로를 높이 치하해주시게끔 할거요! 준비가 다 됐으면 우리 힘차게 출발하세!"

고항의 이 한마디에 황천패는 그 동안 쌓였던 불만이 봄눈 녹듯 사르르 녹아버렸다. 그는 곧 황도길일을 택하여 날이 밝기 전에 석가장을 떠났다.

행보 내내 십삼태보의 맏형 격인 가부춘(賈富春)이 앞장서 길을 안내했고, 황천패는 매일 닭이 첫 홰를 치기도 전에 기침하여 간밤에 이상한 낌새는 없었는지, 주변 상황에 변동은 없는지를 꼼꼼히 따져보곤 했다.

그렇게 긴장과 불안 속에서도 별 무리없이 8, 9일이 흘러갔다. 그 사이 일행은 한단(邯鄲) 마두진(馬頭鎭)에 도착했다. 한단과 60여 리, 창덕부(彰德府)와 70리 떨어진 이곳은 끝간 데 없는 염지

(鹽地)가 눈밭처럼 펼쳐져 있어 인가가 드물었다. 사위를 아무리 둘러보아도 마땅히 묵어갈 만한 장소도 눈에 띄지 않았다. 길옆의 허름한 가게에서 대충 한 끼 때우고 난 고항이 잠자리 걱정을 해오자 황천패가 말했다.

"남으로 가면 인가가 있을 것 같습니다만 남쪽엔 비가 내려 안 그래도 험한 도로가 빼도 박도 못하는 궁지에 몰릴 게 자명하니 그리 할 수도 없고, 상대적으로 도로사정이 나은 서쪽은 산간지대를 경유해야 하니 복병이 우려되는 실정입니다. 대단히 노곤하겠습니다만 오늘밤은 길에서 보내야겠습니다!"

"밤길을 재촉한다는 건…… 너무 위험해. 도처에 '일지화'의 위협이 도사리고 있다는 걸 명심하게. 내 생각엔 오늘은 길을 떠나지 말고 야숙(野宿)을 하는 한이 있더라도 여기 마두진에서 자는 게 좋을 성싶네."

이에 황천패가 도리질을 했다.

"예정에 없던 일입니다. 첫 시작부터 계획에 차질을 빚은 것도 그렇고, 이곳은 직예, 하남의 접경지대이자 산서와도 가까워 이 같은 삼각지대에서 사고가 나는 경우가 허다합니다. 만에 하나 사고가 나도 서로 자기 책임이 아니라며 밀고 당기는 게 다반사라 관부의 도움도 바랄 수 없는 곳입니다."

그러자 시무룩해진 고항이 주변을 두리번거리며 말했다.

"나도 그 정도는 모르는 바 아니네. 전에 들은 얘기가 있어 그러는데, 이곳 마두진은 5일장이 서는 날만 빼고는 조용하다고 하네. 참새가 작아도 오장육부는 구전하다더니 진장(鎭長)도 있고 다 있다고 들었네."

"진장이 있으면 뭘 합니까?"

황천패가 피식 웃으며 말을 이었다.
"도적떼들이 닥치면 제일 먼저 줄행랑을 놓을 텐데! 본인이 도적과 한통속일 수도 있고!"
잠시 숙박문제를 놓고 주장이 엇갈려 결단을 내리지 못하고 있을 때 저만치서 목에 나무간판을 두른 앳된 사환이 달려왔다. 고항이 보니 간판이 특이했다.

노무객잔에 머물다 가시는 남래북왕(南來北往)의 손님 모두는 부모형제나 진배가 없으니 백년가게의 자존심으로 객인의 안전을 도모해 드리겠습니다!

사환이 빙그레 웃으며 아무 말도 하지 않았으나 마치 구세주라도 만난 양 고항은 벌써 사환을 자기 옆으로 끌어당겼다.
"이렇게 멋있는 객잔이 어디서 나타났지? 그새 땅에서 솟았나? 느낌이 괜찮은데 이 집에서 묵어가지!"
불이 주먹만치 부어 고항을 힐끗 째려보던 황천패가 고항의 웃는 얼굴과 마주치는 순간 이내 고개를 떨구었다.
"국구(國舅) 어른의 분부에 따르겠습니다."
마지못해 사환을 따라나선 황천패는 두 다리가 천 근, 만 근이나 되는 것 같았다. 한편 고항 일행을 객잔으로 데려다 놓은 사환은 처음의 순진한 모습과는 달리 일순 수다스럽기가 혓바닥에 참기름을 바른 격이었다. 고항에게로 찰싹 들러붙어 간지럼을 태우는 재주가 예사롭지 않았다.
"소인이 이리 어리숙하게 보여도 사람 보는 눈은 기똥차답니다, 어르신은 큰 조화를 타고나신 존귀하신 몸임에 틀림이 없사옵니다! 여기 마두진에 숙박하시기로 결정하신 지혜도 놀라울 뿐더러 백년호운(百年好運)을 장담하는 저희 가게를 한 눈에 알아봐 주셨다는 것도 대단한 행운이 아닐 수 없사옵니다. 이 시간에 마두진을 거쳐 길을 재촉한다는 건 죽음이나 마찬가지이옵니다. 앞으로 10리 길은 워낙 험악한데다 폭우까지 퍼부어 언제 천길 낭떠러지로 추락할지 모르는 진흙탕이랍니다. 게다가 길섶에 갈대밭이 무성하여 도적떼들이 심심찮게 출몰한다 하오니 3일 전에도 차(茶) 장사꾼 두 명이 목숨을 잃었다지 뭡니까? 요즘은 '일지화'가 잠입했다는 흉흉한 소문까지 나돌고 있어 밤엔 쥐새끼도 바깥출입을 삼간다는 거 아닙니까?"

곰살맞게 턱 앞에 다가앉아 간지럼을 태우는 사환의 말에 고항이 웃으며 답했다.

"자식! 처음엔 벙어리인 줄 알았더니 입 한 번 여니까 줄방귀로구만! 똑 떨어진 것이 쓸만한데?"

고항이 크게 흡족해하며 머리까지 쓰다듬자 사환은 한 술 더 뜨는 것이었다.

"보아하니 어르신은 약재장수인 것 같은데, 혹시 임자 생기면 여기서도 팔 수 있나요?"

"가격만 적당하다면 어디서든 못 팔겠나?"

고항이 자연스레 받아넘겼다. 물건을 부리고 노새를 마구간에 붙들어매느라 한참 분주히 움직인 황천패는 더운물에 발까지 담그고 편히 누웠으나 좀처럼 마음이 놓이지 않았다. 황천패는 슬며시 밖으로 나가 앞뒤 뜰을 둘러보고 밤새워 불침번을 설 부하들에게 단단히 주의를 주었다.

그런데, 자리로 돌아오는 황천패의 등뒤에서 가게주인의 웃음

띤 말소리가 들려왔다.

"이봐요, 어르신! 대박 터졌습니다. 소인이 재신(財神) 한 분을 모셔왔다는 거 아닙니까!"

"그게 무슨 소린가?"

황천패가 대뜸 경계하는 반응을 보이며 의혹에 찬 눈초리로 주인을 바라보았다. 주인은 황천패의 물음엔 달리 응답도 없이 돌아서서 누군가를 향해 손짓을 했다.

"사(史) 어른, 양(楊) 어른! 여기 이 분이 내가 말하던 황 어른이시니, 어서 인사나 나누시오. 황 어른, 이네들은 우리 마두진에서 알아주는 천석꾼들이온데, 약재장사에 관심이 있는 모양이오니 함께 얘기나 나눠보시죠."

느닷없는 주인의 행동에 적이 놀란 황천패가 짜증 섞인 말투로 퉁명스레 답했다.

"임자가 있는 물건이오! 뜨내기 장사꾼은 상대하지 않으니 그만 물러가시오!"

그러자 옷차림이 깔끔하고 인상이 후덕해 보이는 사내가 자기소개를 하고 나섰다.

"난 사성공(史成功)이라는 사람이오. 그대의 대명(大名)은 익히 들어 경배해마지 않소."

자신의 이름까지 알고 있다는 말에 적이 놀란 황천패가 어리둥절해있을 때 회색 비단 두루마기가 점잖고 격이 있어 보이는 다른 한 사내가 역시 미소를 차분히 띄우며 상비죽선(湘妃竹扇)을 거머쥔 손을 들어 읍하며 말했다.

"난 소명(小名)이 양천비(楊天飛)라는 사람이오, 만나서 반갑소!"

그물에 걸려들다 273

"이미 알고 있다니 길게 말할 건 없을 것 같군! 난 황천패라고 하오."

황천패가 두 사람에게 답례하며 덧붙였다.

"그런데, 어인 일로 날 보자고 하시는 거요?"

황천패가 두 사람을 일행이 머물고 있는 방에서 조금 떨어진 별채로 안내하여 말을 이었다.

"여기 앉으시죠."

양천비와 사성공이라는 가명을 쓴 연입운과 황보수강이 황천패를 따라 들어왔다.

"황 어른!"

주인이 수선을 떨며 차를 따라주고 물러가자 다리를 외로 꼬고 앉은 연입운이 먼저 입을 열었다.

"볼일이 없으면 삼보전(三寶殿)에도 오르지 않는다는 옛말이 있지 않소? 송구스러우나 우리가 긴히 상의코자 하는 일은 황 어른께서 맺고 끊을 수 있는 일이 아니라 사려되오니 동행하신 웃어른을 뵙고 싶은데, 뵙기를 청해도 되겠소?"

이에 황천패가 답했다.

"무슨 일인지 들어나 봐야 윗사람을 만나게 하든가 말든가 할 게 아니오."

그러자 황보수강이 웃으며 말했다.

"다름이 아니오. 이 양 어른께서 슬하에 귀공자 두 분을 두셨는데, 큰도련님은 운남성(雲南省) 대리(大理)에서 지부(知府)로 출세를 했지만 둘째도련님은 관운(官運)이 여의치 않아 이리 속을 끓이지 않겠소? 백방으로 수소문하여 겨우 이부(吏部)에 선을 대었더니, 문선사(文選司)의 당관(當官)이 가타부타 입을 열지 않는다고 하지 뭐요? 인사치레가 덜 된 것 같아 고심하던 중 그 노인네가 건강이 안 좋다는 언질을 받아 보약을 좀 올려볼까 하던 중이라오. 아시다시피 우리 시골에선 돈을 주고도 좋은 약재를 구입하기는 힘이 들지 않소? 그렇지 않아도 몸이 달아 양 어른이 발을 동동 구르던 중에 마침 객잔주인으로부터 약재장수가 머물고 있다는 말을 듣고는 황급히 달려왔다는 거 아니오. 누이 좋고 매부 좋고, 도랑 치고 가재 잡는 일이 이런 경우를 두고 하는 말인 것 같소!"

황보가 이같이 말하며 약재 이름이 적힌 종잇장을 내밀었다. 반신반의하며 황천패가 받아보니 이같이 적혀 있었다.

인삼 10근, 당삼 20근, 황기 15근, 빙편 5근, 사향 3근, 산수유 8근, 구기자 8근, 당귀 50근

어이가 없다는 듯 실소하는 황천패의 눈치를 슬쩍 살피며 연입운이 말했다.

"조정에서 탐관오리의 전형으로 칼친과 싸하량 두 어른을 공개적으로 처형한 뒤로 누가 감히 대놓고 은자를 요구하겠소. 아쉬운 사람들이 그 깊은 뜻을 헤아려 알아서 섬겨야지."

황천패는 잠시 아무 말도 하지 않았다. 속에서 주먹만한 것이 울컥울컥 치밀었다. 평소에 고향에 대해 문무를 겸비하고 맡은 바에 최선을 다한다는 호평을 익히 들어왔는지라 크게 기대를 했었건만 처음부터 사람을 기진맥진하게 만들더니 끝까지 고집을 부려 이같이 골머리를 복잡하게 만드니 겉으로 웃는 속이 곪아터지는 것 같았다. 이럴 줄 알았더라면 당초에 일주일씩 기다리느라

속끓이지 않고 출발하여 지금쯤은 벌써 황하를 건너고도 남을 시간이었다! 원망과 울분이 뒤섞여 어떤 식으로든 고향으로 하여금 이 책임을 지게 만들어야겠다는 생각이 든 황천패가 천천히 입을 열었다.

"정 그렇다면 우리 주인한테 여쭤나 보지. 되든 안 되든 내 선에서 결정할 일이 아닌 것 같으니 말이오. 잠깐 기다리시오. 내가 여쭙고 올 테니."

예상했던 대로 아귀가 척척 맞아 돌아가자 연입운과 황보는 연신 속으로 쾌재를 불러댔다. 서로에 대한 불쾌한 인상이 조금씩 가시기 시작한 가운데 황보가 혼잣말처럼 중얼거렸다.

"제발 저 자식이 다 된 밥에 코 빠뜨리는 일은 없어야겠는데!"

이에 연입운이 웃으며 답했다.

"그게 뭐가 대수요! 못 팔겠노라고 뒤로 자빠졌다간 밖에 대기중인 '전염병' 환자들이 아우성을 치며 달려들 텐데……."

연입운의 말이 끝나기도 전에 고항과 황천패가 들어섰다.

"원하는 약재는 팔 수 있소."

고항은 자리에 앉자마자 긍정적인 의사를 표시했다.

"다만 황기와 구기자 같은 경우엔 상자 째로 팔고 있소. 고작 몇 십 근을 팔려고 상자를 헐었다간 우리 입장에서 수지를 맞추기 힘들 건 불 보듯 뻔한 일이기 때문이오. 장사꾼이 돈을 벌어야 하는 것은 두 말 하면 잔소리이니 관가에 내줄 순 없고 시중가보다도 3할은 더 쳐줘야겠소. 대신 물건은 최상급이오. 인삼은 장백산(長白山)에서 나는 50년 이상된 것들로 주종을 이루고, 당삼과 빙편도 끝내주는 진품들이지……."

고항이 일부러 물건이 최상급임을 강조하며 가격대가 만만찮다고 미리 쐐기를 박았다. 그리고는 덧붙였다.
 "결재는 황금으로 해줘야겠소. 이는 우리 가게의 백년 전통이라 타파할 수가 없소."
 고항이 팔짱을 끼고 고소하다는 의미의 웃음을 띄우며 난색을 표하는 두 사람을 지켜보았다. 황보수강이 미간을 찌푸리며 짜증 섞인 목소리로 답했다.
 "아무리 진품이라도 하더라도 가격을 터무니없이 불러선 곤란하지. 전통 있는 가게라면 지킬 건 지켜야 하는 게……."
 이때, 황천패가 나서더니 다짜고짜 말허리를 잘랐다.
 "매매가 성사되지 않아도 인의(仁義)는 존재하는 게 장사꾼들의 생리가 아니겠소? 뜻이 맞지 않으면 없었던 일로 하면 되지 않겠소? 괜히 짜증부릴 일은 아니지!"
 잠시 밀고 당기는 듯하던 연입운이 한 발 물러서는 태도를 보이며 말했다.
 "싼 게 비지떡이라는 말처럼 가격대가 세다는 건 그만큼 물건도 쓸만하다는 얘기일 테니, 좋은 일에 쓰이는 만큼 우리가 양보하지. 그건 그렇고 물건이 우리 두 약골이 지고 가기엔 무리일 것 같은데, 사람 좀 빌려쓰면 안 되겠소?"
 순간적으로 고항과 황천패가 쓴약을 마신 듯한 표정을 짓자 재빨리 눈치를 살핀 연입운이 즉시 덧붙여 말했다.
 "아, 걱정하지 마오! 우리 가게는 여기서 엎어지면 코 닿을 데니까 금방 갔다올 거요!"
 미간을 좁히고 아래위 이빨을 딱딱 부딪쳐 소리내며 생각하던 고항이 호쾌하게 승낙했다.
 "그러던가! 황씨, 자네가 따라갔다 오지!"

그물에 걸려들다 277

저울로 단 다음 물건을 두 자루에 나눠 담은 황천패가 여섯째 태보인 양부운(梁富雲)을 불러 지시했다.

"자네가 따라나서게. 영특한 친구니까. 경우에 따라 요령껏 잘 처리하리라 믿네."

이에 양부운이 즉시 답했다.

"사부님, 심려 놓으십시오! 최선을 다하겠습니다."

한참 승강이 끝에 황보수강 일행을 떠나보내고 나서야 고항과 황천패는 비로소 안도의 한숨을 내쉬었다. 나머지 태보들더러 잠을 충분히 자 두게끔 지시하고 난 고항이 안락의자에 비스듬히 기댄 채 코를 골기 시작했다.

그러나 습관처럼 밖에 나와 동정을 살피고 자리로 돌아온 황천패는 이리 뒤척 저리 뒤척 좀처럼 잠을 이룰 수가 없었다. 평화로운 정적이 어쩐지 불안하기만 했던 것이다.

시간이 얼마나 흘렀을까. 황천패가 겨우 몽롱한 잠에 빠져들 즈음 갑자기 다급한 발소리가 뜰 안으로 들이닥쳤다. 그 즉시 용수철에 퉁기듯 벌떡 일어나 앉은 황천패는 습관적으로 장검을 찾아 움켜잡았다.

무겁게 내려앉은 눈꺼풀을 간신히 밀어 올리며 고항이 잠꼬대하듯 물었다.

"이게 무슨 소리요? 왜 이리 소란스럽지?"

그사이 황보수강 일행을 따라갔던 양부운이 안색이 하얗게 질린 채 뛰어들어 왔다. 어안이 벙벙해 있는 두 사람의 면전에서 발을 동동 구르며 양부운이 다급하게 외쳤다.

"국구 어른, 사부님! 우린 저자들의 농간에 걸려들었습니다!"

"뭐야?"

고항과 황천패가 이구동성으로 되물었다.
"약을……"
양부운이 울상을 지으며 더듬거렸다.
"약을 도둑맞고 말았습니다!"

15. 군향(軍餉) 65만 냥을 빼앗기다!

사색이 되어 더듬거리며 양부운이 두서없이 고한 분통터지는 전후사연은 이러했다.

연입운과 황보수강을 따라 노무객잔을 나선 양부운은 이 골목 저 모퉁이를 돌아 한참을 걸었다. 그제야 나타난 희끄무레한 건물을 가리키며 연입운이 말했다.

"여기가 우리 마누라가 운영하는 가게라오."

양부운이 머리를 끄덕이며 따라서 들어가 보니 과연 뜰 여기저기에 크고 작은 자루가 쌓여있었고, 각종 약재의 향기가 어우러져 한약방에 들어선 듯한 착각을 불러일으키게 했다. 적잖이 모여든 손님들을 맞느라 차를 나르는 하인들의 움직임이 다소 부산스럽긴 했으나 달리 번잡한 광경은 아니었다. 적이 안도한 양부운이 말했다.

"방은 널찍한데 문간방이 너무 낡았네!"

"역시 예리하시군!"

연입운이 히죽 웃으며 말을 이었다.

"이 가게를 인수한 지 며칠 안 됐거든. 류씨라고 집구석 말아먹은 망나니가 있었는데, 그놈한테서 은자 8백 냥에 사들였다는 거 아니오. 우리 둘째마누라가 영악하기 이를 데 없거든. 지금 위층에서 기다리고 있을 것이니 그대는 여기서 잠깐 기다려줘야겠소. 마누라한테 꽉 잡혀 살거든. 팔불출이라고 해도 좋고 공처가라도 해도 좋은데, 약이 일단 마누라 눈에 차야 돈을 지불할 게 아니오!"

물건과 돈을 동시에 주고받아야 하는 것은 장사꾼의 기본자세인지라 양부운이 난색을 표했다.

"그렇게는 곤란하겠소. 달리 못 믿어서가 아니라 장사꾼의 기본원칙이 있어서 말이오. 마님께 양해를 구하는 수밖에 없겠소. 아니면 지금 결재를 해주시던가! 워낙 고가의 물품이라 나도 심히 부담스럽소!"

양부운의 태도는 결연했다. 난감하긴 연입운과 황보수강 또한 마찬가지였다. 재빨리 시선을 교환하여 말없이 의견을 주고받은 연입운이 말했다.

"우리도 그쪽 입장은 충분히 이해하고도 남는데, 실은 우리 큰마누라가 둘째를 못 잡아먹어 안달이거든. 둘째마누라에게 숨겨 놓은 돈이 어마어마하다는 것이 들통나면 난 할퀴고 뜯기고 두고두고 시달리게 생겼단 말이오. 어떻게든 큰마누라 몰래 거래를 해야 하는 일이라 너무 무리한 요구인 줄 알면서도 부탁을 하는 바이오!"

"야박하게 들리겠지만 지게 메고 제사지내든 부지깽이로 이를 쑤시든 그거야 그쪽 사정이잖소."
 양부운은 한 치의 양보도 없었다. 하는 수 없이 황보수강을 끌고 구석께로 가서 뭐라 귀엣말로 속닥대던 연입운이 곧 2층으로 올라갔다.
 잠시 후, 계단 입구에 모습을 드러낸 하녀 하나가 양부운과 황보수강더러 올라오라는 손짓을 했다. 둘은 젖 먹던 힘까지 다하여 낑낑거리며 자루를 둘러메고 계단을 올라갔다.
 2층의 세 칸 방 역시 허름하고 볼품이 없었으나 널찍해서 타작마당이 따로 없었다. 서쪽으로 길다란 장롱이 놓여있었고, 방 한가운데 팔선탁(八仙卓)이라 일컫는 책상이 있는 것 외에 방안은 휑뎅그렁하기까지 했다. 안방은 얇은 휘장으로 가려있었다. 자루를 내려놓은 황보가 휘장 앞으로 다가가 말했다.
 "둘째마님, 손님이 물건을 가지고 왔습니다."
 황보의 신호를 받은 역영의 목소리가 휘장을 뚫고 또렷이 들려왔다.
 "손님을 잘 모시게. 일단 내가 물건을 좀 봐야겠소."
 그 소리와 함께 휘장이 걷히며 하녀로 변장한 뇌검이 나와 자루를 안으로 끌어들이려고 했다.
 "마님!"
 양부운이 대뜸 손짓으로 막으며 아뢰었다.
 "물건은 틀림없는 최상급입니다. 이 바닥에서 하루이틀 장사하는 것도 아니고 사람의 이목을 속이는 졸렬한 짓은 결코 하지 않습니다. 정 못 믿으시겠다면 한줌 가져다 먼저 진위를 가려보십시오."
 양부운이 이같이 말하며 자루를 풀었다.

이때 갑자기 아래층에서 왁자지껄 떠드는 소리가 들려왔다. 누군가 대단한 손님을 맞는 듯 하인들이 수선떨며 영접하는 움직임이 소란스럽기까지 했다.

연입운과 황보수강이 놀라서 서로를 번갈아 보는 가운데 역영의 목소리도 다급해졌다.

"어미 호랑이가 출몰했잖아! 어떤 쌍년이 일렀어? 여봐라, 어서 물건부터 단단히 숨기거라!"

도적떼라도 쳐들어오듯 가게 전체는 아수라장이 따로 없었다. 경황이 없을 정도로 소란스러운 가운데 연입운과 황보수강은 두말 없이 장롱을 열어 젖히고 두 개의 자루를 집어넣었다. 크게 놀란 듯 대경실색한 역영이 맨발로 휘장 밖으로 뛰쳐나와 연입운을 잡아끌며 영문을 몰라 덩달아 갈팡질팡하고 있는 양부운에게 말했다.

"나랑 이 사람은 밑으로 내려가 숨어있을 테니, 양 어른은 여기서 우리가 올 때까지 기다리오. 만약 큰마님이 누구냐고 물으면 나의 먼 친척이라고 둘러대고!"

다급히 말을 마친 역영은 곧 자신의 일행을 데리고 계단을 내려갔다. 그사이 하인들에게 둘러싸인 큰마님은 저만치 뒤뜰로 발걸음을 옮기고 있었다.

여자들의 질투란 초가삼간을 불태우고도 남는다는 생각에 혹여 첩실을 들이지는 않을까 전전긍긍하는 자신의 처를 떠올리며 홀로 남은 양부운은 시무룩한 웃음을 지었다.

감쪽같이 속은 줄도 모르고 의자에 걸터앉아 곰방대에 불을 붙여 뻑뻑 빨고 있노라니 어딘가에 숨어 큰마님이 떠나기만을 눈 빠지게 기다릴 연입운 부부가 측은하기도 하고 우스꽝스럽기도

해 양부운은 연신 히죽히죽 웃었다. 그러나 시끌벅적하던 뜰은 어느새 쥐 죽은 듯 고요해지고 아무리 귀기울여도 인기척은 어디에도 없었다.

이제나저제나 하고 기다리던 양부운이 불현듯 불길한 예감에 사로잡혀 부랴부랴 곰방대를 발뒤꿈치에 털어 끄고는 부랴부랴 계단을 내려왔다. 텅 빈 뜰엔 그 흔하던 하인들조차 그림자도 보이지 않았다!

뭔가 잘못되어 가고 있다는 직감에 양부운은 가슴이 철렁 내려앉고 다리가 비틀거렸다. 벌벌 기어서 뜰에 쌓아놓은 약재자루를 열어보니 거기엔 온통 검불뿐 약재는 인삼 꼬투리도 보이지 않았다. 눈앞이 캄캄하여 자꾸만 가물거리는 의식을 간신히 붙들어잡고 겨우 계단을 올라 장롱을 열어본 양부운은 그만 으악! 하고 비명을 지르며 뒤로 벌렁 넘어지고 말았다. 장롱은 가짜였고, 그 밑이 바깥으로 통하게 되어 있었던 것이다. 그놈들이 교묘하게 물건을 빼돌린 현장은 그야말로 억장이 무너지게 했다.

"내 약재! 내 약재, 어디 갔어!"

식은땀을 철철 흘리며 위태롭게 계단을 굴러 내려간 양부운이 허겁지겁 이 구석 저 모퉁이를 기웃거리며 "사 선생!" "둘째마님!" 하고 애타게 불렀지만 그 어디에서도 응답은 없었다.

'대담하면서도 세심하다'는 장점을 인정받아 황천패의 문하에 들어간 이래로 이같이 어이없이 당해보기는 처음인 양부운이었다. 시퍼런 대낮에 눈 깜짝할 사이 수만 냥의 은자에 달하는 약재를 도둑을 맞다니, 접시 물에 코를 처박고 죽을 일이었다!

미친 듯이 갈기를 세우고 뛰쳐나가 길가는 사람을 붙잡고 용을 쓰며 물으니 듣는 사람들은 모두 아닌 밤중에 웬 홍두깨냐는 무덤

덤한 반응이었다. 그런 사람은 보지도 듣지도 못했다는 것이었다. 하긴 이곳이 어제까지만 해도 몇 년 동안 방치해두었던 동네 회관이고 보면 그럴 법도 했다.

"이 등신, 머저리, 천치 같은 제자가 이렇게 꼼짝없이 당하고 말았습니다, 사부님……."

양부운이 털썩 무릎을 꿇었다. 칠척의 사내가 어깨를 들썩이며 목을 놓아 울기란 어지간한 일이 아니었다. 소문을 듣고 달려온 십삼태보 형제들은 어느 날 홀연 나무에서 떨어져버린 원숭이 아우를 보며 저마다 분노에 치를 떨었다.

"성명(聖明)한 군주의 낭낭건곤(郎郎乾坤)에 두 눈 뻔히 뜨고 코 베어 가는 날강도가 웬 말이더냐! 진장(鎭長)을 불러와라!"

고항이 책상을 쳐부수며 광분했다.

황천패는 골이 깊게 패인 미간을 구긴 채 눈을 지그시 감고 있었다. 그 역시 울분을 삭이는 모습이 역력했다. 사태의 심각성을 충분히 직감한 그는 한참 후에야 입을 열었다.

"국구 어른, 이럴 때일수록 빈대 잡으려고 초가삼간 태우는 치기를 범해선 아니 될 것이오. 불행 중 다행인 것은 우리의 은자가 아직은 무사하다는 거요! 초록은 동색이라고 진장도 믿을 놈은 못 되오. 이런 불상사가 신경 쓰여 내가 이곳 마두진에 머물길 저어했던 거요."

"자넨 지금 날 원망이라도 한다는 거요?"

고항이 대뜸 눈썹을 치켜 뜨고 따져 물었다.

"내게 책임을 묻는 거냐고?"

"당연히 그런 뜻은 아니오."

흥분하는 고항을 달래려는 듯 황천패가 웃으며 답했다.

"큰 손실을 면한 걸 다행으로 여기고 더욱 경각심을 높여야겠소. 이 또한 새옹지마일지 누가 아오."

"앞으로 어찌 해야 할지 묘책이라도 있소?"

앞으로 남은 2천리 길을 가려면 황천패가 없이는 불가능하다는 생각에 감정을 누그러뜨린 고항이 확연히 부드러워진 낯빛으로 물었다.

"일단 일차적인 책임은 내게 있으니 손실이 난 부분에 대해선 내가 손해배상을 하겠소."

황천패가 덧붙였다.

"그리고 사건의 경위와 분실된 품목을 적어 한단 지부에게 발송해야겠소. 자신의 관할 경내에서 사고가 났으니 지부로서 어느 정도 책임을 져야 하는 것은 당연지사 아니오? 우린 갈 길이 급하니 계획대로 내일아침 길을 재촉하고 은자를 무사히 배달하고 나서 돌아와 내가 도적놈들을 색출하여 껍질을 발라버릴 거요. 그러니, 지금은 때가 아니오……."

고항은 귀중한 약재를 잃은 아쉬움보다 그 돈이면 교미를 속신(贖身)시키고도 남을 거라는 계산이 앞서 땅을 쳤다. 한편 황천패는 이 일을 내부 단합의 계기로 삼아야겠다는 생각에 여섯 명의 태보를 불러놓고 단단히 주의를 주었다.

"다들 봤지? 강호의 인심이 얼마나 험악한지를! 이보다 더한 경우도 얼마든지 있을 터이니 각별히 조심해야겠어! 암기(暗器)와 비수(匕首)를 항시 지니고 다니고 언제 어디서든지 경계를 늦춰선 안 되겠네. 괜히 도둑 잡는다고 돌출행동을 하지도 말고 차분한 일상으로 돌아오도록! 무슨 말인지 알겠나?"

"예!"

부하들의 한결같은 고함소리가 힘찼다.

한편 큰 어려움없이 두 자루의 약재를 수중에 넣은 역영 일행은 마두진 북쪽에 위치한 마왕묘(馬王廟)에 숨어 황천패 일행의 동향을 면밀히 주시했다. 그러나 이성을 잃은 황천패가 틀림없이 부하들을 파견하여 마두진을 이 잡듯 뒤질 거라는 역영의 예상은 빗나갔다. 한 시간이 넘도록 황천패 일행은 아무런 움직임도 보이지 않고 있었다.

사람을 풀어 어찌된 영문인지를 염탐케 하려던 찰나, 노무객잔의 사환이 헐레벌떡 달려와 고했다.

"저들이 수색을 포기한 것 같으니 어서 다른 방책을 강구해야 하겠습니다!"

턱을 치켜올리고 잠시 생각하던 역영이 이상 야릇한 웃음을 지었다.

"두 번은 안 당한다 이거지, 황천패! 아우, 자넨 먼저 객잔으로 돌아가 있게. 좀 있다 저 둘을 다시 보낼 테니 자넨 미리 짜여진 극본대로 멋진 연기나 보여주게."

등 떠밀어 사환을 보내고 난 역영이 연입운과 황보를 향해 웃으며 말했다.

"쇠뿔도 단김에 빼랬다고, 크게 한탕 해보자고! 오늘 역시 충분히 승산이 있겠어!"

치밀한 계획대로 연입운과 황보수강은 술을 바가지 째로 꿀꺽꿀꺽 들이마시고는 취기가 몽롱한 두 눈을 슴벅이며 어깨동무하여 노무객잔으로 향했다.

해는 어느새 서산에서 너울대고 있었다. 이제나저제나 두 사람이 모습을 드러내기만을 기다리고 있던 객잔의 두 사환이 다리를 꽈배기처럼 꼬며 골목 어귀에 나타난 두 사람을 발견하고는 크게 소리를 질렀다.

"도둑이야!"

그것이 바로 행동개시를 알리는 고함소리였다. 쏜살같이 뛰쳐나간 사환이 몸도 제대로 가누지 못하는 연입운의 덜미를 움켜잡고 째는 듯한 목소리로 떠들어댔다.

"너, 오늘 잘 걸렸다, 이 더러운 도둑놈아! 우리 마두진이 생긴 이래로 별별 족속들을 다 보고 살아왔지만 네놈들처럼 무식하게 대담한 놈들은 처음이다!"

황천패 일행의 낭패를 알고 있던 객잔의 다른 손님들이 도둑을 잡았다는 말에 먹던 밥그릇을 그대로 들고 뛰쳐나왔다.

"뭐라, 이게 무슨 귀신 씨나락 까먹는 소리야?"

가자미눈을 부릅뜬 사환에 단단히 덜미를 잡혀버린 연입운이 일부러 술트림까지 해대며 만취한 연기를 제법 그럴싸하게 해냈다.

"도둑이라니! 대체 누가 도둑이란 말이야, 뜬금없이! 자, 술이나 마시자고…… 화무십일홍이요, 권불십년이라…… 빈손으로 왔다 빈손으로 가는 인생…… 끄윽! 기생 장단에 더덩실 춤이나 추구려…… 끄윽……."

뱁새눈을 떠 점입가경인 연입운의 연기를 지켜보던 황보수강이 갑자기 술이 확 깨는 시늉을 하며 자신의 뒤통수를 만졌다.

"우리가 어쩌다 여기까지 왔지? 여긴 왜 온 거야?"

이와 때를 같이하여 사환이 비틀대는 황보수강을 힘껏 쓰러뜨려 눕혔다. 그리고는 으스러지게 그 다리를 움켜잡고는 돼지 멱따는 소리를 질러댔다.
 "도둑을 잡았다! 간덩이도 부었지, 죄를 짓고도 감히 어디를 쏘다녀! 고 어른, 황 어른…… 도둑을 잡았다니까요, 어서 나와보세요……."
 객잔 밖에서 바깥 동정을 살피던 황천패의 두 조카로부터 소식을 접한 양부운이 노기충천하여 맨 먼저 뛰쳐나갔다. 잠결에 어렴풋이 고함소리를 듣고 황천패가 정신없이 달려나갔을 때 고항도 벌써 부하들을 대동하여 현장을 덮치러 가고 없었다.
 "다 가버리면 여기 있는 은자는 누가 지키지?"
 문뜩 뇌리를 스치는 생각에 황천패는 주저했다. 날렵하게 벽에 걸려있던 보도(寶刀)를 내려 움켜잡고 금사(金絲) 채찍을 허리춤에 두르고 문밖을 나서니 두어 번 들리던 격투소리가 곧 잠잠해져 갔다. 낮에 있었던 사기극은 결코 단순한 사건이 아님을 절감하고 적들의 주도면밀함에 등골이 오싹해진 황천패의 두 눈에서 이내 불기둥이 치솟았다.
 잠시 동향을 살피고 있노라니 흥분에 들뜬 담소가 섞인 말소리가 가까워오고 있었다. 구경갔던 객잔의 손님들이 거처로 돌아오고 있는 것이었다.
 "사성공, 양천비라는 이름이 아깝군! 허수아비가 따로 없잖아……."
 "우리 집 고양이가 새끼 낳는 게 훨씬 재밌겠다……."
 "그 주제에 무슨 배짱으로 도둑질은 했을까……."
 횡설수설 손님들의 의논이 분분했다. 그들 중에 끼어있던 객잔 주인이 황천패를 발견하고는 멀리서 외쳤다.
 "이봐요, 황 어른! 셋은 도망가고 양천비라는 자식은 붙잡았습니다!"

"어디서 잡았지?"

두목 하나라도 잡았다는 생각에 일말의 위안을 느끼며 황천패가 방문을 열고 들어가는 순간 안에서 백정같이 험악하게 생긴 대여섯 명의 험상궂은 사내가 뛰쳐나오더니 다짜고짜 황천패를 덮쳤다! 전혀 무방비상태에 있던 황천패는 죽을힘을 다해 용을 쓰며 반항해 보았으나 때는 이미 늦었다. 눈 깜짝할 새에 그는 적들에게 꽁꽁 포박당하고 말았다.

움직이면 움직일수록 파고드는 동아줄의 아픔도 잊은 채 버둥대는 황천패의 목에 차가운 장검이 후두를 겨냥하고 있었다. 천천히 고개를 들어보니 검정 일색의 호롱바지와 단의(短衣)를 입고 사슴가죽 쾌화(快靴)를 신은 여인이 칼을 겨누고 있었다. 순간 분노로 이글거리던 황천패의 눈에 금방이라도 피가 뿜겨져 나올 것만 같았다. 상대가 바로 전에 마가네 집에서 보았던 '일지화'의 두목 역영이 틀림없었던 것이다!

"수캐 그것 빨다 나온 음탕한 갈보년아! 반갑진 않지만 또 만났구나! 어디 그리 잘났으면 일대일로 붙어보자!"

제아무리 기승을 부려도 뛰어봤자 벼룩이요, 자신의 유인책에 꼼짝없이 넘어간 황천패를 보며 역영은 미물을 대하듯 가소로운 냉소를 띄우며 검을 도로 집어넣었다. 그리고는 명령했다.

"주둥아리가 뒷간은 저리 가라네, 걸레라도 쑤셔 넣어야겠다. 어서 물건을 차에 실어, 이런 별볼일 없는 놈들과 입씨름하느니 한시바삐 튀어야 해!"

짐짝처럼 묶인 데다 입까지 틀어 막혀 꼼짝달싹 못하고 있는 황천패를 보며 역영이 웃으며 말했다.

"지난번 내가 한 번 봐줬지? 이번에 또 한 번 봐줄게. 내가 손에 피를 묻히지 않아도 자연히 누군가 알아서 손볼 테니까! 흑도(黑道)에서도 무식하게 깡다구만 믿고 덤비는 놈은 오래 못 가! 지혜를 겨뤄야지. 다음에 또 봤으면 좋겠네, 그럼 안녕!"

황천패는 턱을 힘껏 빼들고 처절하게 몸부림쳤지만 허사였다. 어느새 한통속이 되어 있는 객잔 주인과 사환이 마치 자기 물건 다루듯 은자가 든 수십 개의 자루를 천연덕스럽게 미리 준비한 수레에 옮겨싣고 유유히 떠나가는 모습을 지켜보는 황천패의 괴로움은 죽음, 그 이상이었다. 먼 천둥같은 수레바퀴 굴러가는 소리가 점점 귓전에서 사라질 무렵 분노와 공포에 질린 황천패는 그만 그 자리에 쓰러져 의식을 잃고 말았다……

군향 65만냥이 털렸다!

청천의 날벼락같은 소문은 불과 한시간도 못 되어 한단 경내를 거대한 충격에 몰아넣고 말았다. 한단 지부 주보강(朱保强)의 8백리 긴급보고문이 보정(保定)에 발송되었고, 동이 채 트기도 전에 긴급보고를 입수한 총독부 공문결재처의 당직막료는 미처 총독을 깨워 보고 올리기도 전에 총독부의 관방을 찍어 화칠(火漆)로 봉해 북경으로 쾌마를 띄웠다.

이튿날 오후 날이 어둑어둑해질 무렵 긴급보고문은 군기처에 건네졌다. 막 하조(下朝)하여 귀가하려던 푸헝이 준엄하기 이를 데 없는 나친의 표정이 심상찮아 발걸음을 돌려 다가왔다. 보고문 첫줄을 읽던 푸헝의 낯빛이 파랗게 질린 건 순간이었다. 나친이 말했다.

"엄청난 사건이 터졌구만! 폐하께서 틀림없이 우리를 다시 부르실 테니 집에 가지 말고 여기서 기다려야겠소. 군기처 장경더러 내무부에 알려 폐하께서 저녁수라를 마치시는 대로 우리한테 전하라 해야겠소. 아직 수라 전이시면 잠시 덮어두고!"

나친의 말을 듣고 난 푸헝은 그러나 도로 자리에 앉았다. 그리고는 말했다.

"장정옥과 어얼타이한테도 알리는 게 좋겠소. 나중에 폐하께서 이 둘을 부르시면 그때 가서 경황없이 지의를 전하느라 하지 말고."

나친이 긴급보고서에 자신의 관인(官印)을 찍어 푸헝에게 건네주며 말했다.

"어제 보니 어얼타이는 병세가 심각하더군. 누가 부축하지 않으면 몸을 일으키지도 못하던데, 그쪽은 안 알리는 게 위해주는 일 아닐까 하오!"

상황의 다급함을 말해주듯 용비봉무(龍飛鳳舞)가 예사롭지 않은 한단 지부의 보고문을 들여다보며 푸헝이 말했다.

"그래도 알려야 하오. 어상(어얼타이)의 불같은 성정 한두 번 겪어보오? 안 그래도 병상만 지키고 있다는 자격지심에 하찮은 일에도 노여움을 타는데! 언젠가 회하(淮河)의 범람사실을 보고하지 않고 우리끼리 알아서 처리했을 때 뭐라 했던지 기억나오? '뒷간 차지하고 똥 누지 않을 바에야 자리를 내줘야지!' 그랬잖소! 차라리 따귀 하나 얻어맞고 말지 그런 말은 정말 두 번 다시 못 듣겠더구만!"

그러자 나친이 웃으며 머리를 끄덕였다.

"늙으면 애가 된다더니, 어디 매인 데 없이 대범하기만 하던 장상(張相, 장정옥)도 요즘 들어 부쩍 이것저것 따지지 않소? 손자가 공생 자리 하나 은음(恩蔭)으로 받았는데, 예부에 등록됐느냐고 세 번이나 물어오길래 내가 아예 예부의 등기부를 가져다 보여주었지 않소. 난 저렇게 되기 전에 죽어야 할 텐데."

두 사람이 잠시 샛길로 빠져 한마디씩 주고받고 있을 때 양심전 태감 왕의가 눈썹을 휘날리며 종종걸음으로 달려와 아뢰었다.

"폐하께오서 두 분을 들라고 하십니다!"

"폐하께서 수라상을 물리셨는가?"

푸헝이 물었다.

"폐하께오선 수라상을 받으시지 않으셨습니다."

왕의가 덧붙였다.

"용안이 별로 안 좋으신 걸 봐서 심기가 불편하신 것 같습니다. 들어갔던 수라상이 그대로 나왔습니다."

뭔가 물으려던 나친은 그러나 태감이 알 리가 없다는 생각에 푸헝과 함께 문을 나섰다. 영항으로 들어가 양심전 앞에서 막 인기척을 보내려 할 때 안에서 건륭의 화난 듯한 목소리가 들려왔다.

"들게!"

두 사람이 마주보며 조심스레 들어가 보니 난각의 통유리문 앞에 구부정하게 서 있는 건륭의 얼굴엔 웃음기라곤 찾아볼 수 없었다.

둘은 급히 무릎을 꿇어 머리를 조아리며 문후를 올렸다.

"일어나게!"

두 사람에게 시선 한 번 돌리지 않은 채 깊은 한숨을 내쉬던 건륭이 한참 후에야 입을 뗐다.

"이치(吏治)란 정말 해도해도 끝이 없고 갈수록 심산이네. 충군(忠君)까진 바라지 않아도 인간이 자기 양심에 거리끼는 짓은 하지 말아야 할 게 아닌가?"

거두절미하고 내뱉는, 영문을 알 길 없는 이 한마디에 막막한 표정으로 푸헝이 아뢰었다.

"폐하, 어인 이유로 이리 심려가 무거우시옵니까? 소인들이 우매하여 폐하의 깊으신 의중을 헤아릴 수가 없사옵니다!"

그제야 건륭은 두 사람을 향해 고개를 돌리며 길게 탄식을 내뱉었다.

"노작(盧焯) 사건 말이네. 확실한 증거가 포착됐다고 하네."

푸헝과 나친은 흠칫 놀랐다. 믿어지지 않는다는 표정이 역력했다. 노작이라면 옹정 연간에 치적이 탁월하여 명망이 자자한 청렴한 관리였음은 삼척동자도 숙지하는 일이었다. 좌초하여 난항을 겪고 있던 화모귀공(花耗歸公) 제도를 비롯한 옹정의 각종 신정(新政)에 힘을 실어주고 수구세력을 설득하여 옹정의 두터운 신임을 받던 노작은 건륭 또한 일거에 호부상서로 목마를 태워주고 태자태보(太子太保)의 파격적인 대우를 하사할 만큼 성총이 남다른 인물이었다.

그러나, 모름지기 본연의 임무에 충실하여 착실히 자신의 공덕을 쌓아가고 있던 노작이 치명타를 입은 건 형제간의 재산분쟁을 둘러싼 민사사건에 연루되었다는 혐의를 받게되면서부터였다. 절강성(浙江省) 가흥부(嘉興府) 동향현(桐鄕縣)의 대족(大族)인 왕씨(汪氏)의 둘째아들 왕소조(汪紹組)가 분가를 앞두고 형 명의로 되어있는 땅 3천 무(畝)를 갈취하기 위해 현지 지부인 양진경(楊震景)에게 은자 3만 냥을 뇌물로 바쳤으며, 이 과정에서 양진경을 통해 노작에게도 은자 5만 냥이 건네졌다는 것이었다. 하지만, 뇌물수수와 권력남용 혐의를 받고 있는 세 사람이 자신들의 혐의를 완강히 부인하는 바람에 이 사건은 적당히 마무리를 짓고 말았었다.

이젠 시간이 흘러 사람들의 기억 속에서 가물가물 잊혀져가고 있던 사건이 다시금 도마 위에 올려진 것은 손가감의 문생인 류오룡(劉吳龍)이 지방출타 중 우연히 새로운 단서를 포착하게 되면서부터였다. 노작이 거액의 뇌물을 받아 챙겼다는 확실한 증거가 담긴 편지를 입수했던 것이다!

"노작이라면 짐도 대단히 아끼는 사람이었지!"

이제 막 기르기 시작한 팔자수염을 매만지며 느릿느릿 궁전 안을 거닐며 우울하고 무거운 목소리로 건륭이 입을 열었다.

"작년 겨울에 보니 비쩍 마르고 까맣게 탄 모습이 무척이나 안쓰러웠다네. 자네들도 알다시피 그 사람은 둘째가라면 서러워 할 미남이었지 않은가! 기미가 더덕바위 같고 손을 잡으니 굳은살이 박혀 딱딱한 것이 짐의 속이 그야말로 속이 아니었다네. 그런 사람이 어찌…… 어찌 이리 황당한 짓을 저지를 수 있단 말인가?"

뚝 걸음을 멈추고 홱 고개를 돌려 말이 없는 두 보정대신을 바라보는 촛불에 비친 건륭의 눈빛에 물기가 번들거렸다.

푸헝은 가슴이 찡해지며 고개를 떨구었다. 군기처에 들어오기 전에 관풍흠차(觀風欽差)의 신분으로 양강, 양광, 복건 일대를 시찰하며 푸헝은 몸을 사리지 않고 부하들과 더불어 동고동락하는 제방공사 현장에서 백성들과 이웃처럼 어우러져 있는 노작의 근면하고 성실한 면모를 익히 보아왔다. 신명(神明)이 따로 있느냐며 노작을 경배해마지 않는 백성들의 모습을 보며 이게 바로 진정 부모관의 표상이 아닌가 절실히 느꼈던 푸헝이었다. 개인적으로 존경하고 따르는 사람을 마땅히 변호해줄 길 없는 푸헝은 만감이 교차했다.

아무래도 석연치가 않고 의구심을 지울 수 없는 푸헝의 뇌리에 일순 뭔가 스치는 느낌이 스쳐지나갔다. 노작은 장정옥의 득의문생(得意門生)이다. 혹시 장정옥의 '와병(臥病)'이 민감한 사건을 회피하기 위한 방편은 아닐까? 과연 그게 사실이라면 노작에게 칼을 댄 류오룡은 어얼타이나 그 누구의 사주를 받은 건 아닐까?

사적인 이해관계에 얽힌 한바탕 사기극으로 끝나버리길 간절히 발원하는 푸헝의 곁에 있던 나친이 입을 열었다.

"노작이 비록 미미한 공로가 있다곤 하오나 이는 신하로서 응분의 일을 한 것에 불과하다고 사려되옵니다. 군부의 성총을 등에 업고 본분을 망각한 행실을 저질러 군부(君父)의 심기를 어지럽혀 드렸다는 것은 결코 용사받을 수 없는 기군죄이옵니다! 겉으론 무게잡고 점잔을 빼면서도 속은 추잡스럽고 엉큼한 것이 한인관리들의 뿌리깊은 나쁜 근성이 아니겠사옵니까? 북경으로 연행하여 부의(部議)에 넘겨 법에 따라 엄정히 처벌함으로써 대공무사(大公無私)한 조정의 품격과 크고 작은 신료들에게 일시동인(一視同仁)한다는 폐하의 형상을 다시금 각인시켜주어야 할 것이옵니다."

그사이 마음을 다잡은 푸헝이 몸을 굽혀 보였다.

"일리가 있다고 사려되옵니다. 하오나 민사 관련에는 죄인 외에도 증인들이 참석해야 하오니 언제 종결될지도 모르는 사안에 오며가며 죄 없는 백성들만 골탕먹게 될 것이옵니다. 소인의 소견으론 흠차를 파견하거나 그곳 총독 덕패(德沛)에게 지의를 내려 현지에서 그 죄를 묻는 게 어떨까 하옵니다."

덕패가 노작과 막역한 사이라는 것이 걸리긴 했지만 크게 흠잡을 데 없는 푸헝의 말에 나친은 잠자코 침묵을 지켰다.
"그래, 그게 바람직할 거 같네. 푸헝 자네의 건의 사항을 수렴하겠네."
어느새 표정이 훨씬 밝아보이는 건륭이 온돌로 돌아가 다리를 개고 앉았다. 류오룡이 올린 주장을 끄집어당겨 주비를 달기 시작했다.

경의 상소문은 잘 받아보았네. 짐의 지성(至誠)을 무색케 하는 대신의 배신에 짐은 분노와 실망을 금할 길 없네! 싸하량과 칼친의 불미스런 종말을 경도 익히 알고 있을 것이네. 이 일은 덕패…….

여기까지 쓰고 난 건륭이 부도통(副都統)인 왕짜러의 이름을 나란히 올려 주비를 계속 적어내려 갔다.

이 두 사람이 합동하여 사안을 처리하게 될 터이니, 공정한 법 집행을 기대해도 좋을 것이네.

붓을 놓고 난 건륭은 이번에는 서류더미에서 종이 한 장을 꺼내어 가까이 앉은 나친에게 건네며 말했다.
"같이 보게! 노작이 양진경에게 보낸 문제의 서찰이라네."
성총이 반석 같은 명리(名吏)를 도마 위에 올린 증거란 대체 어떤 것인지 몹시도 궁금했던 두 사람이 재빨리 들여다보니 내용은 이러했다.

진경(震景) 인형(仁兄)! 인편에 보낸 은표(銀票)는 잘 받았소.

군향(軍餉) 65만 냥을 빼앗기다! 297

왕조소 사건은 이미 종결되었소. 걱정했던 것과는 달리 판결에 불복하는 움직임이 미미하여 인형의 노력이 컸으리라 생각하오. 하지만 이유없이 남의 돈을 받아 넣는다는 것이 난 더 없이 불안하오. 왕소조에게 전해주오. 이 사건은 충분히 그 손을 들어줄 수 있다고 판단하여 승소판결을 내렸으므로 보낸 은자는 내가 당분간 차용하는 걸로 해주기 바란다고 말이오.

평소에 노작과 서신왕래가 잦았던 나친은 그 필체를 대뜸 알아볼 수 있었다.

'차용이라니, 이 정신 나간 사람아? 자기 관리에 철저한 줄 알았더니 이제 보니 바보천치였군!'

나친이 속으로 이같이 궁시렁거리며 푸헝을 바라보았다. 전후사연을 일목요연하게 파악한 푸헝이 씁쓸한 웃음을 지으며 편지를 도로 건륭에게 받쳐 올리며 아뢰었다.

"어찌 됐건 노작이 '차용'을 운운한 건 사실이오니 뇌물을 보낸 왕씨가 차용증을 가지고 있다면 뇌물이라고 보기는 힘들 것이옵니다. 통촉하여주시옵소서, 폐하!"

"그렇겠지! 그래서 짐이 더 혼란스러운 게 아닌가 싶네."

건륭이 편지를 상소문에 접착시키며 한숨을 내쉬었다.

"은자 앞에선 왜 다들 이리 맥을 못 추는지 모르겠네! 국고에 손을 못 대니 이젠 백성들에게 손을 내미는군! 돈 좋아하는 사람들치고 그 말로가 비극적이지 않은 사람이 없었지. 고사기, 명주, 싸하량, 칼친 모두가 사책(史冊)에 이름석자 번듯하게 올릴만한 사람들이었는데, 저마다 막판에 씻을 수 없는 오점을 남기고 말았지!"

건륭의 표정이 쓴약을 삼킨 형상 그 자체였다. 한참동안 두 사람을 묵묵히 바라보던 건륭이 다시 물었다.

"경들도 돈을 싫어하진 않겠지? 나중에 저들의 전철을 밟을 테고? 어디 '돈독' 없애는 묘약은 없겠나?"

비수같이 날이 서 있는 건륭의 눈빛에 질린 나친이 급히 무릎을 꿇었다.

"소인은 재물이 모일수록 화가 가까워온다는 선인들의 교훈을 가슴속 깊이 명심하고 살아왔사옵니다. 자제들에게도 절대 신외지물(身外之物)에 연연하여 전정을 그르치는 일이 있어선 아니 된다고 가르침을 주고 있사옵니다. 영원히 재물에 초연한 깨끗한 신하로 남을 것을 폐하께 맹서하는 바이옵니다. 하오나 '돈독'이란 오르자마자 고황(膏肓)에 들어버리니 물리치긴 그리 쉽지 않을 것 같사옵니다."

나친의 말이 끝나자 푸헝도 무릎을 꿇었다. 머리를 조아리며 그는 말했다.

"소인의 소견은 대동소이하옵니다. 달리 생각하는 점은 돈이 무조건 나쁜 것만은 아니라는 것이옵니다. 정정당당하게 취득하고 법도에 어긋나지 않게 활용한다면 우리네 삶을 윤택하게 해주는 윤활제가 될 것이옵니다. 주경(周景)이 돈을 주조했어도 성인은 이를 금기시하지 않으셨던 점도 주목할 바이옵니다. 오늘 우리는 순치(順治) 연간의 열 배, 강희(康熙) 연간의 다섯 배, 옹정(雍正) 연간의 두 배도 넘는 돈을 주조하고 있사오나 여전히 화폐유통량이 딸리는 실정이옵니다. 동남 연해(沿海)의 방직품에서 도자기 등 각 지역 유수의 특산품이 광범위한 인기를 얻으면서 대내외적으로 교역량이 활발하고 백성들까지 원시적인 물물교환

형태에서 탈피하면서 화폐의 필요성은 자타가 공인하는 바이옵니다. 소인은 봉록(俸祿)으로 가솔(家率)의 호구(糊口)를 해결하고 사는데 지장이 없는 데다 폐하께서 여러모로 은총을 내리신 덕분에 넉넉하다고까지 할 수 있는 삶을 영위하고 있사옵니다. 하오니 더 이상의 바람은 탐욕이요 불행의 씨앗이오니, 금전적인 문제로 추락하는 일은 절대로 없을 것이옵니다. 지켜봐주시옵소서, 폐하!"

솔직히 고백하여 더욱 설득력이 있어 보이는 푸헝의 말을 들으며 나친은 언제나 노른자만 골라서 냉큼냉큼 먹어버리는 푸헝이 얄밉기도 하고 한편으론 우러러 보이기도 했다.

"둘 다 좋은 소견을 갖고 있는 것 같은데……."

건륭이 미소를 지으며 말을 이었다.

"굳이 따지자면 푸헝의 견해가 좀더 수긍이 가네. 지난번 영국, 이태리, 러시아에서 포교사 몇 명이 짐을 알현하러 왔었는데, 좀처럼 예부에서 정해준 예의대로 짐에게 무릎꿇어 대례를 올리려 하지 않더군. 그렇게 대책없이 뻣뻣하고 고집스럽던 자들이 그러나 남경에서 윤계선한테는 알아서 무릎을 꿇었다고 하지 뭔가! 총독 아문의 막료들을 따라 소주, 항주를 유람하고 그곳의 비단과 찻잎, 그리고 경덕진(景德鎭)의 도자기에 매료되어 숨이 넘어갈 듯 호들갑을 떨고 돌아온 뒤라고 하니 짐작이 가고도 남지. 자기들의 우물안 개구리 소견을 용서하라며 이마가 깨지도록 머리를 조아리고는 북경으로 되돌아와 짐에게 대례를 올리겠노라고 하더라네. 그런 걸 보면 돈이 좋긴 좋은가 보네."

오래된 추억을 당겨오듯 담담한 표정으로 입을 열어 이같이 말하며 건륭은 시무룩하게 웃었다.

푸헝이 몰래 자명종을 훔쳐보니 술시(戌時)가 가까운 시각이었다. 급보를 접한 장정옥과 어얼타이가 허둥대며 달려올 것 같았다. 이제 겨우 낯빛이 조금씩 밝아지는 건륭을 보며 푸헝은 속이 타서 죽을 지경이었다. 건륭이 잠시 말을 멈추는 틈에 푸헝이 급히 머리를 조아렸다.

"폐하! 신들이 이 시간에 뵙기를 청한 것은 사실 긴히 여쭐 말씀이 있어서이옵니다!"

"그런가?"

흥이 도도하게 오른 건륭이 느닷없이 정중해지는 푸헝을 보며 내심 뜨끔하여 어색하게 굳은 미소를 지었다.

"금천(金川) 전선에 무슨 불상사라도 생긴 겐가?"

"그런 건 아니옵고 운송 중이던 군향(軍餉)에 문제가 생겼사옵니다……."

나친이 마음을 졸이며 용기를 내어 한단에서 보내온 8백리 긴급 상소문을 머리 위로 들어올렸다. 이때 밖에서 태감이 빠른 걸음으로 들어오더니 역시 8백리 긴급 주장을 건륭에게 공손히 받쳐 올렸다. 그리고는 아뢰었다.

"고항 흠차께서 보내오신 밀주문이옵니다. 두 분 대신께서 폐하를 알현 중이라는 군기처 장경의 말을 듣고 직접 어람을 청하는 바이옵니다. 장상, 어상께서 양심전 중화문 밖에서 뵙기를 청하였사옵니다."

건륭은 한단에서 연이어 날아든 긴급 주장을 받아들고 상서롭지 못한 기운에 휩싸인 채 멍하니 넋이 나가고 말았다. 한참 후에야 고개를 가로 저으며 정신을 차린 건륭은 고항과 한단 지부의 주장을 용안 위에 펴며 말했다.

"그 둘은 연로한 데다 병까지 있는 몸이니 태감더러 부축해 들게 하라고 전하거라."

그렇게 명령하고 난 건륭은 곧 긴급주장에 얼굴을 묻었다. 곧이어 들어온 장정옥은 기색이 그런 대로 괜찮아 보였다. 얼굴에 피곤한 기색은 엿보였어도 학발동안(鶴髮童顔)은 여전했다. 그에 비해 어얼타이는 얼굴이 창백하고 미력도 없어 보였다. 두 사람이 예를 행하려 하자 건륭이 주장에 눈길을 박은 채 손짓으로 그냥 앉으라는 그냥 시늉을 했다.

"예는 면하고 자리에 앉게. 상주문을 읽어보고 나서 다시 보세."

"예, 폐하!"

장정옥과 어얼타이 두 사람이 가늘게 떨며 꽃무늬 방석이 놓여 있는 의자에 앉았다. 무겁고 심상찮은 분위기는 그렇지 않아도 두 근 반, 세 근 반 하는 네 명의 군기대신을 더욱 두렵게 만들었다. 단조로운 자명종 소리가 숨이 막히게 하는 가운데 마침내 주장을 읽고 난 건륭이 가벼운 한숨과 함께 긴급주장을 한 편으로 밀어버렸다. 그리고는 뜻밖의 질문을 했다.

"어얼타이, 기관지가 안 좋은 건 여전하군. 짐이 하사한 약을 써 보았는가?"

"아뢰옵니다, 폐하!"

어얼타이가 숨을 길게 몰아쉬며 목소리를 가다듬었다.

"소인의 견마지질(犬馬之疾)에 관심을 가져주시니 소인은 황감하여 몸둘 바를 모르겠사옵니다! 하늘같은 폐하의 홍복 덕택에 훨씬 호전이 빠른 것 같사옵니다."

이에 건륭이 다시 장정옥에게 말했다.

"자네도 기색은 괜찮은 것 같네."

"모든 것이 폐하의 홍복 덕택이옵니다. 육체와 정신은 불가분의 관계인지라 소인은 자칫 육체의 무기력이 정신의 피폐를 불러올까 여간 신경이 쓰이는 것이 아니옵니다."

건륭이 긴급 상주문을 접하자마자 벽력같이 대로하며 크게 흥분할 줄 알았던 나친과 푸헝은 전혀 조급한 내색은 보이지 않고 예전과 다름없이 두 재상에게 온화한 미소를 지어 보이며 건강부터 챙기는 건륭의 유유자적한 모습에 내심 놀랐다.

그러나, 이같이 말하고 조심조심 온돌을 내려서는 건륭의 얼굴엔 어느덧 미소가 가신 듯 사라지고 있었다. 비감에 잠긴 몸짓으로 뚜벅뚜벅 궁전 안을 거닐던 건륭이 한참 후에야 긴긴 탄식을 토해냈다.

"짐의 공덕이 성조와 세종과는 비할 바가 못 되는 것 같네!"

네 명의 대신은 그 뜻하는 바를 몰라 잠시 어안이 벙벙한 얼굴을 하고 있었다.

"성조 때는 내란이 빈번했고 사방이 안녕치가 못했지. 선제 때도 전운이 걷힐 새가 없었던 건 마찬가지였고!"

낯빛이 창백해진 건륭이 힘겹게 말을 이어나갔다.

"삼번(三藩)의 난을 평정하고 대만(臺灣)을 수복하고 세 번씩이나 준거얼에 출병하면서 국력을 총동원하여 전사(戰事)를 지원하다시피 했지. 연갱요, 악종기가 20만 대군을 거느리고 출전하는 뒤를 이어 강남 6개 성(省)의 주차(舟車)가 전부 투입되어 군향을 나를 정도로 어마어마한 전사가 빈번했었고······. 그럼에도 이번같이 군향이 중도에서 갈취당하는 어처구니없는 사건은 발생하지는 않았네. 한두 푼도 아니고 그 천문학적인 은자를 다른 사람도 아닌 우리의 숙적인 '일지화'에게 공손히 바친 격이 되었으니 심히 통탄할 일이지!"

　책망과 비난의 화살이 네 대신에게로 사정없이 날아와 꽂혔다. 호되게 질타를 당하고 치도곤에 피 터지게 얻어맞는 것이 오히려 편할 것 같은 순간이었다.

　얼굴이 벌겋게 달아오른 네 대신은 누가 먼저라 할 것도 없이 일제히 자리에서 쓰러지듯 길게 무릎을 꿇어 엎드렸다. 죽어라 머리를 조아리는 후줄근한 잔등이 애처로웠다.

〈제⑤권에서 계속〉